フィーリア
レフィーリアは既に
描くべき構図を決めたのだろう。
イーゼルに紙を置いて、
既に下書きに入っている。
画材セットを傍に置いて、
俺も構図となる景色を定める。

アルテ
「な、なあ、おかしくはないか?」

「ま、待たせたな」
ぼんやりと水平線を眺めることしばらく。
ようやくアルテが店から出てきたようだ。
振り返ると、
そこには藤色の髪を結い上げられたアルテがいた。
太陽の光を反射するような
白いうなじが惜しげもなく晒されており眩しい。
純白な白を基調とした水着であり、
ところどころ青いフリルのようなものがあしらわれていた。
髪型と服装を少し変えるだけでここまで印象が変わるのか。

……遠くに立っている木を左側に入れて、
後は空や平原の色合いをメインに画面を構成するか？
いや、そもそも小学校や中学校の頃に使っていた
程度の腕前で、いきなりそんな背景ができるだろうか？
水彩画になると途中で止めづらいし、
レフィーリアの方が早く塗り終わりそうだ。
よし、ここは単純な木にしておこう。
クレト

異世界ではじめる二拠点生活

~空間魔法で
王都と田舎を
いったりきたり~

2

Two-base life Starting in a Different world

~Going back and forth between the royal capital and the countryside with magic~

錬金王

【Illustration】
あんべよしろう

Contents

Two-base life Starting in a Different world
~Going back and forth between the royal capital and the countryside with magic~

Illust. あんべよしろう

第一話　いつもの朝

ハウリン村の自宅にて。寝室に差し込む暖かい日差し……いや、うだるような熱気で俺は目を覚ました。

「あつっ……」

目を覚ますなり感じたのは身体《からだ》にまとわりつくような熱気だ。どうやら異世界も猛暑という奴《やつ》を迎えているらしい。

幸い日本のようにコンクリートの建物があったり地面がアスファルトで覆われているわけではないので、そこまで気温は高くないようであるが、それでも暑いものは暑かった。

でも、耐えられないような暑さでもない。

窓を開け放てば心地のいい風が吹いて、籠《こも》っていた部屋の熱気と俺の体温をスッと奪い去ってくれた。

「ふう」

少し重くなったシャツをパタパタと動かしながら、じっとりとした汗を乾かしてしまう。

一応、涼をとるための氷の魔法具はもっているが、別にそれを引っ張り出す必要はなさそうだな。

火照《ほて》った身体を冷ますと、俺は身支度を整える。

軽く水浴びをしてもいいが、どうせ畑の世話をしたりして汗をかくので必要ないだろう。

着替えて諸々《もろもろ》の身支度を整えると、俺は一階へと降りて朝食の準備へとりかかる。

前世では忙しさのあまり朝食を抜いてしまうこともあったが、時間の余裕のある今ではできるだけ作ることにしている。

別に料理をすること自体は嫌いではなく、割と好きな方だからな。

とはいっても、手の込んだ料理をするわけでもないんだが。

台所に着くと、亜空間から朝食に使う食材を取り出していく。

その中のカボチャとレンコンをまな板の上に置くと、包丁で薄くスライス。

それが終わると、魔法具のコンロに火をつけてスライスしたそれらに火を通していく。

今、作っているのは何てことのないただのカボチャとレンコンの素焼き。

なんの味付けもしないが、焼くことで香ばしくなり素朴な旨味《うまみ》が凝縮されるのだ。それでいて薄くスライスしているので表面がカリッと仕上がる。

特にレンコンの方はパリパリとなってノンフライの野菜チップのようになるのだ。

カボチャとレンコンに火を通している間に、レタスを軽く水で洗って千切っていく。

そして、それらをいつもの皿に盛り付けようとしたところで手を止めた。

「グリフさんに貰《もら》った食器を使おう」

グリフに貰った引っ越し祝いの食器。丁寧に食器棚にしまい込んでいたが、まだ一度も使っていなかった。

せっかくのいただきものなのだ。使わなければ勿体《もったい》ないな。

いつもの白い食器を戻して、グリフに貰った食器を取り出す。

グリフの作ったお皿は粘土を焼いて作ったものであり、焼き上がりが見事な味となっている渋いものであった。

そこに千切ったレタスを載せてみると、いつもとはまったく違った印象を受けた。

「皿が少し違うだけでインパクトも変わるもんだな」

そんないつもとは違った新鮮さが少し楽しい。

皿にレタスを盛り付けていると、カボチャとレンコンがしっかりと焼けたのでそちらも盛り付ける。

それらが終わると、軽く油を引いて今度はバターと溶いた卵を投入してスクランブルエッグを作る。

このバターはアンゲリカがくれたバターだ。

少しフライパンに入れただけで濃厚なバターの香りがして、とても美味《おい》しそうだ。

芳醇《ほうじゅん》なバターの香りで俺の胃袋もようやく目覚めたのか「ぐうう」と音を立てた。

スクランブルエッグを仕上げると、もう食べてしまいたい気持ちに駆られてしまうが、そこを我慢してベーコンを焼き上げる。やっぱりお肉も欲しいしな。

香ばしい匂いをまき散らすベーコンに耐えながらも、カリカリになるまで火を通して皿に盛り付けた。

それらをリビングのテーブルまで持っていくと、亜空間からパンを取り出して準備完了だ。

「いただきます」

まずはカボチャの素焼きを口に運ぶ。

熱を通されることによって柔らかくなり、カボチャの素朴な旨味が倍増している。ほんのりと黒く染まった焦げ目もまた何ともいえない味となっていた。

次は温かい湯気を上げているスクランブルエッグ。

プルンと震えるような黄身を掬《すく》い上《あ》げて口に運ぶ。

バターと卵の味が見事に調和していた。濃厚なバターは卵本来の甘みにも負けておらず、しっかりと味を主張していた。

スクランブルエッグと共にパンを食べようかと思ったが、バター本来の味も知りたくなったので、パンにバターを塗って食べてみる。

すると、濃厚なバターの味がより際立って感じられた。

「美味しい！」

こんな美味しいバターを家で作れるなんてアンゲリカはすごいな。

このバターがあれば、王都の安宿で食べていた堅いパンでも美味しく食べられてしまいそうだった。

パンを少し食べると、レタスを食べて口の中をリセット。

濃厚なバターをレタスの水分で洗い流すと、箸休めとしてレンコンの素焼きを食べる。

噛《か》みしめるとカリッとした小気味のいい音が鳴る。まるで出来立てのポテトチップを食べているかのような気持ちのいい食感だ。

こうやって食感の変化があると、実に満足度が上がるというものだな。

レンコンの素焼きを食べると、今度は焼き上げたベーコンを口に入れる。

先程とは少し異なるカリッとした食感。ベーコンの塩っ気と脂が空腹だった胃に実に染み渡る。

肉や脂が少し気になるお年頃ではあるが、やはり肉は最高だな。


そんな風に朝食を食べ終えると、俺は裏口にある畑に出る。

つい最近、ハウリン村での趣味として作り始めた家庭菜園。初心者ながらにも何とか土を耕して、アンドレ家に分けてもらったネギとガガイモを植えたのだ。

それらは順調に発芽して、僅《わず》かではあるが小さな芽のようなものを出していた。

「おお、昨日よりも少し大きくなっているな」

ここ最近の楽しみは畑の成長を確かめることである。

こちらで起きる度に大きくなったかな？　という楽しみのようなものを抱くことができていた。

やはり、趣味を一つでも持つと生活に潤いが出るな。引っ越してきたばかりの頃は、有り余る時間をどう過ごしていいかわからず呆然《ぼうぜん》としたものだ。

そんな前のことを思い出して自分でも笑ってしまう。

土から出てきた芽に軽く水をやって、周辺に生えかけていた雑草をとると畑の世話は終わりだ。

まだ生え始めて世話をする必要がないからな。

それに俺は王都に屋敷を持っており二拠点生活をしている身だ。ずっと一か所にいるわけではないので、あまり手間のかかる作物は育てることができないからな。

たまに手を入れるだけでも育ってくれるものじゃないと無理だ。

畑の世話が終わると、同じくアンドレ家から貰った苗の世話だ。こちらも軽く水をやるだけで世話は終わりだ。

大きくなったら畑に移し替えてもいいとアンドレに言われているが、まだもう少し先だろう。

そんな朝のルーチンともいえるものを終えると時刻は午前の中頃だ。

今日は昼に王都に戻ろうと思っているので、こちらにいられるのは後数時間だけ。

……さて、どうするべきか。

「クレト、いるか？」

などと悩んでいると、扉がノックされて声が響いた。

この声は近所に住んでいるアンドレだろう。

扉を開けると、入り口には予想通りアンドレの姿があった。

そして、何故《なぜ》か肩には釣竿《つりざお》がかかっている。

「はいはい、どうかしましたか？」

「時間があるならちょっと山に行かねえか？　前に言った渓流に案内してやろうと思ってな」

「なるほど！　……で、真の目的は？」

「早く渓流釣りに行きてえ」

アンドレの狙いは肩にかかっている釣竿を見れば明らかであった。

「清々しい開き直りですね。でも、残念ながら今日は午後から王都に行くので釣りをする時間まではないです」

「なんだと!?　なら、しょうがねえ、今日は下見で勘弁してやるか」

俺の言葉にガックリとしたアンドレであるが、すぐに気持ちを切り替えた。

「諦めるという選択はないんですね」

「一回行けばいつでも行けるようになるんだろ？　だったら次の機会にすぐ行けるように準備するまでだ！」

確かに今から行って下見さえ済ませれば、都合のいい日にはすぐに転移で行けるわけだ。

軽く散歩して過ごすくらいにしか考えていなかったので、ゆっくりと釣りができる日に備えておくのもいいかもしれない。

「わかりました。じゃあ、渓流に行きますか」

「おう！」

こうして王都に行くまでの時間に、俺とアンドレは渓流を見に行くことにした。

第二話　ハウリン村に降り立つ商人

アンドレと渓流まで散歩して家に戻り、午後になると俺は予定通り王都の商会に転移した。

エミリオの執務室に転移してくると、彼はいつも通り机で書類の整理をしている模様だった。

「おはよう、エミリオ」

「ああ、おはよう。クレト」

俺が挨拶すると、エミリオは平然と返してくる。

急に部屋の中に転移してくるのによく驚かないものだ。俺だったら急に室内に人がやってきたら絶対に驚いてしまう自信があるな。

俺がそんな風に感心していると、エミリオが書類を置いてこちらに涼しげな視線を向けてくる。

「ちょっと頼みたいことがあるんだけどいいかい？」

「内容によるけど、とりあえず聞くよ」

「クレトも用心深くなったたね。昔は頼まれたら、ほいほいと聞いてくれたのに……」

「誰かがだまし討ちのような形で酷《ひど》い頼み事をするからだ」

「だまし討ちだなんて酷いじゃないか。クレトが内容も聞かずに安請け合いするからだよ」

まるで心外だとばかりに肩をすくめてみせるエミリオ。

「それを反省してこうなったんだ」

エミリオだからと信頼して頼みを安請け合いしたら、危険地帯にある素材を採ってきてくれなんて事がザラにあったのだ。

たとえ、コイツが相手でも内容を聞かずに受けるような愚を俺はもう犯さない。

「まあ、今回はそんな酷い頼みじゃないよ」

苦笑しながらそんな風に笑うエミリオ。

酷い頼みを俺に振っていた自覚は一応あるらしい。よかった。コイツとの関係を見直さないといけないところだった。

「それで今度はどうしたいんだ？」

「僕をハウリン村に連れていってほしい。今後の重要な取引先となる相手だから、しっかりと農家に会っておきたいんだ。色々と詰めておきたいこともあるしね」

「なるほど。それもそうだな」

前世のようにネットワークが発達した世界なら、取引先と顔を会わせたことがないのも普通だ。

しかし、ここはそうじゃない。

人同士の繋《つな》がりが物を言う世界だ。ハウリン村と王都ではかなりの距離があるが、俺には転移がある。

気軽に会うことができるのであれば、顔合わせをしておくべきだろう。

ハウリン村の農家の皆だって、どんな人が自分の作物を売ってくれるのか知りたいに決まっている。

「すまない。俺が提案するべきだった」

ハウリン村の作物を売ろうと持ち込んだのは俺だ。

それなら商売が円滑に進められるように俺が提案するべきだったかもしれない。

「いや、気にしなくていい。ハウリン村の作物は立派な商品になり利益が出る。だから、僕から頼むのも当然さ」

「わかった。ありがとう。それなら一度ハウリン村に連れていくよ」

「どうせなら馬車一台に商品でも詰め込んで持っていきたいところだけど、それをすると商売が主体になってしまいそうだな」

「間違いなくそうなるから、軽い手土産《てみやげ》を用意するくらいがいいと思う」

ハウリン村はどちらかというと質素な暮らしをしている村だ。

エミリオ商会の商品を持ち込んだら、間違いなく村人が集まって買いにくると思う。

そうなったら一日がただの商売で潰れてしまうだろう。それも悪くはないが、今回主体となるのは農家の人たちとの顔合わせだからな。

「そうしよう。それじゃあ、準備を整えるから少しだけ待ってくれ」

「わかった」

◆

準備を整えたエミリオを伴って、俺はハウリン村に転移で戻ってきていた。

「ハウリン村に着いたぞ」

「へー、ここがクレトの住んでいる村かぁ」

周囲を見渡してどこか感慨深そうに呟《つぶや》くエミリオ。

はじめて立ち寄る村だけあってか、少しだけ物珍しそうだ。

とりあえず、突っ立っているのもなんなので入り口へと歩いていく。

「おっ、クレトさん。客人かい？」

アンドレではない見張りの村人が声をかけてきた。

「はい、王都でハウリン村の作物を売ってくれている商人を連れてきました」

「はじめまして、エミリオ商会のエミリオといいます」

完全に外行きの営業スマイルを浮かべながら上品に挨拶をするエミリオ。

高級そうな服をぴっしりと着こなした今のエミリオなら、貴族と言われても素直に納得できるほどのオーラがあった。

「こりゃあ、立派な人がわざわざ来てくれたもんだ。これもクレトさんの魔法か？」

「はい、そうですよ」

「いいなぁ。俺も一度王都に連れていってもらおうかなぁ」

「ここからだと往復料金として最低金貨が何枚かは吹き飛びますよ？」

「うわぁ、高《たけ》え！　さすがに無理だから諦めるよ！」

などと朗らかに会話をして俺とエミリオはハウリン村の中に入る。

「ハウリン村の人とは上手《うま》くやっていけているようだね」

俺と見張りの村人とのやりとりを見てだろう。エミリオがどこか微笑《ほほえ》ましそうな顔をする。

その態度にはちょっと物申したくあるが、第三者から見てもそう見えるなら嬉《うれ》しいものだ。

「まあな。ここの人たちは皆いい人ばかりだよ」

「そうだね。僕が村にやってきても嫌な顔はしなかったし、遠巻きに見ている人たちからも拒絶の意思は感じられない」

村や集落によっては外からの流入者を極端に嫌うところもある。

俺も転移でエミリオたちと様々な土地へ行ったからわかる。むしろ、田舎《いなか》に行くとそのような傾向が強まることが多い。

しかし、ハウリン村にはそのような閉鎖的な雰囲気はまったくないのだ。むしろ、外からの流入者は常にウェルカム状態。

だからこそ、最初に依頼でやってきた時のアンドレたちとの思い出が強く残ったものだ。

ここだったら上手くやっていける。そんな気がした。

綺麗《きれい》な金色の髪に高級そうな服を着ているエミリオが物珍しいのか、外で遊んでいる子供たちが物陰から窺《うかが》うような視線を向けている。

エミリオは笑顔を浮かべて手を振ると、子供たちはおずおずと手を振り返した。

中には顔を真《ま》っ赤《か》にしている少女もいる。田舎の少女には都会の美男子は刺激が強かったのかもしれない。

「作物を作っている農家の方に会わせてくれるかい？」

「わかった。まずはアンドレさんのところに案内するよ」

「確かネギを作っている農家で、クレトがよくお世話になっている人だよね？」

「ああ、そうだ」

俺が過去に話した内容を覚えていたのだろう。エミリオはすぐにピンときたようだ。

俺はそのままエミリオを連れてアンドレの家に向かう。

すると、アンドレ家は家族総出で畑作業をしているようだ。

「あっ！　クレト……と誰？」

「おお？　今日は昼から王都で仕事があるんじゃなかったのか？」

いつも通り真っ先に声を上げるニーナが小首を傾《かし》げ、アンドレが怪訝《けげん》そうな顔を浮かべて立ち上がる。

それもそうだ。少し前に昼からは王都に行くと言ったばかりだったからな。

「今日は仕事でこの村に用事があったんですよ」

「そちらの方は？」

「王都でハウリン村の作物を売ってくれることになった商人です」

ステラが視線を向けて尋ねると、エミリオがここぞとばかりに前に出る。

「はじめまして、エミリオ商会の商会長をしておりますエミリオといいます。本日は取引先となるハウリン村の皆様に是非、ご挨拶がしたいと思って参りました」

「エミリオ商会っていうと、王都でも有名な商会だと行商人の方が言っていたような」

「遠いところまで私の商会の名が轟《とどろ》いているようで嬉しい限りです」

にっこりと笑みを浮かべるエミリオ。

王都からそれなりに距離があるハウリン村であるが、少しずつ俺たちの商会の名は広まっているようだ。

商会を大きなものにしたい彼としては、嬉しいことこの上ないだろう。いや、もっと上に行くことを目指しているのかもしれないな。

「ということは、この兄ちゃんが俺たちの作物を買って、売ってくれる商人ってことだよな？」

「ええ、そうなります」

「おお！　王都からわざわざ――って、クレトの魔法があれば楽勝か」

「それでも商会長が自らやってきてくださったのですから、ありがたいことですよ」

「それもそうだな！　やっぱ、作っている身としては誰が売っているか気になるからな！」

やはり、アンドレも具体的に誰が売っているかは気になっていたようだ。

エミリオが自ら会いに行きたいと言ってくれて助かった。

「俺はアンドレだ！　こっちが妻のステラと娘のニーナだ！　俺たちはネギを卸《おろ》させてもらっている！」

「おお、あの大きくて甘いネギを！」

「俺らの中じゃあの大きさと味が普通だけどな」

「どのように育てられているのか興味があるので拝見してもいいでしょうか？」

「おう、見せてやるよ！　こっちに来い！」

どこか嬉しそうに笑うアンドレに促されて、エミリオは畑の中に入っていく。

出会ったばかりなのにこのスムーズな会話。さすがは商人だな。会話回しが上手い。

俺は会話があまり得意な方じゃないので、こういう部分は見習わないとな。

第三話　商品名

ハウリン村にやってきたエミリオはアンドレ家だけでなく、オルガや他の農家の人たちとも顔合わせをし、そして――。

「ぷはぁー！　もう一杯！」

「おおおおお！　兄ちゃん、なよっとした身体《からだ》してる割にいけるじゃねえか！」

「舐《な》めないでください。こちとら世界中を回って商談し、こうやってお客さんとも飲み歩いているんですから！」

見事に打ち解けて俺の家で打ち合わせと称して酒盛りをしていた。

確かに商人と生産者のコミュニケーションは大事だし、打ち解けるのもいいのだが真っ昼間から酒盛りを繰り広げるのはどうなのだろうな。

まあ、ハウリン村の農家とエミリオが仲良くなるのはいいことなので、咎《とが》めることができないのが現状だ。

ステラもそれがわかっているからかニーナを連れて家に戻っている。多分、ここにいたら巻き込まれると思ったんだろうな。賢明な判断だ。

「おらぁ！　トマトのサラダにトマトのマリネ、トマトのチーズ焼き、トマトの玉子炒めだ！」

そして、エールを呑《の》んでわいわい騒いでいるエミリオやアンドレ、おじさんたちの中に料理を持ったオルガがやってくる。

皿に載っているのは全てがトマト料理。真っ赤なトマトがテーブルを彩って、少しだけ華やかになった気がする。部屋にいるのはおじさんばかりだけど。

「うおお、トマトばっかりじゃねえか！」

「当然だ。俺たちの作物を売る以上、しっかりと美味《おい》しさは知ってもらわねえとな！」

「おお、それは是非味わいたいですね！」

「それなら俺ん家のネギ料理も食わせてやる！」

「俺も青ナスの美味い食べ方を教えてやろう」

「三色枝豆の燻製《くんせい》を持ってきてやる！」

オルガとエミリオの言葉で火がついたのか、オルガだけでなくアンドレをはじめとする農家のおじさんたちが台所に駆け込んだり、家に戻っていったりする。

皆、自慢の食材を使った料理を食べさせたいようだ。

とはいえ、農家の方が作った料理というのはとても気になるもので俺もちゃっかりと相伴《しょうばん》に与《あずか》ることにした。

とりあえず、オルガが出してくれたトマト料理にエミリオと一緒に手を伸ばす。

「うおお！　トマトのチーズ焼き美味しいな！」

「とても柔らかくていい風味だ。チーズととても合うよ」

口の中で温かいトマトが弾《はじ》けて、強い甘味と風味が広がる。

上にかかったトロッとしたチーズがトマトの酸味に合って最高だ。

「へへ、トマトは熱を通すことで甘みが増すからな。生もいいけど、意外と単純な丸焼きなんかもイケるぜ」

俺とエミリオが感想を言うと、オルガがどこか自慢げな様子で語ってくれた。

「トマトってサラダに入れたり、生で食べるイメージが強いから焼きトマトの美味さには驚いた」

「さすがトマトと長く向き合っているだけあって美味しい食べ方を知っていますね」

「へっ、当然だ」

とは素っ気なく言いつつもオルガの顔はとてもだらしないものになっている。

器用なことをする奴《やつ》だ。

自分や育てたトマトのことが評価されて嬉《うれ》しいんだろうな。

他にもトマトのサラダやマリネ、玉子炒めなんかも食べていく。

オルガが育てたトマトは甘味や旨味《うまみ》が桁違いで、どれも美味しい。

「そういえば、他の作物もそうだがどういう名前で売り出すんだ？　これだけ美味しいトマトを普通の名前で売り出すのは勿体《もったい》ないだろ？」

「そう！　まさしく僕はそのことについて相談しにきたんだ！　ハウリン村の作物を名前もつけないままに売ってしまうのは勿体ない！」

こういった他のものとは一線を画す作物なんかには特別な名前をつけたりすることがある。

前世でいえば、九条ネギとか夕張メロンとかだ。

そうやって、しっかりとした名前を浸透させて、いずれはブランド化していくのも商法の一つ。

「……名前か。そうは言われても何とつけたらいいか……」

オルガは自分のトマトに名前をつけるなんて考えたことがなかったのか、少し戸惑っている様子だった。

「通常、こういった時にはどういう名前をつけるものなんだ？」

「どこで作られたかを示す地名か、生産者の名前をつけることが多いものさ」

どうやらこの世界でも考えることは同じらしい。やはり、生産地を示す名前や、生産者の名前が付くことが多いようだ。

「ということはハウリントマトかオルガトマトか！」

「ハウリントマトはともかく、オルガトマトってなんだよ！　自分の名前を入れるとか恥ずかしいわ！」

「えー？　でも売れたら自分の名前が未来永劫《みらいえいごう》残るんだぞ？　それってかなり凄《すご》いことじゃない

か？」

「確かにそうかもしれないが――っていうか、お前他人事《ひとごと》だと思って楽しんでるだろう？」

「ああ、まさに他人事だからな！　でも、俺としてはオルガトマトがいいと思う！」

恨めしそうに睨《にら》んでくるオルガに俺はきっぱりと告げた。

「ハウリントマトでも構いませんが、『ハウリン』という名前は他の作物で使う可能性が高いので被る可能性もありますよ」

エミリオの言う通りだ。ハウリンという名称は他の作物で使う可能性が高い。

それは他の作物は村全体で多く育てられている作物だからだ。

しかし、ハウリン村で一番美味しいトマトを栽培しているのは間違いなくオルガだ。

だったら全体を総称する名前よりも、より際立つ名前をつけた方がいいと思った。後の理由はそっちの方が面白いからだ。

「くっ……ちょっと考えさせてくれ。時間が欲しい」

「できるだけ早めにお願いしますね」

悩ましそうにするオルガにエミリオは軽くプレッシャーをかけた。

◆

各々が自慢の料理を持ち込んだ後、オルガと同じようにそれぞれの作物に名前をつける。変わったのはハウリンネギ、ハウリンナス。

三色枝豆、大玉スイカはそのままの方が、インパクトがあるのでそのまま。

そして、オルガの育てたトマトはオルガトマトという名称になった。

それを決断した時の本人の顔の赤さといえば、まさしくトマトのようだった。

そんな風に相談事は無事に終わり、夕方頃には酒盛りは終了となった。

家にはエミリオ以外いなくなってしまい静けさが戻っていた。

エミリオは縁側に腰かけており、のんびりと平原や森を眺めている様子だった。

「ヨモギ茶でも飲むか?」

「ああ、お願いするよ」

台所の片づけをちょうど終えた俺は、森で採取したヨモギの葉を使ってお茶を淹《い》れる。

「はいよ」

「ありがとう」

ヨモギ茶を渡すと、俺も隣に腰を下ろす。

そして、二人で外の景色を眺めながらズズッとヨモギ茶をすする。

ほろ苦さが舌と喉の奥をスッと通り抜けていく。最初はこの独特ともいえる味に少し慣れなかったが、慣れたら意外とこれが癖になるものだ。今では平然と飲むことができる。

ヨモギ茶を飲みながらボーッとしていると、エミリオが口を開いた。

「ここはのんびりとしていていい村だね」

「だろう?」

「王都のように見栄《みえ》を張る必要もなく、無理に競争をする必要もない。自分のペースで生活ができるよ」

「わかってるじゃん。エミリオもこっちに住んだらどうだ? 随分と村人とも馴染《なじ》んでいる様子だったじゃないか」

「それはないね。僕は自分の商会をもっと大きくして世界一にしたいから」

試しに誘ってみたが、エミリオはすっぱりと言い切った。

だよな。王都でバリバリに働いているエミリオが俺のような暮らしを選ぶはずがない。

「だけど、疲れた時や上手《うま》くいかない時は気晴らしに寄らせてもらおうかな」

しかし、そのすぐ後にエミリオはそんな言葉をポツリと漏らした。

エミリオがそんな感傷的な台詞《せりふ》を吐くとは思わず、俺は少し驚いた。

「その時は声をかけてくれ。いつでも転移で連れてきてやるから。ただし、お代はきっちり請求するけどな」

「クレト、そこは友情料金で無しにするところじゃないのかい?」

「親《した》しき仲にも礼儀ありだ。というか、逆の立場でもそうするだろう?」

「まあね」

俺の問いかけにエミリオはしっかりと頷《うなず》いた。

エミリオを相手に慈善事業をやっていたら、どれだけこき使われるかわからないからな。

無料でやるだなんて言質《げんち》は絶対にとらせたりはしない。

「さて、そろそろ王都に帰ることにするよ」

「今日は俺の家に泊まっていかないのか？」

「クレトの魔法があれば、すぐに帰れるじゃないか」

まったくもってそうだった。俺の魔法を使えば、一瞬で王都まで戻ることができる。

わざわざ人の家に泊まって帰る必要性もないか。

「それに商品名も決めたことだし、早めに仕事を進めておきたいんだ」

「相変わらずよく働くな」

仕事仲間の相変わらずの社畜ぶりに、俺はため息を吐《つ》きながら立ち上がるのであった。

第四話　夏の薪拾い

エミリオがハウリン村にやってきて帰った翌日。俺は朝から畑の草むしりをしていた。

すくすくと育っているのは俺の植えたハウリンネギやガガイモなどの作物だけでなく、周囲から生えてくる雑草もそうだった。そのためこうしてせっせと草をむしっているわけである。

大きな雑草を刈るのであれば、空間魔法で切断してやればいいが、短い雑草はそうはいかない。

「クレト、おはよう！」

そのことを残念に思いながら草をむしっていると、お隣さんであるニーナが元気な声を上げてやってきた。

「おお、ニーナ。おはよう」

「畑の雑草抜き？」

「そうだよー」

中々に手間であるが、自分で植えた作物を守るためならば仕方がない。こういった手間がかかるところも可愛《かわい》いと言えるだろう。

「手伝うよ」

「お、それは助かる」

手間がかかるほどに可愛いとは言ってみたが、この暑さの中やるのは大変だった。

ニーナが手伝ってくれるのはとてもありがたい。

ニーナは柵扉を開けて入ってくると、雑草のたくさん生えている場所に屈《かが》み、雑草を抜き始めた。

「おお、抜いていくのが速いな」

「えへへ、慣れてるからね！」

家庭菜園レベルの俺とは違って、本格的な農家の娘であるニーナは手慣れた動きだった。ほっそりとした手が機敏に動いて、手の平に雑草が溜《た》まっていく。

持ちきれなくなると畑の端に寄せて、またしても屈んで素早く手を動かしていた。

ニーナだけに任せるわけにはいかないと、俺は自らの心を奮起《ふんき》させて取り組む。

そうやって集中できたお陰か、気が付けば畑の雑草はすっかりとなくなった。

「ありがとう、ニーナ。お陰で雑草が片付いたよ」

「どういたしまして！」

礼を言うと、ニーナがにっこりと笑う。

朝とはいえ、既に季節は夏に入っている。雑草抜きのせいでニーナもじんわりと汗をかいているのに文句の一つも言わないとは本当にいい子だ。

清々しい笑顔にこちらまで癒《いや》される。

「汗をかいちゃったし水でも飲もうか。ニーナも飲むだろ？」

「飲む！」

「じゃあ、上がってくれ。そこじゃ暑いし」

いつもなら縁側に腰をかけて休憩をするところであるが、日差しが強い夏にそれは辛《つら》い。

「ちょっと待ってて。籠《かご》を取ってくる」

すぐに上がってくると思いきや、ニーナは一度畑の外に出た。

そして、柵扉の近くに置いてある背負い籠を持ち上げて戻ってくる。

「もしかして、何かの仕事の途中だった？」

「これから薪拾いに行くところだったよ」

「なるほど。なら、さっきのお礼に薪拾いは俺が手伝うよ」

ニーナのお陰で草むしりも早く終わったわけだからな。

うちには魔道コンロをはじめとする火の魔法具があるので薪を必要としないが、焚火《たきび》などを楽しむ際には必要になる。

アンドレが言っていたような、夜中にウインナーやチーズを焚火で焼いて、ワインを呑《の》む……みたいなこともやってみたいしな。

「本当!?　ありがとう！」

手伝うことを申し出ると、ニーナは喜びながらリビングに上がった。

スリッパを履いたニーナは、適当なところに背負い籠を置くとイスに座った。

冷蔵庫で作っておいた氷をグラスに入れると、そこにキンキンに冷えた水を注ぐ。

他にもジュースなどはあるが、やっぱり喉が渇いている時は水、あるいは麦茶がいい。

二人分の水を用意すると、移動してニーナのところに持っていく。

「ほい、水だ」

「わっ、冷たい！　それに氷が入ってる！」

グラスを触ったニーナが驚いて目を丸くした。

「うちには冷蔵庫っていう、氷の魔法具があるからな」

俺が理想の暮らしをするために稼いだお金を注ぎ込《こ》んだからな。そんじょそこらの高級料理店にも負けないくらいの設備だろう。

「ぷはぁ、冷たくて美味《おい》しい！」

ニーナがあっという間にグラスの水を飲み干したので、ピッチャーから追加の水を注いであげた。

「それは良かった。たくさんあるからいっぱい飲んでいいぞ」

「うん！」

こくこくと二杯目の水を飲んでいるニーナを尻目に俺も水を飲む。

自然豊かなハウリン村の井戸からくみ上げた水なので、とても美味しい。

すっと喉の奥を通っていき、火照《ほて》った身体《からだ》を内側から冷ましてくれる。

やっぱり、暑い季節には冷たい飲み物が一番だ。

「ひんやりしていて気持ちいい～」

喉の渇きが落ち着いたニーナは、冷たいグラスを頰に当てて心地よさそうにしていた。

「あー、本当だなぁ～」

真似《まね》して自分もグラスを頰に当ててみると、ひんやりとしていてとても気持ちが良かった。

◆

「さて、喉も潤ったし薪拾いに行こうか」

「……うん、そうだね。あんまり遅くなると母さんも心配するし」

そのように告げると、ニーナは反対することはなかったが、少し気が重そうだった。

普段は元気なニーナでも、冷たい飲み物という誘惑を前にしては怠惰な心が芽生えるようだ。

それは俺も同じだ。誰だってこんな季節に薪拾いなんてしたくないだろうしな。

「まあまあ、暑い外でも元気になれる道具を作っておいたから」

「ええ？　なになに？」

期待の眼差《まなざ》しを浴びる中、俺は冷蔵庫から冷やしタオルを取り出した。

そして、そのうちの一枚をニーナの首にかけてあげる。

「ひゃっ、冷たいっ！」

「冷やしタオルさ。こうやって首に巻いていると涼しいだろ？」

自分の首が苦しくならない程度に巻き付ける。

すると、ニーナも真似して冷やしタオルを軽く結んだ。

「本当だ！　気持ちいい！　これなら外でも平気だね！」

「そして、ダメ押しとして氷も口に含む」

「幸せだね」

差し出した氷を口に含み幸せそうにするニーナ。

「それじゃあ、薪拾いに出発だ」

「うん」

これだけ対策をすれば、夏の気候だろうと敵ではない。

しっかと暑さ対策を整えた俺たちは家を出て、近くにある森に入る。

夏になって日差しが強くなったからか、森の中の植物はとても繁茂《はんも》しているようだ。

「冷やしタオルと氷のお陰で涼しい！」

「これなら歩き回っていても平気だね」

とはいえ、直射日光は避けるべきなので互いに影の部分を歩きながら薪を探す。

冷やしタオルなどのお陰で快適な状態ではあるが、肝心の薪になるものが見つからない。

「あんまり薪がないなぁ」

「他の人が拾いにきちゃったのかな？」

他の村人が先に大量に集めてしまったというのはあり得る。

ここは村から比較的近くて安全度の高い森だし、多くの村人が足を運んでもおかしくなかった。

「ちょっと転移で奥に行こうか。場所を変えれば薪もたくさん落ちているだろうし」

「やった！　クレトの魔法だね！」

ニーナが頷《うなず》くのを確認して、俺は複数転移を発動。

場所は以前アンドレと散歩した際に通った少し奥の森だ。

渓流に近いこの辺りは、あまり人がやってこないからかたくさんの薪となる枝葉が落ちている。

「わあ！　いっぱい薪が落ちてる！」

既に転移を体験しているニーナは物怖《ものお》じすることなく、目の前にある薪を拾い始めた。

とはいえ、慣れていない人はいつまで経《た》っても慣れないもの。

ニーナの度胸と好奇心の強さは中々のものだった。

「さて、俺も拾っていくか」

足元に落ちている薪を拾う。

手で触ってきちんと乾燥しているか確かめると、亜空間を開いてそこに放り込む。

空間魔法は今日も便利だ。

「たくさん拾っても魔法で運べるから気にしなくていいぞー」

「ありがとう。それじゃあ、これお願いね！」

「おう、ここに入れてくれ」

亜空間を開き、ニーナに背負い籠に溜まった薪を入れてもらう。

薪が無くなると亜空間を閉じる。

ニーナは亜空間が開いていた虚空《こくう》をまじまじと見つめる。

「なんだか不思議な感じ」

「いつでも取り出しできる箱みたいなものだよ」

「なるほど」

次元の狭間《はざま》を目にすると得体の知れないものに思えるかもしれないけど、要はいつでも収納できる透明な箱を持っているみたいなものだ。

そう説明するとニーナは何となく納得したみたい。

「せっかくだから薪以外にもキノコとか採取しようっと」

「おっ、ここら辺で採れる食べ物は知らないものが多いんだ。教えてくれ」

「いいよ！　こっちきて！」

その日の午前中は、食べられるキノコや、木の実、野草なんかをニーナに教えてもらいながら採取した。

第五話　ニーナとの約束

薪や食料の採取を終えると、俺とニーナは転移で家に戻ってきた。

大量の薪や食料を採取したが亜空間に放り込んでいる上に、転移で戻ってきたので疲れは最小限だった。

とはいえ、夏場なのでまったく汗をかかないはずもないし、長い時間採取していれば喉が渇く。

「少し休んでから戻るかい？」

「うん、氷が食べたい！」

仕事を終えればすぐに戻るニーナであるが、冷たいものの誘惑には敵《かな》わないらしい。

嬉《うれ》しそうに靴を脱いで、スリッパに履き替える。

ニーナのお陰でたくさんの薪が拾えただけでなく、食料も採取することができた。

普通にお水を出すだけなのも申し訳ないので、冷やしておいたアイスティーを振舞うことにする。

勿論《もちろん》、別途で氷だけを入れたグラスも用意。

「お待たせ」

「なにこれ？」

「アイスティーだよ」

「あいすてぃー？」

「王都で売っているお茶の一つで紅茶っていうんだ。それを冷やした飲み物さ」

「へー、なんか香りがいいね。ヨモギ茶とは全然違う」

グラスを手に取り、香りを嗅《か》いでみるニーナ。

ここら辺ではヨモギなどの野草を使ったお茶が多いので、こういった紅茶のような香り高いのは新鮮に感じるのだろう。

逆に俺は知らない種類のお茶がたくさんあって、ニーナとは違う意味で新鮮だった。

「そんなに甘くはないけど香りが良くて飲みやすいね！」

うん、子供らしい実に素直な意見。だけど、アイスティーってそんな感じの味だよね。

「アイスティーだけじゃちょっと物足りないけど、こういうものと一緒に食べるとちょうどいいんだよ」

「わあっ、クッキーだ！」

お土産《みやげ》として一度渡しただけに、見せた箱の中身がすぐにわかったらしい。

箱から五枚ずつクッキーを取り出すと、小皿に盛り付けた。

「クッキーを食べて、その後にアイスティーを飲む。こうすると、より美味《おい》しく感じるよ」

口の中に広がるクッキーの甘み。サクッとした歯応《はごた》えがとても気持ちいい。

午前中に雑草抜きや薪拾いをこなした疲れが甘さで溶けていくようだ。

口の中で甘みを感じているうちにアイスティーを飲む。

すると、アイスティーにクッキーの甘みが加わり、香り高いながらも甘みも強く感じるようになった。それでいて最後にはアイスティーの清涼感が残る。

クッキーの甘さをくどく感じることなく、延々とこのループで食べ進められるようだ。

俺がやっているのを真似《まね》して、ニーナも小さな口でクッキーを口にする。

もぐもぐと口を動かすと幸せそうな顔をし、それから慌てたようにアイスティーを口にした。

「本当だ！　普通に飲むよりもこうした方が美味しい！」

「だろう？　これがちょっと大人な紅茶の嗜《たしな》み方さ」

「すごいなぁ。王都には私の知らないものがたくさんあるんだね」

グラスに盛り付けた氷を口に含みながら、ニーナが羨《うらや》ましそうに呟《つぶや》く。

ここらでは手に入れることの難しいクッキーに紅茶。それらを合わせた楽しみ方。

ニーナの知らない王都のものを語り過ぎてしまっただろうか。

ニーナの純粋な反応がつい楽しくて、色々と見せびらかして自慢し過ぎてしまったかもしれない。

「……これから王都に行ってみる？」

「ええっ⁉　いいの⁉」

申し訳なさから提案してみると、ニーナがガバッと上半身を上げた。

いじけ気味だった表情が見事に明るいものになる。感情豊かなニーナに俺は思わず苦笑する。

「前に連れていってあげるって約束したしね」

「やったー！　行く行く！」

「ああ、でも、きちんとアンドレさんやステラさんに許可を貰《もら》えたらだからね？　転移で行くとはいえ、さすがに王都に行くってなると二人共心配するだろうし」

転移でひとっとびなので道中の危険が一切ないことは保証できる。

しかし、駆け付けることも叶わないほど遠い場所に遊びに行かせるのは、アンドレやステラも不安に思うはずだ。

さっきの薪拾いのように俺たちの判断だけで行ける場所ではない。

「わかった！　聞いてくる！」

俺がそのように説明するとニーナは靴を履き、薪を積んだ籠《かご》を背負うとぴゅーっと自分の家に走っていった。

どんなに急いでいてもきちんと薪も持って帰るとは偉いな。

ステラは許可したとしても、親バカなアンドレは許可しないような気がするなぁ。

まあ、その時は素直に諦めてもらうことにしよう。

なんて思いながらリビングで待っていると、ニーナがステラを伴って戻ってきた。

「クレト！　いいって！」

にっこりとした笑みを浮かべながらの言葉に俺は驚く。

「アンドレさんは許してくれたの？」

「アンドレには言っていません。言えば、必ず止めるとわかっていますから」

思わず尋ねると、ステラが苦笑しながら答えてくれた。

その答えは同意見だけど本当にいいのだろうか。

「ステラさんはそれでいいんですか？」

「徒歩で向かうならばともかく、クレトさんの魔法がありますからね。正直、クレトさんが傍《そば》にいるのであれば、どこにいようとも安全だと思っています」

「そんな風に言ってもらえて恐縮です」

「小さい頃の経験は、何ものにも勝る宝になると私は思います。だから、ニーナには色々な世界を見せてあげたいんです」

ニーナの頭を優しく撫《な》でながら愛《いつく》しむような視線を向けるステラ。

ニーナはそれを自然と受け入れ、実に心地よさそうな表情をしている。

どうやらステラは本当にニーナのことを考えた上で決断しているようだった。

俺も母さんが生きていれば、こんな親子関係を築けていたんだろうか。

「わかりました。ステラさんがそうおっしゃるのであれば娘さんをお連れします！」

「はい、是非ともお願いいたします」

そのように言うと、ステラが軽く頭を下げる。

これだけ信頼してくれているんだ。絶対にニーナを守ってあげないとな。

とはいえ、懸念点が一つだけある。俺はこっそりとステラに近づいて耳打ちをする。

「ただ、帰ってきた時に俺が殺されないように――」

「任せてください。アンドレの方は私がきちんと言い聞かせておきますので」

実に頼もしい返答をくれたステラにホッとした。

正直、王都でのニーナの安全よりも、アンドレによる暴走の方が遥《はる》かに怖かったからな。

「それじゃあ、王都に向かおうか」

「ま、待って。汗かいてるし、もっとオシャレしてくる！」

早速今から向かおうとするが、ニーナがわたわたとして家に戻っていってしまった。

「すみません、そういうことなので少々お待ちくださいね」

「あっ、こちらこそすみません。ここで待ってます」

にこにこと笑ってニーナの後を追いかけるステラ。

まさか、ニーナがそんなことを言うとは思わず驚いてしまった。

まだ十歳とはいえ、ニーナもそういうことを意識する女の子なんだな。

そういう気遣いができなくてちょっと申し訳ない気持ちになった。

「俺も着替えておくか」

別に王都だからといって俺も気張る必要はないが、汗をかいたままの服というのはよろしくない。

ニーナに触発された俺は、きちんと汗をぬぐって新しい服に着替えた。

◆

「お待たせ！　クレト！」

ササッとシャツを着替えリビングで待っているとニーナの声がした。

俺も外に出ると、そこにはすっかりと衣服を変えたニーナがいた。

真っ白な袖無しブラウスに、紺色のキュロットスカート。

ブラウスの胸元にはリボンがついており、可愛《かわい》らしい手作りのショルダーバッグを肩からかけている。それにポニーテールの毛先もいつもよりカールしていた。

「ど、どう？　変じゃないかな？」

どこか不安そうに尋ねてくるニーナ。

いつもとはあまりにも印象が違うので一瞬言葉が出なくなっていた。

ニーナの言葉で我に返った俺は、すぐに感想を伝えてあげる。

「おお、すごいじゃないか。とってもオシャレだぞ」

「本当⁉　王都を歩いていても変じゃない？　浮いたりしない？」

「浮かない浮かない。むしろ、王都にいるその辺の子よりも綺麗《きれい》だよ」

「それは言い過ぎだよー」

などとニーナは苦笑するが、俺は本当にそうだと思う。

元から可愛らしい子だったのでオシャレをすれば化けるだろうなと思っていたがここまでとは。

「普段からこういう服を着ていればもっとモテモテなんじゃないかい？」

「うーん、さすがに毎日着るのはしんどいかも。収穫祭みたいなお祭りの日とか、特別な時だけでいいかな」

とはいえ、やっぱりこういう部分はニーナだった。

まあ、普段は農作業をしているのでこういう綺麗な服を着ているわけにもいかないか。

あまりに似合っているのでちょっとだけ惜しい。

「母さん、髪の毛変じゃない？」

「大丈夫よ。あまり気にして触ると崩れるから」

毛先を気にして触るニーナとそれを窘《たしな》めるステラ。

ニーナのコーディネートをしたのは間違いなくステラだろうな。さすがは母親だ。

「それじゃあ、準備も整ったし行こうか」

「うん！　母さん、行ってきます！」

「行ってらっしゃい。クレトさんから離れないようにね」

「はーい！」

ステラが手を振って見送る中、俺とニーナは転移で王都に向かった。

第六話　ニーナと王都観光

「わあ！　王都だぁー！」

ハウリン村から王都ゼラールの広場にたどり着くと、ニーナが歓声を上げた。

前に連れてきたのは二拠点生活を説明した時なので、三か月ぶりとなる光景だろうか。

今日も王都にはたくさんの種族の人たちがあちこちを行き交っており、広場からはゼラール城を見上げることができた。

俺からすれば既に見慣れた光景であるが、ニーナからすればじっくりと眺めるのは今回が初めてとなる。

しばらくは何をするでもなく景色を堪能《たんのう》させてあげることにした。

周囲を見渡していると思ったら、気になるものを見つけたのか一点を注視し出す。それが終わるとまた次の興味の湧く場所へ視線を動かす。実に好奇心旺盛だ。

カールしたポニーテールが身体《からだ》の動きに反応してぴょこぴょこと動いている。

「本当に建物が高くて人が多いや」

「ハウリン村とは色々な意味で正反対な場所だからな」

王都とは正反対の要素を持っているハウリン村とは大違いだろう。

きっとニーナにとって目に映るものの全てが新鮮で新しいに違いない。

「……ずっと広場にいてもいいのかい？」

「はっ、そ、そうだね。一か所に留《とど》まっていたら勿体《もったい》ないよね！」

肩をトントンと突《つつ》くと、ニーナがハッとしたように我に返る。

俺としては広場でのんびりというのも悪くないけど、せっかく王都にやってきたというのにそれだけでは勿体ない。

「どこか行ってみたいところはある？」

そう尋ねてみると、ニーナは少し悩んだ末に答えてみせる。

「食べ物を買いに行くところがいい！」

「勿論《もちろん》、いいけどどうしてそこなんだい？」

せっかく、女の子が都会に出てきたというのに最初の選択肢が市場というのは中々に渋い。

「えっと、他にも色々と行ってみたいところはあるけど、食べ物が一番身近でわかりやすいから」

どこか言葉を選ぶように話すニーナの言葉を聞いて何となく納得する。

オシャレな服屋や小物屋、クッキーが売っているような菓子屋などもあるが、ハウリン村で生活する上で一番身近に感じるのは食料だ。

逆に縁遠い服屋、小物屋を見ても、珍しいと思うだけで村との差がよくわからない。

つまり、一番自分が知っている分野を見比べることで、王都のスケールの大きさを測りたいということなのだろう。

解釈が間違っている可能性もあるが、何となくニーナが言いたいのはそういうことな気がした。

「わかった。それじゃあ、中央区画にある市場に案内するよ」

「うん！」

しっかりと頷《うなず》くニーナを確認し、俺は広場からほど近い中央市場へと歩き出す。

ニーナは俺の横に並んで歩く。

今日はいつもと違って一人で歩くわけではない。

ニーナは王都の景色に目移りするだろうし、ゆっくりと歩幅を合わせてやらないとな。

ニーナの歩く速度を意識して合わせる。

「獣人にリザードマンだ！」

前方から歩いてくる獣人やリザードマンの二人組を指さして驚くニーナ。

ハウリン村は基本的に人族の集落なので他種族はいないので、あまり村を出ることのなかったニーナは他種族を見るのは初めてだったのだろう。

なんだかこの世界に転移してきたばかりの俺と重なり、自然と頬が緩んでしまう。

獣人族とリザードマンは外見が実に特徴的だ。

獣人の体格は人間とそれほど変わりはない。しかし、獣を想起《そうき》させる体毛で全身が覆われていたり、一部分に生えていたりする。

本当に犬のように顔まで覆われている者もいれば、人間の顔をベースに耳や尻尾《しっぽ》だけ生やしたような者もいる。それらは両親や獣人の血の濃さによって変わるらしい。

目の前にいるのは前者のタイプだ。

次にリザードマンは爬虫類《はちゅうるい》が二本の足で立って歩いているような姿であり、人間よりも比較的大柄だ。こちらは獣人と違って、ほとんどの個体が鱗《うろこ》に覆われている者が多い。

「お、なんだ？　転送屋じゃねえか？」

なんて解説していると、獣人とリザードマンの二人組が声をかけてきた。

よくよく見ると、二人ともギルドで見たことのある冒険者だった。

獣人族の方がガドルフで、リザードマンの方がウルド。

「……お前、子供いたのか？」

「てんそうや？」と呟《つぶや》いて小首を傾《かし》げているニーナを見下ろし、尋ねてくるウルド。

トカゲやワニを想起させる顔つきなので表情がよくわからない。

「いや、知り合いの子を案内していてね」

「道理でお前に似ていない可愛《かわい》らしい子だと思ったぜ」

「……今度、転送する時は入念に準備しとけよ？　間違って未開拓地に転送してしまうかもしれないから」

「うおい！　冗談でもシャレにならねえことは止《や》めろよな！」

黒い笑みを浮かべて言うと、ガドルフが冷や汗を流しながら言う。

たった一人で未開拓地に送られることほどおっかないことはないからな。

「お嬢ちゃん、俺たちを見るのは初めてか？」

「うん、初めて！」

「良かったら、俺の毛並みを触ってみるか？」

「いいの？」

「ただし、尻尾と腹は触るなよ？　そこは大事な部分だからな」

「ありがとう！　わあ、モフモフだぁ！」

ガドルフの腕の毛を撫《な》でて驚くニーナ。

いいなぁ。俺も撫でてみたい。

「おい、転送屋！　お前は触るな！」

どさくさに紛れて撫でようとしたらガドルフに怒られた。

「なんでだ？　ちょっとくらいいいじゃないか」

「お前の手つきはやべえんだよ！　前みてえなことにはなりたくねえ！」

「酔ってる時に撫でてお腹《なか》を出させただけじゃないか」

「獣人にとって腹を出すのは服従する時だけなんだ！　思い出しただけでも屈辱だぜ！　こんな男に手玉に取られるとはよ！」

どうやら以前、ギルドの酒場で撫でまくったことを根に持っているようだ。

すっかり警戒した様子のガドルフを見て、俺はモフモフすることを諦めた。

「……良かったら、俺の鱗も触ってみるか？」

「うん！　わぁ、こっちはツルツルだぁ！」

触られてどことなく嬉《うれ》しそうにするウルド。

ウルドはいかつい体格も相まって小さな子供には怖がられることも多いが、好奇心旺盛なニーナはまったく怖がっていなかった。

ウルドにはそれが新鮮で嬉しいのだろう。誰だってこんな可愛い少女が無邪気に接してくれたら嬉しいに決まっている。

「ところで、転送屋。最近はギルドでの転送業はお休みか？　ヘレナたちがぼやいていたぜ？」

「あー、そういえば最近はやってなかったな。近い内に顔を出すと伝えておいてくれ」

「わかった。お前がいると俺たちも仕事が楽にできるから、また頼むぜ？」

肩に手を置いてそんな一言を告げると、ガドルフとウルドはニーナに手を振って去っていった。

ここ最近は二拠点生活を始めたり、ハウリン村の野菜を商会に売り込んだりとゴタゴタしていたからな。またギルドの方にも顔を出してやらないとな。

などと考えていると、ニーナがくいくいっと袖を引っ張ってくる。

「ねえ、さっきの人たちが言ってた、てんそうやってクレトのこと？」

「ああ、そうだよ。魔法であちこちの村や街に転送する仕事をしているから、冒険者ギルドではそう呼ばれているんだ」

「へー、そうなんだ！　色々な人に頼りにされていてすごいね！」

「ああ、頼ってもらえるってのは嬉しいことだよ」

本当にニーナの言う通りだ。

今となっては商会の方が稼げるとはいえ、あそこでは随分とお世話になった人たちも多いからな。

前世での俺はそれを蔑《ないがし》ろにして孤独になってしまった。

世の中、お金だけが全てというわけではないので、人との縁も大切にしていかないとな。

第七話　市場を巡る

ガドルフとウルドと別れた俺たちは、王都の中央区にある市場へとやってきた。

大通りよりも開けた場所には、あちこちにお店が連なっており、商売人たちが競い合うように大きな声を張り上げている。

「すごい！　これ全部食べ物を売っているお店？」

「ああ、そうだよ。王都にはあちこちから食材が集まるからね」

目を輝かせて尋ねるニーナに俺は答えた。

王国の中で一番の都会だけあって、物資や食料の流通は一番だ。

小さな集落や村から交易都市へと食材が運ばれ、最終的には複数の交易都市から王都へと豊富な食材が運ばれる。

間違いなくこの国で一番食材が集まっている場所だろう。

「こんなにたくさんの食べ物を見るのは初めて！　街ではこんな風に食べ物を売っているんだ」

どこか感心したように陳列されている食材を眺めるニーナ。

ハウリン村のような辺境ではこのような食料を売り買いする市場はない。

基本的に物々交換で成り立っており、足りないものは他の村へと赴くか、外から定期的にやってくる行商人が頼りとなっている。

さすがにこれにはニーナも圧倒されて言葉も出なく――

「ねえ、クレト！　なんか変な顔した魚がいるよ！　面白い！」

なることもなく、好奇心旺盛に陳列されている魚を指さしていた。

うん、ニーナはこういう子だったね。

平べったい顔にどこか眠たげな顔をした巨大魚。

「それはヌオーボっていう海の魚だね」

「海！　聞いたことがある！　川よりもとっても広くて、水がしょっぱいところだよね？」

「そうだよ。この魚はそこに住んでいたんだ」

「へえ、君は海からやってきたんだ――って、高っ！　この子、銀貨八枚もするの⁉」

屈《かが》みこんでヌオーボを眺めていたニーナだが、そこに書かれている値段を見て驚く。

「氷魔法使いが魔法で冷やしたり、保冷の魔法具を使って、厳重に輸送するからどうしても費用がかかってしまうんだ」

「そ、そうなんだ」

それでも王都は港町ペドリックから近い場所にあるので、値段が比較的マシな方だ。もっと遠い場所だと値段が跳ね上がって富裕層くらいしか食べられないくらいだしな。

「でも、港町に行けば値段は跳ね上がったりしないよ。そのまま市場で売り出されるからね」

「……そこで安く仕入れて、魔法で他のところに運んで高く売る……クレトのやってる商売ってそんな感じ？」

「おお、それがわかるとは偉いな。安く仕入れて、他所で高く売る。それが商売の基本だからね」

「なるほど！　クレトのやってることがちょっとだけわかった気がする！」

納得いったような表情を浮かべるニーナを見て、内心で俺は驚く。

仕事のことをちょくちょく話していたとはいえ、そこまでわかるとは思わなかったな。

元々しっかりした子だとは思っていたが、想像以上に地頭がいいみたいだ。

とはいえ、俺はニーナを商売に誘ったりはしない。

ニーナが望めばできる限りで相談に乗りはするが、それは彼女の問題だからな。

魚屋をしばらく眺めて通り過ぎると、次にニーナが興味を示したのは野菜屋だ。

「あれ？　これってもしかしてネギ？」

「そうだよ」

「……なんか小っちゃくない？」

「失礼だな、嬢ちゃん。うちのネギは有名な農家から仕入れた新鮮なものだ。見てくれ！　このしっかりとした巻きと硬さ！　そして、艶《つや》やかな光沢を！　間違いなく良いネギの証《あかし》だぜ？」

ニーナの実に素直な言葉に反応したのが野菜屋の店主だ。

陳列されている食材にケチをつけられては向こうも黙っていられないのも当然だろう。

しかし、これはニーナが悪いとは言えない。ハウリン村でのネギは、ここで売られているネギよりも立派なのだから。

とはいえ、店主にそんなことを言っても仕方がない。

「すみません、この子が変なことを言っちゃって」

「……悪いな。こっちも熱くなっちまった」

きょとんとしているニーナの代わりに謝ると、店主も冷静になったのかバツが悪そうな顔で言った。

俺はニーナを連れて、ひとまずその店を離れる。

「私、変なこと言った？」

「いや、変じゃないよ。ニーナの言っていることはおかしくないし、さっきの店主が言ったこともおかしくない。お互いが常識として知っているものの差かな。俺が前に言ったように他のところではああいうネギが普通なんだ」

あれだけの大きさと美味《おい》しさを兼ね備えているハウリンネギが特殊なのであって、先ほど売っていたネギも一般的に認識されているネギだ。

だから、俺とエミリオはその特殊性や美味しさに目をつけて、ハウリン村の食材を高級レストランなどに売っているのである。

「そうなんだ！　ねえ、他の野菜も見てみたい！」

「いいよ。ただ、今度は小さいとか言わないようにね？　売っている人も自分の商品をそんな風に言われたら悲しいだろうから」

「そうだよね。私もうちで育てているネギが小さいとか言われたら嫌だし……」

「まあ、そういうことも含めての経験だからね。気負うことなく楽しんで見て回ろう」

「うん！」

しょんぼりしていたニーナであるが、そのように言うといつもの快活さを取り戻す声音で頷《うなず》いた。

たくさん考えて経験するのも大事だが、せっかくの王都なんだ。楽しまないと損だ。

◆

色々な食材を眺めながら市場を歩いていると、不意に隣を歩いているニーナがお腹《なか》を鳴らした。

「あはは、お腹が空いちゃった」

「何か食べたいものはあるか？」

「え、えっと、ちょっとオシャレな店に行ってみたいかも。普段は行けないような……」

ちょっと恥ずかしそうにしながら希望を伝えてくれるニーナ。

おお、ここにきてニーナがようやく都会らしいリクエストを出してきた。

お腹を鳴らしたことより、こっちの方が恥ずかしそうにしているのがちょっと不思議な気がする。

ハウリン村には飲食店のようなものはないしな。ニーナがそういって店を望むのも当然と言えるだろう。

女の子が望むオシャレな店か。

とはいえ、王都初心者のニーナをあまりレベルの高いお店に連れていっても緊張してしまうだろう。テーブルマナーなどに厳しくなく、適度な王都感とリラックス感が与えられる店を選ぶべきだ。

商売で会食として使う高級料理店や雰囲気のいい店はたくさん知っているが、女の子を連れて気軽に楽しめる店を俺はよく知らない。

自分から提案しておきながら、ちょうどいいレベルの引き出しが少ないことに気付いた。

仕事上、あちこちの街に転移しているとはいえ、王都を拠点としているのにこれは情けない。ニーナを連れてくる前にもっとリサーチしておくべきだった。

何となく歩いてレベルの合いそうな店に突撃してみるべきか？　いや、そこの名物も知らずに入っていくのは少し怖いな。

ニーナに来たことがあるの？　などと聞かれれば、ちょっと情けない返答をすることになる。

一旦、屋敷に転移してエルザに子供が喜びそうな店でも尋ねてみるか？

などと考えたところで俺は思いつく。俺の屋敷で食べればいいのではないかと。

俺からすれば、王都まで連れてきて自分の家で食事というのは微妙であるが、ニーナからすれば屋敷に入ったことはないと思うので新鮮だろう。

エルザの料理の腕もそこらの料理店に負けないレベルだし、俺の家ならばマナーを気にすることなくのびのびと食事もできる。

一応、選択肢の一つとして提案してみるか？

「ニーナの要望とはちょっと違うかもしれないけど、王都にある俺の家とかどうだ？」

「そっか！　クレトにはこっちにも家があったんだった！」

俺の言葉に思い出したとばかりの反応を示すニーナ。

うん、ニーナにとって俺の家っていうのはハウリン村の一軒家のイメージだろうしね。

一応、二拠点生活をしている身なので俺にはもう一つ家があるのだ。

「そこには料理の上手《うま》いメイドさんがいて、そこら辺の料理店には負けないレベルなんだけどどうかな？」

「行きたい！　むしろ、そっちがいい！　クレトのもう一つの家を見てみたい！」

などと提案してみせると、ニーナは目を輝かせる。

おお、思っていた以上の反応だ。とりあえず、喜んでくれたようで何よりだ。

「わかった、俺の家で昼食にしよう。ちょっとだけ上で待っててもらえるかい？」

「うん？」

「わわっ！　建物の上だ！」

市場から離れた場所にある建物の屋上に転移。

ここなら眺めもいいので時間も潰せるだろう。周囲に誰もいないのでちょっかいをかけられる心配もない。

「ちょっと魔法で戻って準備をしてもらうように頼んでくるよ。すぐに戻ってくるから待っててくれるかい？」

「うん、大丈夫！」

本当はニーナも連れて転移で行く方が安全だけど、せっかくなので歩いて向かって驚かせてあげたい。

ニーナはすっかり景色に夢中なようで、俺の言葉に元気よく頷いた。

それを確認すると、俺は転移で屋敷の私室に戻る。

「すまない、誰かいるかー？」

「はい、どうなさいましたか、クレト様？」

私室から出て声を張り上げると、廊下の先からエルザが出てきた。

こうやって転移で急にやってくることは何度もあるので、既に彼女も驚くことはない。

「急で悪いけど昼食を用意してくれないかな？」

「どのようなお客人でしょうか？　また、食事内容にご要望はありますか？」

「王都にやってくるのが初めての女の子なんだ。王都っぽいオシャレな料理にしてくれると嬉《うれ》しいかな」

「かしこまりました。早急に準備を進めます」

なんともフワッとした注文であるが、できるメイドであるエルザはいい感じにしてくれるはずだ。

それくらいの信頼はしている。

「転移でやってくるわけじゃなく、歩いてくるからそこまで急がなくていいよ」

「ご配慮感謝いたします」

「じゃあ、よろしく頼むよ」

頭を下げて一礼するエルザにそう伝え、俺は転移でニーナの待っている建物の屋上へ。

「わっ！　びっくりした、お帰り！」

ニーナのすぐ傍《そば》にやってくると、彼女は笑顔で出迎えてくれた。

時間にして三十秒程度だが、眺めのいい景色のお陰で退屈も不安も抱くことがなかったようだ。

「ただいま。それじゃあ、行こうか」

転移で通りへと降りると、俺はニーナと共に自宅の屋敷へと足を進めた。

第八話　屋敷で昼食

「着いた。ここが王都にある俺の家さ」

屋敷の門の前までやってくるとニーナがぽかんとした顔つきで見上げる。

「……家っていうか屋敷だよ？」

思っていた通りにニーナを驚《おどろ》かすことができて楽しい。

想像していた通りの反応に満足だ。

「さあ、中に入ろうか」

「う、うん」

門を開けて中に入ると、ニーナは戸惑いつつも付いてくる。

綺麗《きれい》な芝が広がっている中庭を横目に屋敷へ。

「「お帰りなさいませ、クレト様」」

玄関の扉を開けると、エルザをはじめとするメイドたちが綺麗な一礼でお出迎え。

いつもはここまで丁寧にしないが、客人を連れてくると言ってあるだけに気合いを入れてきたようだ。

後ろに並んでいるアルシェ、ルルア、ララーシャの動きもピッタリと揃《そろ》っている。

なんだか屋敷に住むことになった初日を彷彿《ほうふつ》させるな。

「わっ、メイドさん⁉」

「この屋敷を管理してくれているんだ」

「クレト様のお世話をさせていただいております、メイド長のエルザと申します。後ろにいるのが左からアルシェ、ルルア、ララーシャです。貴女《あなた》様のおもてなしは私たちが担当させて頂きます」

「ニーナっていいます！　今日はよろしくお願いします！」

ニーナの元気いっぱいの挨拶に少し面食らったエルザたちだが、すぐに笑顔で一礼をして応えた。

ニーナの屈託のない笑みを見れば、誰だって癒《いや》されるよな。

「それではダイニングルームにご案内しますね」

「あれ？　靴は脱がなくていいの？」

アルシェが案内しようとすると、ニーナが戸惑いの声を上げる。

「こっちの家では外靴で大丈夫さ」

ハウリン村での家は土足禁止だが、こっちでは王国文化に則《のっと》った形だ。

俺の言葉に安心したのかニーナは迷いなく足を踏み入れた。

「あれが噂《うわさ》に聞くクレト様の恋人なのですね。想像していた以上にお若い方です」

「は？　なに言ってるんだ？」

「違うのでしょうか？　クレト様には、ハウリン村にとても仲の良い女性がいるとエミリオ様から聞き及んでいたもので……」

あいつめ、知っていながらわざと変な言い方をしやがったな。

「ニーナはお隣さんの子供。友達的な意味で仲良くはしてるけど、全然そういう関係じゃないから」

「進展がないだけというわけでもなく？」

エルザはまだ疑っているらしく疑惑の眼差《まなざ》しを向けてくる。

「十七も年齢が離れているんだぞ」

「貴族の世界では大しておかしなことではありませんが……」

「俺とニーナは平民だから、そんな常識はないよ」

「なるほど。とにかくそういう関係ではないのはわかりました」

ここまでハッキリ言うと理解したらしくエルザは納得したように頷《うなず》いた。

危うくロリコン認定されるところだった。

ひとまず誤解が解けたことに安心し、俺たちはダイニングルームへと入る。

「うわぁ！　広いお部屋！　敷いてあるカーペットもふかふかだ！」

ダイニングルームを見てニーナがはしゃぎ声を上げる。

屋敷の一室だけあってダイニングルームはかなり広い。ハウリン村にある我が家のリビングの二倍以上の広さは優にある。

「お食事の用意ができておりますが、すぐにお持ちしましょうか」

「ああ、頼むよ」

早速、料理ができているとのことなのでお願いして持ってきてもらうことにする。

エルザが視線を送ると速やかにアルシェたちが退室する。

テーブルの上には既に食器類が置かれているので、後は料理を持ってくるだけだろう。

程なくするとダイニングの扉が開き、アルシェとルルアがワゴンを押して入ってくる。

ワゴンの上には俺たちの昼食となる料理がたくさん載っており、それらがテーブルの上に配膳されていく。

「ニーナ、昼食の用意ができたぞ」

「うん！」

ダイニングにある家具や調度品を眺めているニーナに声をかけると、彼女はテーブルの方にやってきて俺の正面のイスに腰を下ろした。

「お料理は真ん中からガレット、ムール貝のガーリックバター焼き、海鮮サラダ、ベーコンエビパン、冷製のコーンポタージュになります」

「すごい！　見たことのない料理だらけ！」

物珍しい料理にすっかりとニーナは目を奪われているようだ。

王都でしか食べられない海鮮食材や特別なパンなどがメニューに組み込まれている。

それでいて気後れしないようなちょうど良い豪華さ。

まさに俺が求めていたレベルの料理。

準備時間もロクになかったはずなのにこれだけの料理を作ってくれるとは。

「急だったのに用意してくれてありがとう」

「恐縮です。こういった時に備えて、それなりに準備はしておりますのでお気になさらないでください」

小声で礼を言うと、エルザは大したことはないとばかりの涼しい顔で返事。

有事の際にいつも備えているとは、さすがはできるメイドは違うな。

「ガレットにはシードルが合いますがいかがしますか？　それともお酒ではなく、リンゴジュースにしておきましょうか？」

などと感心しているとララーシャが二種類の瓶を抱えて尋ねてくる。

「この後も外に出るし、普通のジュースで頼むよ」

「かしこまりました」

シードルは酒精の低いお酒だが、ニーナを連れて観光している最中なので呑《の》む気にはなれなかった。

ララーシャは俺とニーナのグラスにリンゴジュースを注《そそ》ぐ。

「皆は下がっていていいよ」

「かしこまりました。ご用があれば、何なりとお申しつけください」

エルザが代表してそのように言うと、メイドたちはダイニングルームから出ていく。

やはり、メイドが部屋に控えていると緊張するのか、ニーナがホッとしたように息を吐いた。

「優しくて綺麗な人だけど傍《そば》にいられると緊張するね」

「それはわかる。俺も今でも慣れているとは言えないしな」

誰かに仕えられることに慣れていない俺たちは、どこまでも平民根性だった。

エミリオが見たら主としての自覚が足りないなどと言うだろうが、食事くらいはゆっくりとしたいからな。

「さあ、食べようか。マナーとか気にせず、いつもみたいにリラックスして食べよう」

「うん！」

そのように言うと、ニーナは実にリラックスした表情でフォークとナイフを手に取った。

まずは大きなガレットから。

王都では結構有名な主食で、レストランやカフェでよく提供されているものだ。

ナイフで一口サイズに切り分けると、中央にある黄身をフォークで崩す。とろりと流れ出る黄身をフォークですくって塗り付けると口へと運んだ。

口の中に広がるそば粉の香り。表面はパリッとしており、中はもっちりとしている。

そこに玉子の白身とベーコンが加わる。

「うん、美味《うま》い」

「美味《おい》しいね！」

これにはニーナも満足のようで幸せそうに頬を緩めている。

もぐもぐと口を動かすニーナは小動物のようで可愛《かわい》らしい。

ガレットを少し食べると、ニーナは海鮮サラダやベーコンエビパンを口にしていく。

その度にニーナは美味しいと感想を漏らし、実に幸せそうな顔をする。

それだけ喜んでくれるのであれば、こちらとしても嬉《うれ》しい限りだ。

やっぱり、王都にきたからには普段食べられないような料理を食べて欲しいからな。

まあ、用意してくれたのはエルザたちなんだけどね。

ぱくぱくと料理を食べていくニーナは、ムール貝を手にしてまじまじと見つめる。

「……川で見かける貝とは全然大きさが違うや」

「海はたくさんの生き物が住んでいて栄養も豊富だからね。生き物も大きいんだよ」

「なるほど！」

答えになっているか怪しいが、基本的に川と海ではスケールが違う。

川の生き物と比べてスケールが違うのは当然だろう。

川に住んでいる貝と同じような見た目だけあって食べ方がわからないことはないようだ。

ニーナは器用に手を使ってムール貝の身を食べる。

「身が大きくて食べ応えがあるね！」

「アンドレが好みそうな味だな」

こういうのは主に酒飲みが喜ぶような品でもある。ワインが好きなアンドレなら大喜びしたに違いない。

などと思わず言葉を漏らすと、ニーナが窺《うかが》うような視線を向けてくる。

「どうした？」

「……ねえ、クレト。ちょっとだけ持って帰ってもいい？　とっても美味しいから父さんや母さんにも食べさせてあげたい」

ニーナの優しい心に俺は感動した。この子はなんていい子なのだろう。

「アンドレさんやステラさんのためにお土産《みやげ》は用意しているから、遠慮なく食べていいよ」

「本当!?　ありがとう、クレト！」

ニーナは礼を告げると、憂《うれ》いのない表情で食事を再開し出した。

うん、やっぱり子供はこうじゃないとな。

第九話　ガラス細工店

「クレト様、よろしければこちらをどうぞ」

昼食を食べ終わって散策に戻ろうと屋敷を出ると、エルザが一枚のメモを差し出してきた。

「これは？」

「ニーナ様が喜びそうなお店をリストアップしておきました」

エルザに視線で促されてメモを開くと、そこには様々な店の名前が書かれていた。

衣服屋、アクセサリー屋、ガラス細工店、雑貨屋、喫茶店などなど。

「どこに行かれるか迷うことがあれば、それらの店に足を運んでみるといいかもしれません」

「……本当に助かるよ」

「いえいえ」

ニーナを連れて散策するのに相応《ふさわ》しい店を網羅していなかったので、同性であるエルザの指標はとても助かる。うちのメイドはとても優秀だ。

「今日はこのままニーナを連れてハウリン村に帰るから楽にしていていいよ」

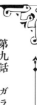

「かしこまりました」

エルザに今後のスケジュールを軽く伝えた俺はニーナを連れて屋敷を出る。

「いってらっしゃいませ、クレト様、ニーナ様」

「メイドさん、ありがとう！」

見送りに出てくれたエルザたちに元気よく手を振ってニーナも歩き出した。

やがて、エルザたちが見えなくなるとニーナは手を振るのを止《や》めて真っすぐに歩き出す。

「次は色々なお店があるところに行ってみるか？」

「うん！　色んなお店見てみたい！」

ニーナからの異論もないので俺たちは中央区へと足を進める。

中央区は先程の市場があったように多くの店が連なる商売区画だ。

困ったら中央区に行けば何とかなるくらいに様々な種類の店がある。

そのお陰か通りはいつも大勢の人で賑《にぎ》わっている。

「わっ、さっきの市場よりも人が多いや」

行き交う人の波にどこか圧倒された様子のニーナ。

人混《ひとご》みの中を歩き慣れていないせいか非常に足取りがたどたどしい。

物珍しい王都の景色や販売されている品々に目をとられて、何度か人にもぶつかっており非常に危なっかしい。

「はぐれたら大変だし手を繋《つな》いで歩こうか」

「うん！」

手を差し出すと、ニーナは笑顔で手を繋いでくれた。

うん、嫌がられなくて良かった。ここで断られでもすれば、一生もののトラウマになっていたかもしれない。

アンドレに見られれば過剰な反応を示されそうな光景であるが、はぐれる危険性を考慮すれば仕方のないことだ。

ニーナの手を引いて進行方向を誘導しながら通りを進んでいく。

確かこっちの方向に行けばエルザのオススメの店がたくさんあるはずだな。

メモを思い出しながら歩いていると、やがて人波が落ち着いた開けた場所に出た。

そこには木装飾の美しい建物が立ち並んでおり、華やかな品物がガラス越しにいくつも見えている。

「すごい！　綺麗《きれい》なお店！」

立ち並ぶお店を眺めてニーナが目を輝かせる。

しっかりと店のイメージや景観を意識しているのだろう。

木格子の間に装飾性のある木細工がはめ込まれている。正方形を基調にしているが、それらを重ねることによって非常に豊かなデザインとなっている。

隣の店を見てみると、こちらも同じ木造式の建物であるが、漆喰《しっくい》で仕上げられており、仕上げ材と漆喰の凹凸《おうとつ》を利用した浮き彫りの装飾がされている。

ひとつひとつのお店のデザイン性が非常に高い。

確かに転移で飛び回っている際に、何となく女性が多いと感じていたが、これだけオシャレな店なら納得だ。見ているだけで非日常感を味わえる美しい街並み。

無意識のうちに手を引っ張って歩き出すニーナ。

俺はそれに逆らうことなく彼女の好奇心に身を任せる。

ニーナが一番に駆け寄ったお店はガラス細工のお店だった。

窓越しに見せる展示棚に並ぶガラス細工を一心不乱に眺めている。

「わぁ、綺麗……」

ため息を漏らすような一言。まるで大きな声を出してしまえば、目の前のガラス細工が壊れるのではないかと思っているような小さな声音だ。

「ちょっと中に入ってみるか?」

「うん!」

頷《うなず》いてすぐに入るかと思ったニーナだが、何故《なぜ》か俺の後ろに回って背中を押してくる。

「どうした?」

「クレトが先に入って……なんかオシャレで恥ずかしいから」

どうやらオシャレな店に圧倒されて一番に入る度胸がないらしい。

俺のような男よりも、ニーナのような可愛《かわい》らしい少女の方が入りやすいと思うのだが仕方がない。

先頭にさせられた俺は扉を開けて、お店の中に入る。

「いらっしゃいませ」

チリンチリンと涼しげなベルの音が鳴ると、眼鏡をかけた店主らしき女性の静かな声が木霊《こだま》する。

店主はそれ以上声をかけることも寄ることもなく、カウンターに座っている。

どうやら営業している傍《かたわ》らで、違う細工物を作っているようだ。実にクリエイターらしい。

店内にはいくつもの棚が設置されており、そこにはいくつものガラス細工が置かれている。

シカ、ウサギ、鳥などの動物から、荒々しいクマや猪《いのしし》、果てにはゴブリンやオーク、スライムと幅広い種類が置かれている。リアルな精巧さをしているものから、デフォルメにされたものまで様々だ。

「透明なウサギさんだぁ」

ニーナが見つめているのは透明なガラスで仕上げられたウサギ。

ワンポイントとして瞳が赤いガラスで仕上げられている。

ツルリとした体表と丸みを帯びたウサギの身体《からだ》が非常にマッチしている。

ウサギをしばらくジーッと眺めると、ニーナは隣の棚に置かれてあるスライムに目が惹《ひ》かれたようでそちらに移動。

「スライムだ」

「ああ、すごい躍動感だ」

目の前にあるスライムのガラス細工は、飛び跳ねている最中を切り取ったものだった。

水色のガラス独特の不透明さは、まさしく外で遭遇するスライムの体色のように不気味で美しかった。

俺がスライムに見惚《みと》れる中、ニーナはまたしても次のガラス細工に興味を惹かれて移動。

好奇心旺盛で見ていくのが早いな。

すっかりと店の雰囲気にも慣れたようなので、俺は付いていくのを止めて自分の気になる物を見て回ることにした。

ふうむ、やっぱりこのスライムは美しいな。他にもファイヤースライム、グリーンスライム、ポイズンスライムなどの種類があり、そちらも粘体質《ねんたいしつ》の身体を活《い》かした動きをしている。

それぞれの種類に合わせたカラーガラスを使っており非常に綺麗だ。

ハウリン村の新居や、屋敷の私室も物寂しいと思っていたところだし、いくつか買っていこう。

そんな感じでいくつか欲しいものに目星をつけた俺は、ニーナに声をかける。

「何か欲しいものはあったか？」

「うん、最初に見たウサギさんのやつ！」

「買ってあげるよ」

「大丈夫！　母さんからお小遣い貰《もら》ったんだ！」

どこか胸を張るようにポーチから革袋を取り出すニーナ。

俺にあまり払わせないようにステラがきちんと持たせたのだろう。

きちんとステラがお金を持たせており、払うと本人が言っているのだから無理に出すこともないか。あまりこちらが出すとかえって、ステラに気を遣わせてしまうし。

「わかった。それじゃあ、お会計をしようか」

「うん」

ニーナはウサギのガラス細工を二つ買い、俺は五種類のスライムを買った。

それぞれの会計を終えると、ニーナは嬉《うれ》しそうに買ったガラス細工をポーチに入れた。

俺の亜空間で収納した方が安全だろうが、それを言うのは無粋だ。

買ったものを自分で持つことにも意味はある。

「次はどこに行く？」

「うーん、どれにしようかなー」

ガラス細工の店を出ると、ニーナは悩ましそうにしながら店を眺める。

たくさんの種類の店があって迷っているのだろう。

「あそこの雑貨屋さんとかオススメらしいぞ？」

「じゃあ、そこで！」

それとなくエルザのメモに書かれていた店を提案すると、決心がついたのかニーナは頷いた。

第十話　王都のお土産

エルザのメモに書かれていた雑貨屋は、煉瓦《れんが》でできた一階建ての家屋で窓の上部にステンドグラスがはめ込まれているのがオシャレな店。

中に入ると、広々とした店内が広がっている。

「わあ、色々なものがあるね！」

「だな」

日本における雑貨屋と同じで、置かれている品物は生活雑貨やインテリア用品をはじめとするものだ。

陳列棚には形状豊かなお皿や、カラーリングの見事なお皿が置かれている。

ハウリン村に新居を構える際にそれなりに買い込んだが、こういった可愛《かわい》い食器を目にすると買い足したくなってしまうな。

俺が新居に合いそうな食器類を眺めていると、ニーナはラックの上に並んでいるアクセサリーを見つめているようだ。

やっぱり、年ごろの少女だけあってああいう物が気になるらしい。

ニーナはその中で一つの髪留めに手を伸ばし、自分の髪に当ててみる。

「おっ、新しいヘアゴムでも買うのか？」

近づいてそのように言うと、ニーナは少し恥ずかしそうに笑って首を横に振った。

「ううん、母さんのお土産にどうかなーって思って」

ニーナとステラの髪色は同じなので似合うか確かめていたのだろう。髪色が同じ親子だからできる確かめ方だな。

「なるほど。落ち着いたステラさんに似合いそうだな」

「うん。でも、他の色も綺麗《きれい》で迷っちゃうよ」

ニーナが手にとっている花飾りがついたヘアゴムには赤、橙《だいだい》、桃、緑、水色、青紫と六色もある。どれも綺麗でこの中から選ぶのは難しそうだ。

「いっそのこと二種類くらい買ってあげるか？」

「うーん……父さんのお土産も買ってあげたいし、お金が足りないかも……」

ここで俺がお金を出してやるというのも違うだろう。

「なら、先にアンドレさんのお土産を決めないか？　それから残りの金額を計算して二つか一つに選べばいい」

「うん、そうする！　でも、父さんって何が喜ぶのかな？　さすがにワインは買えそうにないし

「……」

アンドレといえばワイン好きであるが、子供のお小遣いで買うには少々高い。それ以外のものとなると、ニーナには思いつかないようだ。

正直、ニーナが買ったものなら何でも喜ぶと思う。しかし、彼女が求めているのはそんな答えではない。

「ワインが買えないならグラスとかどうだ？　ここには色々な形のワイングラスがあるぞ」

「あっ！　そうだね！　ワイングラスを見てみる！」

どうやら俺の提案したものはニーナにもピンとくるもののようだった。

悩ましそうな顔から明るい顔色に変えたニーナは、ワイングラスが並んでいる場所へと移動。

しかし、それらを見つめていたニーナは小首を傾《かし》げた。

「グラスって、どういうのがいいかな？」

ニーナはまだ子供でお酒を呑《の》んだことがない。

どんなグラスがいいか不安になるのも当然だろう。

「家にあるグラスとは違う形にした方がいいんじゃないか？　後はステラさんのヘアゴムを買うお金が残る程度のものがいいと思う」

正直、俺もワインやグラスには詳しくはないが、ニーナが買ってくれたと一目でわかる物がアンドレは喜びそうだ。

「じゃあ、この三つのどれかかな」

そう言って三つのワイングラスを目の前に並べてみせるニーナ。

そして、じっくりとそれらを眺めると、

「これにする！」

ニーナが手にしたのは持ち手の短いワイングラスだ。

一般的なワイングラスよりも丈が低く、持ちやすいのが特徴だ。

「おっ、決め手は？」

「洗いやすそう！」

なんと家庭事情に配慮した決め手だろうか。

確かに洗いにくい食器やグラスって困るからな。

冷静にそういった部分を考えられるのは家庭的な証《あかし》だ。

「なら、最後はヘアゴムだな」

「うん、決めたよ」

アンドレへのお土産を決めたニーナは再びヘアゴムのところへ戻る。

「これにする！」

そして、そちらも悩みに悩んだ末に橙色のヘアゴムを手にした。

「もう一本はいけそうか？」

「足りないから一本だけにするよ」

「ちなみに最後は何と悩んでいたんだ？」

「水色かな。こっちも似合いそうだったし」

うん、確かにこれも似合いそうだな。

ハウリン村は緑豊かなので、こういった色合いの方がつけていて映えそうだ。

「それじゃあ、買ってくるね」

水色の花がついたヘアゴムを眺めていると、ニーナは早口でそう言って会計に向かった。

彼女がこちらに背を向けたのを確認した俺は、平皿を数枚とニーナが惜しんでいたヘアゴムを手にして会計に向かった。

◆

雑貨屋でお土産を買った俺とニーナは、その後もエルザのオススメの服屋や革細工屋を巡ったり、ふらついて気の向くままにあちこちの店を見て回った。

すると、時間はあっという間に経過して日が暮れる時間となった。

空は茜色《あかねいろ》に染まり、王都の建物も真っ赤《まか》に染まっていく。

仕事終わりの時間帯になったせいか、通りを行き交う人の数も増えてきた。

「そろそろ、ハウリン村に帰ろうか」

「もうちょっとだけいたい」

帰り時だと判断しての提案だが、ニーナはこちらの手をギュッと握って名残惜《なごりお》しそうに言う。

「もうすぐ日が暮れるよ。あんまり遅くなると、ステラさんやアンドレさんが心配するからね」

「……………うん」

やんわりと窘《たしな》めると、ニーナは残念そうに頷《うなず》いた。

「大丈夫。また俺の魔法で連れてきてあげるから。二度とこられない場所じゃないさ」

ハウリン村に住んでいる彼女が、こんなところに来られるのは滅多にない。しかし、俺の空間魔法があれば別だ。また時間さえ合えば、いつでもやってくることができる。

予定があえば、アンドレやステラも連れてきてもいい。

「そうだね。ありがとう、クレト」

そのように言うと、ニーナは納得してくれたようで俯《うつむ》いていた顔を上げた。

「それじゃあ、ハウリン村に帰るよ」

人気《ひとけ》のないところまで移動すると、俺とニーナを対象にした複数転移を発動。

視界が裏路地からハウリン村にあるアンドレの家の前へと切り替わった。

「ニイイイイイナアアアアアッ！」

「わぁっ！」

すると、仁王立ちで待機していたアンドレが大声を上げて突撃。ニーナを勢いよく抱きしめた。

「まったく心配したぞ！　急に王都に行くだなんて……ッ！　怖い目には遭わなかったか!?」

「大丈夫だよ、父さん。クレトがずっと一緒にいてくれたし、すっごく楽しかったよ！　建物は大きくて綺麗で色々な人がいた！」

「そうか」

ニーナの喜びにあふれた表情を見て、特に問題はなかったと理解してくれたのかアンドレがホッとしたような顔をする。

それからジットリとした視線でこちらを見つめてくる。

「…………」

ステラに言い含められているからか口に出して非難してこないが、恨めしそうな瞳がありありと文句を語っている。

「こら、クレトさんに変な目を向けないの。私が責任を持ってお願いしたんですから」

「お、おお」

「クレトさん、今日はニーナの面倒を見てくださり、ありがとうございます」

「いえいえ、以前した約束ですし俺も一緒に王都を回れて楽しかったですから」

面倒を見るだなんてとんでもない。こんな機会でもなければ、仕事でいることの多い王都の散策はできなかった。

改めて巡ってみると、王都もたくさんの店や面白いもので満《み》ち溢《あふ》れている。

欲しいものもいくつも買えたし、非常に有意義な一日だった。

「ニーナの顔を見れば、相当楽しかったことはわかる。ありがとうな、クレト」

「どういたしまして。時間が合えばご家族皆で行きましょう。魔法で連れていきますから」

「父さんや母さんとも行きたい！」

「それは素敵ですね！」

「お、おお、そうだな」

ステラやニーナのテンションは高いが、明らかにアンドレだけ様子がおかしかった。

「……なんで微妙な反応してるの父さん？」

「ひょっとして王都にビビッてるんじゃないですか？」

「そ、そんなことはねえ！　怖いわけないだろ！」

ニーナがジトッとした目で言い、俺がからかうように言うと、アンドレはムキになった反応を返した。

まあ、俺たちのような年齢になると色々と価値観も固まっているので、未知の場所が怖くなるのも仕方がない。

アンドレの可愛らしい反応にステラやニーナも苦笑する。

「そうだ、ニーナ。あれを渡してあげれば、アンドレさんも王都が怖くなくなるかもしれないよ」

「そうだね！」

ニーナに耳打ちをすると、彼女は思い出したようにポーチに手を入れた。

「はい、二人にお土産！」

「おおおおお！　ニーナからのプレゼント！」

アンドレはニーナからのプレゼントに、喜びに打ち震えすっかりと固まる。

厳密にはお土産だが、プレゼントとも言えるっちゃ言えるのか。

アンドレは包装紙を丁寧に開けると、中から出てきたワイングラスを手に持つ。

「ワイングラスか！」

「うん！　父さんが好きなワインは買えなかったけど、グラスならずっと使えるしね」

「ありがとう、ニーナ！　俺はこれから毎日このグラスでワインを呑むぜ！」

「毎日はダメです」

「うん、ダメ」

感激のあまりそのような宣言をするアンドレだが、ステラとニーナに却下されていた。

本当に嬉《うれ》しがって毎日呑みそうだからな。

「母さんも開けて開けて！」

「ええ」

ニーナに急《せ》かされてステラも包みを開ける。

そこには雑貨屋で買った橙色の花が装飾としてついているヘアゴムだ。

「あら、王都にはこんな綺麗なヘアゴムがあるのね」

「私もビックリした！　種類も豊富でどれにするか迷っちゃった！」

「ニーナが私のために選んでくれたのなら何でも嬉しいわ」

おお、娘からのお土産に珍しくステラがアンドレみたいなことを言った。

やはり、娘から貰《もら》うというのは親として嬉しいのだろうな。

そう思うと、俺ももう少し父親にプレゼントをしてやるべきだったかな。

何となく恥ずかしくてそういうことはあまりできなかったな。過去の自分に後悔だ。

身内にはできなかった自分だけど、世話になっている身近な人にならいまでもできる。

「俺からも二人にお土産がありますよ」

「おお、本当か？」

そのように言うと、アンドレが期待した表情を見せる。

俺は亜空間からいくつかの包みを取り出して、アンドレに渡す。

「……いい匂いがするな。もしかして、食べ物か？」

「はい、王都の食べ物が入っています。空間魔法で保存していたのでほぼ作り立てですよ。よかったら、夕食に食べてください」

「本当だ、温けえ！　ありがとうよ、クレト！」

屋敷でニーナと約束したしな。アンドレやステラにも食べ物を持って帰ってあげると。

「それと最後にニーナにもお土産だ」

「え？　私も？」

まさか、自分にもあるとは思わなかったのかニーナがきょとんとした表情になる。

亜空間から小さな包みを取り出して、ニーナに渡す。

それはニーナと一緒に行った雑貨屋の包み。それに気付いたニーナはピンときたような顔になった。

おそるおそる包みを開けると、そこには水色の花がついたヘアゴムが出てきた。

「あっ、これ私が最後まで悩んでいたやつ！」

「俺からのお土産さ。ステラさんとお揃《そろ》いで着けるといいかなって思ってね」

親子で仲良く同じ種類のヘアゴムをつけている光景が見たくてつい買ってしまった。

そんな個人的な気持ちで買ったものだが、喜んでくれるだろうか？

「ありがとう、クレト！　すごく嬉しい！」

「それはよかった」

そんな心配は無用でニーナはヘアゴムを大事そうに握って礼を言ってくれた。

「せっかくだから二人共つけてくれよ」

アンドレの頼みにステラとニーナは頷いて、買ったばかりのヘアゴムをつける。

二人共髪型は同じポニーテール。後ろには橙色と水色の綺麗な花が咲き誇っていた。

ヘアゴムをつけて互いの様子を確認し合う、ステラとニーナはまるで姉妹のように仲睦《なかむつ》まじい。

「ありがとうな、クレト」

そんな幸せそうな二人を眺めて、アンドレがポツリと言葉を漏らす。

「いえ、こちらこそ」

三人のお陰で前世ではできなかったことの一つをできたような気がした。

第十一話　王都の楽しみ方

ニーナと王都にお出かけをした翌日。俺は再び王都へとやってきていた。

ニーナと王都を巡っていると、自分もまだまだ未熟だと感じさせられた。

初めて王都にやってきたニーナをスマートに案内できたかと言われると否《いな》だ。

俺はあまりにも王都での遊びを知らなすぎる。

二拠点生活をおくる者として、片方の拠点でしか楽しみを知らないなどというのはあまりにも情けない。二拠点生活者たるもの、どちらの楽しみ方も知り、充実した生活をおくるべきだ。

そんなわけで、俺は王都での楽しみ方を知るためにこうしてやってきているというわけだ。

とはいえ、王都はあまりにも広い上に店の種類も多い。前世のようなインターネットや端末もないこの世界で調べるには骨が折れる。

そういうわけで俺はそういう楽しみ方に精通していそうな、エルザに聞くことにした。

彼女が王都に詳しいことはわかっている。

まずは、彼女のイチ押しの楽しみ方を学んで、自分なりの楽しみ方を模索していこうと思った。

屋敷の私室に転移をすると、扉を開けて廊下に出る。

するとゴッと扉が何かにぶつかった音がした。

「え？」

「～～～～～～～～ッ!?」

少し開いた扉の隙間を覗《のぞ》けば、おでこに手を当てて声にならない悲鳴を上げているアルシェがいた。

「わっ！　ごめん！　扉の前に誰かがいるとは思わなくて！」

「だ、大丈夫です。こちらこそ、不注意ですみません」

涙目になりながらも健気《けなげ》に謝るアルシェ。

掃除用具を手にしていることから俺の部屋の掃除をしようとしたのだろう。

そうしたら、ちょうど転移でやってきた俺と鉢合わせて不幸な事故が起きてしまった。

被害者なのに文句を言うこともないなんていい子過ぎる。

そして、そんな子に扉をぶつけてしまった自分への罪悪感が半端ない。

回復魔法なんかが使えれば治療できるのであるが、俺にはそんな便利な魔法はない。

あるのは空間魔法だけだったので、とりあえず亜空間から氷とタオルを取り出してアルシェに渡す。

「とりあえず、これで冷やしておいてくれ」

「ありがとうございます」

もし、腫《は》れたとしても氷があるだけで大分《だいぶ》マシになるはずだ。

「……一体、何の騒ぎで――いいえ、おおよそ状況は理解しました。互いにタイミングが悪かったのですね」

騒がしさを聞きつけてやってきたエルザだが、俺たちの様子を見て状況を理解したようだ。

エルザの状況把握能力が凄《すご》すぎる。

「アルシェさんはひとまずお休みしていいですよ」

「はい、それでは失礼いたします」

タオルで巻いた氷をおでこに当てながら下がっていくアルシェ。

……うん、本当にごめんよ。

「お帰りなさいませ、クレト様。本日はどうなさいましたか？」

いつもと変わらない落ち着いた声音で尋ねてくるエルザに、俺は昨日実感したことについて話してみる。

「……王都での楽しみ方ですか」

「ああ、エルザは休日とかどんな風に過ごしているんだい？」

「私は一人で外出することが多いです。喫茶店で朝食を食べ、本屋で本を買い、気になっていたレストランで昼食を食べて、ぶらぶらと服屋を眺めてみたり」

「いいね。落ち着いた大人の楽しみ方って感じだ。他にはどんな店に行ったりする？」

そうやって俺は質問を重ねて、エルザ流の王都の楽しみ方を聞いていく。

俺が気になったところは質問を重ね、メモ用紙にメモを記していく。

「私の過ごし方はこんな感じですね。大勢での楽しみ方はアルシェさんがよく知っているかと思います。よくルルアさんやララーシャさんを誘って、一緒に遊びに行っていますので」

「そっちについてはまた今度尋ねてみることにするよ」

アルシェを扉でぶつけてしまったところだし、今から追いかけて尋ねるのも互いに気を遣ってしまいそうだ。

まずは一人でじっくりと気になった場所を巡って開拓していこうと思う。

それに慣れたらアルシェ流の楽しみ方も聞いてみよう。

「教えてくれて、ありがとう。まずは、本屋にでも行ってみるよ」

「はい、お気をつけていってらっしゃいませ」

◆

エルザにオススメされやってきた北区にある喫茶店通り。

富裕層の住宅が多く集まるその区画には、雰囲気のいい喫茶店が数多く並んでいるだけでなく、近くには中古専門を含め、いくつもの本屋が点在していた。

「へー、落ち着いたいい雰囲気だなぁ」

高級住宅街だけあってか通りを歩いている人の身なりもかなりいい。

中央区のような賑《にぎ》わいはないが、落ち着いた時間の流れを感じさせる。

一人でゆったりとした休日を送るにはもってこいだ。

「まずは本屋に寄ろうかな」

本のマークが描かれた看板を目にして、俺は小さな本屋へと入る。

石造りの建物には所狭しと棚が並べられており、そこにはみっしりと本が詰まっている。

紙とインクの匂いが鼻孔をくすぐる。

店の中に書いてある説明書きを見ると、ここは中古の本を取り扱う店のようだ。

版画的な印刷しか普及しておらず、大量印刷の技術がないこの世界では本は高級品の部類に入る。

専門的な技術書や魔法書などを必要としない限り、多くの者は中古本を手にするものであって、
店内にはまばらに人が立っていた。

童話、小説、実用書、食べ物、植物、歴史、自己啓発などなどジャンル分けがされている。

前世ほど整然と置かれているわけではないからこそ、本との一期一会《いちごいちえ》があるような気がする。

歴史、童話、小説なんかは商売でのコミュニケーションのために誰もが知ってるところは押さえているが、それ以外はほとんど知らないな。

二拠点生活をはじめてゆとりのある時間が増えたので、読書をするのも悪くない。

そう思って聞き覚えはあったが、読んだことのない童話や小説を手に取っていく。

「……絵本か」

童話を手に取っていくうちに見つけたもの。

神のお陰か俺はこの世界の文字も難なく読むことができるので必要ないが、これならニーナも楽しんで読んでくれるかもしれない。

王都を巡った限り、簡単な文字は読めるようだったし、このレベルのものなら大丈夫だろう。仮に読み飽きたとしても村の子供に回してあげればいい。

そう思って童話の絵本もいくつか手にして会計をした。

買った本を亜空間に収納して歩くと、掲示板にチラシが貼られていた。

どうやらこの近くの美術館で絵画の展示会があるらしい。

前世ではそういったものに全く縁がなかったので覗いてみるだけでも面白そうだ。

そう思った俺はチラシに書いてある地図を記憶して、喫茶店通りを歩いてみる。

すると、程なくしてそれらしい美術館が見えた。

まるで貴族でも住んでいそうな洋館だ。

両開きの扉の前には槍《やり》を持った警備人らしき者が立っている。それだけここに飾られている展示品が貴重ということだろう。

少し緊張しながら扉をくぐると、広いエントランスが広がっている。

床一面が真っ白な大理石でできており、自分の姿が映り込みそうなほどに綺麗《きれい》だ。

受付カウンターで名前を記載すると、入館料を払う。

入り口にこれまた控えている男女の警備人に荷物検査を受けるとようやく展示エリアに入ることができた。

美術館というのはこれだけ敷居の高い場所だったのだろうか。

それとも今回の展示会が特別厳しいのか。普段からやってくることのない俺には判断はできなかった。

展示エリアに入ると、床一面が黒のカーペットになっていた。

光の反射を抑えるためと人々の足音を吸収するためのものだろう。

壁にはいくつもの絵画が飾られており、それがずらりと奥まで続いている。

何人もの人がそれらを見ているが、物音はほとんどしない。

僅《わず》かな身じろぎと微《かす》かな呼吸の音だけが響き渡っている。その静謐《せいひつ》な空気に当てられて、自然と俺の背筋も伸びた。

ゆっくりと歩いて右側にある壁の絵画を眺める。

立派な額縁には、王都ゼラールの街並みが一枚絵に収められていた。

絵具《えのぐ》などの塗料を使って描いているのか非常に精緻《せいち》だ。

一つの絵画を眺め終わると、二枚目、三枚目、四枚目と次々と絵画を眺めていく。

どうやら今回の展示会は王都の風景をテーマにしているらしい。

昨日ニーナと行った中央区の市場や商業エリアなどの街並みが描かれている。風景だけのものから、そこに住んでいる人々の生活感を切り取ったものまで様々だ。

それらを眺めていると、自分までその場所にいるような気になった。

そうやって絵画を眺めていくと、奥の展示スペースにたくさんの人が集まっていた。

見上げるような巨大なキャンバスが設置されている。

静かな館内にもかかわらず、あそこだけ声や小声での会話が漏れている。

周囲にいる係員もそれを止めるようなことはせず、周りの人も仕方なしというような空気だった。

それほどまでにすごい絵なのだろうか。

興味が湧いて近づいていくと、巨大なキャンバスにはゼラール城が描かれていた。

「おー……」

思わず漏れてしまう感嘆の声。

キャンバスいっぱいを使うように描かれたゼラール城は、見る者に城の雄大さと美しさを伝えてくる。

まさしくゼラール城をちょうどいい位置から見上げたかのような構図だ。

王都の広場から肉眼で見上げたものよりも遥《はる》かにこちらの方が美しく感じる。

展示エリアに入っていくつもの絵画を見てきたが、一目見ただけでレベルが違うとわかった。素人《しろうと》でもそれがわかったのだから、より目の肥えている人からすればもっと鮮烈な差が浮き彫りになってわかったことだろう。

『ゼラール城　著作者　レフィーリア』

キャンバスの傍《かたわら》にはそんなタイトルと名前が書かれていた。

デジタル技術も写真もないこの世界。アナログな塗料だけであんなにも綺麗な絵を描ける人が存在するのか。

しばらくの間、美しいゼラール城の絵を眺め続けた。

第十二話　喫茶店通り

「……いい絵だったな」

美術館を出た俺は、喫茶店通りを歩きながら呟《つぶや》いた。

たった一枚の絵で、あれほどの感動を受けたのは初めてだった。

先程の一枚の絵が綺麗《きれい》過ぎて脳裏から離れない。

喪失感にも似たような形容しがたい不思議な気持ちが広がっていた。

「少し早いけど喫茶店で昼食でも済ませようかな」

先程の絵の余韻のせいか、積極的に動き回る気がしなかった。

とりあえずの行動指針を立てると、俺は近くにある喫茶店に足を向ける。

「げっ」

オシャレな木造式の喫茶店。ガラス越しに見える店内の客は女性やカップルばかり。ならばとテラス席に視線を向けると、そちらも同じような客層だった。

微《かす》かに座席こそ空いているものの、俺のような年ごろの男性が一人で入れば間違いなく浮いてしまうだろう。それ以上に俺自身がその空気に耐えられない。

「違うところにしよう」

即座に判断して次に見えてきた喫茶店を覗《のぞ》く。

しかし、そちらも同じような客層ばかりで俺のような男の一人客は皆無。

ならばと斜め向かい側にある喫茶店に向かってみると、そちらはカップルこそいないものの大半が女性客で占められていた。

やはり雰囲気がいいだけあって女性に人気の場所なのだろう。

エルザは一人で入っても絵になるし違和感はないが、俺にはレベルの高い場所だった。

「ここは戦略的撤退をしよう」

エルザにオススメされて期待していた喫茶店通りだが、俺が一人で入るにはレベルの高い場所だった。

泣く泣く喫茶店通りから歩き続けると、落ち着いた街並みになって人の流れも少なくなってきた。

その中に見えたレンガ造りのこぢんまりとした喫茶店。

『黒猫喫茶』と書かれており、扉には黒猫を模した小さな看板がぶら下がっている。

「ここはどうだ？」

窓からおそるおそる様子を眺めてみると、アンティーク調な家具で統一されている店内が見えた。

先程のように客層に偏りはない。あまり混雑しておらず、適度な快適さがある。

そのことがすぐにわかった俺は、即座に入ることを決断した。

喫茶店を探すのに歩き回ったせいか足に疲労も感じていたしな。

「いらっしゃいませ、お好きな席にどうぞ」

中に入ると、俺より少し年下ぐらいの女性がそう言ったので、空いている端っこのテーブル席に腰をかける。

座り心地《ごこち》のいいイスに手触りのいい木製のテーブル。

壁の色合いは落ち着いており、照明の魔法具もちょうどいい明るさだ。

奥の厨房《ちゅうぼう》ではダンディな顔つきのマスターが、コップを磨いている。

「うん、いい雰囲気だ」

エルザのオススメしてくれた誰もが知っているような喫茶店ではないだろうが、これはこれでいい場所だ。

名店を巡ることもいいかもしれないが、知る人ぞ知る落ち着いた店っていうのも悪くないと思う。

「ご注文はどうなさいますか?」

「じゃあ、サンドイッチのランチ。飲み物はアイスフルーツティーで」

「かしこまりました!」

喫茶店の定番ともいえる料理を頼むと、給仕の女性は可愛《かわい》らしい笑みを浮かべて下がった。

すぐにアイスフルーツティーがやってきたのでチビチビと飲みながら購入した本をパラパラと眺

める。

そんな風にまったりと過ごしていると、給仕がサンドイッチを持ってきてくれた。

「お待たせしました、ランチのサンドイッチです」

「おおー……って、デカっ！」

皿の上に載っているのは二つのサンドイッチ。

具材はあり触れたものであるが、サイズがかなり大きかった。

包装紙に包まれており、それがなければ具材を挟めないほどだ。

「うちの父さんが、小さいサンドイッチはサンドイッチじゃないって言うので」

「落ち着いた見た目なのに豪快なんですね」

落ち着いた表情でコップを拭いているダンディなおじさんが、そんな豪快なことを言うとは驚きだ。

「ちなみに具材は日によって変わります」

「そういうところは店名になぞって気まぐれなんですね」

「そうなんです」

給仕の女性はクスリと笑い、「ごゆっくりどうぞ」と言って去っていった。

サンドイッチに挟まれているのはウインナーに玉子焼き、ベーコン、トマトにレタスとどれもが分厚い。

しっかりと手で支えながらかぶり付く。香ばしい小麦の味に塩気と旨《うま》みの利いたウインナーの味。そこから玉子の味や酸味のあるトマト、瑞々《みずみず》しさのあるレタスとそれぞれの味が連鎖していく。

「……美味《おい》しい」

豪快な見た目とは裏腹に味の方は繊細だった。

◆

ボリューミーなサンドイッチを食べてお腹《なか》を膨らませた俺は、アイスフルーツティーを飲みながら本を読む。

王都の喧騒《けんそう》から隔絶された静かな空間だ。

今日はこのままここで読書をし、また店を巡ったら、適当なレストランにでも入って酒を呑《の》もう。

それから少しのつまみと酒を手に鐘楼《しょうろう》に転移し、夜景を見ながら一杯というのもいいな。

「やあ、クレト」

そんな理想的なスケジュールを立てていると、目の前にエミリオが立っていた。

爽やかな笑みを浮かべているエミリオを見て、自分の立てた計画が儚《はかな》く砕け散るような幻聴を聞いた。

休日がなくなったことを察した俺は、読んでいた本を亜空間に放り込む。

「なにしにきた？」

「ちょっとクレトに用があってね。ああ、僕はアイスミルクティーで頼むよ」

エミリオは当然のように目の前の席に座ると、給仕の女性に注文をした。

「どうして俺のいる場所がわかったんだ？」

「エルザに教えてもらったよ」

「でも、エルザに教えてもらった喫茶店通りから離れてるぞ？」

もしかして、俺の位置がわかるような魔法具とか、監視人がついているんじゃないだろうか。

「クレトがあんなオシャレな店に入れるわけがない。尻込みして静かなカフェを探すのは容易に想像できたからね。この辺りの喫茶店だと思ったよ」

くっ、完全に俺の思考が見透かされている。悔しいけど事実なので何も言い返すことができなかった。

「……で、俺に用っていうのは？」

ミルクティーが差し出されて、給仕が去ったところで尋ねる。

エミリオ自身が俺を探しにくるということは、よっぽど急いでいるか重大な案件かのどちらかだろう。

「実はとある人物から君に繋《つな》いでほしいとの依頼があってね」

「それは俺が商会で活動していることを知っているってことか？」

エミリオを仲介してということは、俺が商会に所属して転移での商売をやっていると知っていることになる。

「そういうことになるね。冒険者ギルドに現れた転送屋と僕の商会の急成長を調べれば、クレトと僕が協力関係にあるだろうと察する人もいるだろうしね」

「まあ、そこまで秘密にするものでもないしな」

今のところ空間魔法を持っているのは俺だけみたいだし、知られようがおいそれと真似《まね》できるものでもない。言う事を聞かせようと攫《さら》おうとしても、俺が転移で逃げる方が圧倒的に速い。

「にしても、エミリオがそういう依頼を持ってくるとは珍しいな」

やろうと思えば高貴な方を転移で護送することもできる。しかし、そういった商売は商会の方ではまったくやっていない。

何故《なぜ》ならば、そんなことをするよりも物資を売買する方が遥《はる》かに儲《もう》かり、商会としての力もつくからだ。

「まあ、依頼人は昔からの知り合いだからね」

「ふーん、どんな人なんだ？」

単純にエミリオの昔からの知り合いというのは気になる。

コミュニケーション力が高いエミリオであるが、そういったプライベートの知人は見たことがなかった。

「興味があるなら話が早い。実は外で待ってもらっているから入れてもいいかな？」

「外にいるのかよ。まあ、いいぞ」

屋根の下は日陰になっているとはいえ、この暑い季節にずっと外で待ってもらうのも申し訳ない。

緊張感よりも心配の方が勝った俺は、すぐに頷《うなず》いた。

エミリオが扉を開けて声をかけると、外から一人の女性が入ってきた。

第十三話　画家の依頼

エミリオが連れてきた依頼人は、とても綺麗《きれい》な女性だった。

艶《つや》やかな銀色の髪に透き通るような青い瞳。夏であるにもかかわらず、シミや日焼けをまったく感じさせない雪のように白い肌。

淡い色合いのワンピースを着ており、肩には薄い羽織をかけている。

とにかく儚《はかな》げな印象を持つ女性で、華奢《きゃしゃ》な体格も相まって迂闊《うかつ》に触れれば壊れてしまいそうな印象を受けた。

女性が注文を終えて、飲み物がやってくる。

ミントティーを口にして一息つくと、彼女はこちらを真っすぐに見据えて口を開いた。

「お休みの中、急に押しかけて申し訳ありません。どうしても転送屋さんにお頼みしたいことがあって参りました。レフィーリアと申します」

「んん？　その名前、さっき美術館で見たような……？」

その名前には非常に覚えがあった。具体的にはさっき寄った美術館の展示会でだ。

「そうですね。今、美術館で開催されている王都展に作品を展示させていただいています」

「もしかして、ゼラール城を描いた画家さん？」

「そうです」

確かめるために言ってみると、レフィーリアは嬉《うれ》しそうににこりと笑った。

「あのゼラール城、すごく綺麗でした」

「ありがとうございます。そう言っていただけると、こちらも描いた甲斐《かい》があるというものです」

まさか、あんなすごい絵を描ける人が目の前にいるだなんて驚きだ。

芸術家って、もっとこう神経質そうなイメージがあったのでこんな柔らかな女性が描いていたとは意外だ。

「エミリオから話を聞いているかもしれませんが、改めて自己紹介を。冒険者ギルドで転送屋をやっており、エミリオ商会の従業員でもあるクレトです」

「よろしくお願いします、クレトさん」

自己紹介をすると、にっこりと笑みを浮かべるレフィーリア。

周囲にはあまりいない上品で柔らかな人なのでちょっと新鮮だ。

「ところでエミリオとの関係は聞いても？」

そして、こんな商売っ気のなさそうな方がエミリオと個人的な知り合いというのが気になる。俺がそのように問いかけると、レフィーリアはエミリオに視線を向け、彼は苦笑して頷《うなず》いた。

「私の友人であり、パトロンです。私がまだ駆け出しでお金に困っていた時、彼が私の絵を気に入って応援やアドバイスをしてくれたんです」

「へー、エミリオがそんなことを……」

商売のことならまだしも、彼がそんなことをしていたのは意外だった。

「レフィーリアに絵の才能があったのは一目瞭然だったからね。そんな才能が潰れてしまうのは勿体《もったい》ないと感じていたんだ。それに単純に僕は美しいものが好きだ」

彼なりの言葉で表すと先行投資というやつか。

ということは、王都にやってくるよりも前の話なのだろう。

彼が王都にやってきたというのは最近だし。

そこのところも少し気になるが、あまり深入りはしないでおく。

「こうやって王都で活動し、大きな展示会にも参加できるようになったのはエミリオの力があってこそなんです」

「あの絵を見ると、エミリオだけの力ではなく、レフィーリアさんの実力もあってこそと思えましたが……」

「いえいえ、私なんてまだまだ。もっと色々なものを描いてみたいんです……」

そのように素直な気持ちを言ってみるも、レフィーリアは謙虚にもそんなことを言う。

思わず苦笑しているエミリオの様子を見る限り、それが平常運転のようだ。

この慢心しない心がレフィーリアの上手《うま》さの秘訣《ひけつ》なのかもしれない。

「なるほど、わかりました。それでレフィーリアさんの頼みというのはなんでしょう？」

「クレトさんの転送で私を色々なところに連れていってほしいんです！　私一人では行けない遠い場所や、一般人が立ち入れないような場所へ！　常人では見られない景色を様々な角度から描いてみたいのです！」

尋ねてみると、身を乗り出す勢いでレフィーリアが語った。

「な、なるほど。わかりましたので、少し落ち着いてください」

「……すみません、少し熱が入ってしまいました」

指摘すると頬を赤く染めて、座り直すレフィーリア。

「つまり、写生のために色々な場所に連れていけばいいんですね？」

「はい、そうです。今はそれなりに稼げている方なので報酬もきちんとお支払いできるかと思いますが、いかがでしょうか？」

おずおずと窺《うかが》うように尋ねてくるレフィーリア。

ふむ、色々な場所に連れていく必要があり、拘束時間も長くなりそうだが、別に難しい依頼ではないな。

同時並行でやる必要もないし、いくつもの出来事を把握しておく必要もない。冒険者の転送に比べれば非常に楽だ。

時間はそれなりに食うが、のんびりとやれるだろう。

「受けるのに一つだけ条件を言ってもいいですか？」

「なんでしょう？」

「よろしければ、報酬はレフィーリアさんの絵にできませんか？　展示会のような大きなものではなく、家に飾れるようなサイズのものを」

どうせならお金ではなく、レフィーリアの描いた絵が欲しい。そう思ってしまうくらいに俺も彼女の絵の虜《とりこ》になっていた。

俺の言葉を聞いて、エミリオが愉快そうに笑う。

「あはは、報酬を絵画にするとは、クレトも見る目があるね」

「レフィーリアさんの描いた絵を家に飾れば、素敵になりそうだって思ったんだ」

深い理由はないが、そんな直感が俺の中にあった。

「それで引き受けてくださるのであれば喜んで描かせていただきます」

「それじゃあ、取引成立ということで」

そのように言って手を差し出すと、レフィーリアは目を丸くしてから手を握り返す。

「エミリオの友人だけあって、同じようなことを言うんですね」

クスリと笑う彼女の言葉を聞いて、俺は微妙な表情になるのであった。

◆

「絵を描くのに必要な物はそれで十分ですか？」

喫茶店を出た俺は、開口一番に尋ねた。

「はい、ここに着色道具も含めた画材が一通り入っています。さすがにイーゼルのような大きな道具は持ち歩けませんが」

レフィーリアが手にしているのは旅行用のトランクだ。その中にスケッチブックや着色道具などが入っているのだろう。

しかし、それらはあくまで必要最低限の画材だけのような気がする。

「クレトの魔法を使えば、どんな物でも収納して持ち運べる。よければ、一度アトリエに道具を取りに戻ればどうだい？」

「え、そんなこともできるんですか⁉」

「できますよ」

「ぜひ、お願いしたいです！」

エミリオの提案に頷いて答えると、レフィーリアは目を輝かせた。

やはり、手持ちの画材だけでは満足がいってなかったようだ。

これから絶好の景色を描くのに、画材が心許《こころもと》ないというのも勿体ないしな。

「そうとなれば、クレトの転移でレフィーリアのアトリエに行こう。ちなみに僕の商会から歩いて近い」

「さては、自分も転移に便乗するために提案したな？」

珍しく優しいことを言うと思ったら、自分も転移の恩恵に与《あずか》るのが目的だったようだ。

「いいじゃないか。レフィーリアの要望を代弁してあげたんだし。僕が言わなければ途中で戻ってくるハメになっていた可能性もあったよ？」

「休日だし割り増しで料金を請求してもいいか？」

「休日だから商会で働いたことにはならないよ。あくまで僕は繋《つな》いだだけで、これはクレトへの個人的な依頼さ」

ああ言えばこう返す。

相変わらずエミリオと口論で戦っても勝てるような気がしなかった。

「まあいいや。そういうわけで一度商会の傍《そば》まで転移しますよ」

「はい？」

二人にそう告げると、俺は空間魔法を発動。

黒猫喫茶の前からエミリオ商会の執務室へと瞬時に転移した。

「きゃっ！」

レフィーリアが倒れそうになっていたので、咄嗟《とっさ》に手を伸ばして受け止める。

「大丈夫ですか？」

「すみません、急に場所が変わったのでビックリしてしまいました」

「こちらこそ、すみません。最近は慣れた方を連れることが多いので注意を失念していました」

転移による移動は微《かす》かな浮遊感のようなものがある。慣れれば気にならないが、不慣れな者だと結構な浮遊感を得ると聞いた。

転送していたのが身体能力の高い冒険者や、運動神経のいいニーナだけあって、ついその辺りへの配慮を忘れてしまっていた。

「ちなみにレフィーリアは運動が苦手な上に、注意力が散漫だ。小さな子供を連れていくと思った方がいい」

「確かに運動能力が低いのは事実ですけど、そこまでは――きゃっ⁉」

エミリオの指摘にムッとして前に出ようとしたレフィーリアだが、自分が置いていたトランクに躓《つまず》いて転んだ。

……うん、確かにこれは小さな子供を連れていくつもりで臨んだ方が良さそうだ。

第十四話　久し振りのスケッチ

エミリオ商会から転移を繰り返すと、俺はレフィーリアのアトリエへとやってきた。

静かな住宅街に佇《たたず》む二階建ての木造建築。敷地面積はそれなりに広く、ちょっとした芝生《しばふ》の生えた庭がある。

北区のような華やかな建物とは違って、落ち着いた家だった。

「ここが私の家です。アトリエは奥にあるので付いてきてください」

「では、お邪魔いたします」

中に入ると、生活感のあるリビングが見える。が、今回は遊びにきたわけではないので、そちらはスルーして奥へ。

外から見ると気付かなかったが、意外と奥まった造りをしていた。

やがてレフィーリアが扉を開けると、そこには大きな広間があった。

いくつもの絵画らしきものが並んでおり、丁寧に布が掛けられている。

テーブルにはいくつものインクや刷毛《はけ》などの画材が置かれている。

リビングと違って生活感は皆無だが、並んでいる道具を見るだけでレフィーリアの仕事ぶりを想像することができた。

「すみません、展示品を描き終わったばかりで散らかっていて」

「いえ、気にしませんから」

色々な道具が出しっぱなしでお世辞にも綺麗《きれい》とはいえない状況だったが、いかにも画家の仕事場という雰囲気だった。

「必要なものがあれば言ってください。俺が魔法で収納していきますので。細かな道具は箱に入れてもらえると助かります。取り出す時が非常に楽なので」

「では、このイーゼルをお願いできますか？」

「わかりました」

レフィーリアが指さすイーゼルを亜空間に収納する。

「……消えちゃいました」

「ちゃんと取り出せますよ？」

レフィーリアが呆然《ぼうぜん》とするので、もう一度亜空間を開いてイーゼルを取り出してみせる。

「なるほど。そういう風に取り出しができるんですね。すごく便利そうで羨《うらや》ましいです」

レフィーリアの心底羨ましそうな視線に俺は苦笑するしかない。

これだけ色々な画材があれば、持ち歩きだけでなく用意も大変だろうな。

イーゼルを収納すると、レフィーリアはテーブルにあるいくつもの道具を箱に入れていく。絵具《えのぐ》や筆などの様々な道具を箱に詰め終えると、俺が亜空間へと収納した。

「これで問題ありませんか?」

「はい！　これならいつも通りに描けます！」

「それでは写生場所に移動しようと思うのですが、どんな場所がいいですか?」

そのように尋ねると、レフィーリアは顎に手を当てて考え込む。

「そうですね。漠然としたリクエストで申し訳ないのですが、普段生活していて行くことのできない場所がいいです。そういった所に心当たりはありますか?」

「では、中央広場の近くにある鐘塔《しょうとう》の頂上なんてどうでしょう?　王城の次に高い建物から見下ろす街の光景は絶景ですよ」

「いいですね！　そこでお願いいたします！」

「これから転移しますけど、心の準備は大丈夫ですか?　ちなみに今度の場所は全高八十メートルくらいあるのでかなり高いですよ」

レフィーリアが誤って落下しようと転移で救助はできるが、それなりに危ない場所なので注意してほしい。さっきのようにトランクに躓《つまず》かれると心臓に悪いし。

「……あ、あの、念のために手を繋《つな》いでいてもらってもいいですか?」

そのように忠告をすると、レフィーリアは恥ずかしそうにしながら手を差し出してきた。

なんだかそういう初心《うぶ》な反応をされると、こちらまで緊張してしまう。

「わかりました。手を繋ぎますね」

ニーナの小さな手の平とは違う、大人の女性の手にドキッとする。

が、俺は努めて意識しないようにして表情を取り繕う。

レフィーリアはエミリオの昔からの友人であり、俺の依頼人だ。

仕事のためだと考えれば、それほど意識はしないで済むな。

「では、行きますよ？」

「はい、お願いします」

レフィーリアがしっかりと頷《うなず》いたのを確認した数秒後、俺は空間魔法を発動。

アトリエから中央広場の鐘塔へと転移した。

転移の浮遊感に慣れていないから、レフィーリアは少しだけよろけたが俺が手を繋いでいたために無事に着地することができた。

繋いでいた手を離すと、レフィーリアが視線を巡らせる。

「……綺麗な景色」

鐘塔から見下ろせる王都を眺めて感嘆の息を漏らす。

差し込む陽光が艶《つや》やかな銀髪を煌《きら》めかせ、肌を撫《な》でるような風がふわりと長髪をはためかせた。

空中で銀糸の軌跡が描かれる。

　ここから見下ろす王都の景色も綺麗だが、それを眺めるレフィーリア自身にも美しさがあった。まるで一枚の絵画のようである。

「クレトさんは、どういった時にここにくるんですか？」

　ぽつりとレフィーリアが景色を眺めながら問いかける。言葉を発しながらも視線は前に向けられたまま。

「無性に一人になりたい時ですかね。後は、呑《の》み足りない時にお酒を買って、月や星を眺めながら晩酌したりします」

「それはとても素敵ですね」

　後半の言葉を聞いて、レフィーリアがクスリと笑う。

「それでは早速絵を描きたいと思います」

　それから十分ほど無言で眺めると、レフィーリアは静かな声で言った。

　トランクを広げ出す彼女を見て、俺は先程アトリエで収納したイーゼルなどの画材を取り出しておく。

　レフィーリアはテキパキと道具を取り出し、イーゼルに真っ白なキャンバスを設置。

「クレトさんがいれば、アトリエはいらないですね」

　確かにそれくらい便利な自覚はある。

　そのように苦笑したレフィーリアだが、鉛筆を手にすると真剣な顔つきになった。

既に自分の中で収める構図はできているのだろう。手の動きに迷いはない。

まるで鉛筆まで彼女の腕の一部と錯覚するような繊細で軽やかな動きだ。

柔らかな笑みを浮かべている表情とは一転して、凛《りん》とした表情。

傍目《はため》にもわかるくらいに集中している。

どんな風に一枚の絵画が出来上がっていくのか気になるが、あまり傍《そば》で観察していても迷惑だろう。

冒険者が相手なら適当にまた迎えにくるのであるが、レフィーリアから目を離すのは少し怖い。

建物を観察するためにフラフラと歩き出して、落っこちてしまいそうだ。それを考えると、とても離れて時間を潰す気にはなれない。

「……せっかくだからスケッチでもしてみるかな」

ボーッとしているだけというのも勿体《もったい》ないしな。こういった時間も有意義に過ごしてこそのスローライフだ。

そうと決めれば、早速亜空間から自分用のスケッチブックと鉛筆を取り出す。

座り込んで紙にアイラインを設定すると、ここから見える景色をしっかりと観察。

それぞれの建物の輪郭をしっかりと捉《とら》えて、鉛筆を動かしていく。

前世では、授業中にノートに絵を描く程度。

絵を描くのは間違いなく好きだったが、それで食べていこうとは思わなかった。

家庭環境もあってか、とにかく安定した企業で正社員として稼いでいこうと決めた。
結果として正社員になれたもののブラック企業で精神をすり減らしていたな。
こうやって絵を描くために鉛筆を握るなんて何年ぶりだろう。
俺は年甲斐《としがい》もなくワクワクとしながらも鉛筆を動かし続けた。

第十五話　水彩画

夢中になってスケッチをしていると、自分の肩越しにレフィーリアが覗《のぞ》き込《こ》んでいることに気付いた。

スケッチに夢中になっていてまったく気付かなかった。

「……ど、どうしました？」

「クレトさんは、いい絵を描《か》きますね」

「そんなことはないですよ。俺は素人《しろうと》ですから」

文字通り、絵で稼いでいるプロに比べれば、俺の描いたスケッチなど塵芥《ちりあくた》だろう。

「『いい絵』というのが、必ずしも上手《うま》い絵というわけではないと私は思います。勿論《もちろん》、それも一つの要素ではありますが、見る人に感動を与えられる絵が『いい絵』だと私は思います。クレトさんの絵はのびやかで、見ていてすごく楽しさを感じられました」

「あ、ありがとうございます」

そんなことを言われたのは初めてだったので、嬉《うれ》しいような恥《は》ずかしいような気持ちだ。

確かに『いい絵』というのは、全てが精巧ではないな。

デザインチックな絵や、デフォルメされた可愛《かわい》らしいイラストだって厳密的には精巧であるとはいえない。そこから色々な人が考えて表現した上で、綺麗《きれい》だとか可愛らしいだとか誰かに何かしらの感動を与えている気がする。

今まであまり考えたことはなかったが絵というものも奥深いな。

などと立ち上がってレフィーリアの絵を覗いてみると、そこには水彩で着色が済まされた王都が描かれていた。

「やっぱり上手いですね」

「ありがとうございます」

水彩絵具《えのぐ》特有の色の混ざり合いや重ね塗りで、現実で見るものとは違った王都の景色がそこに描かれていた。

複雑で淡い色合いが混ざり合っており、とても美しい。

俺が鉛筆でスケッチを終わらせる間に、レフィーリアは着色まで終わらせていた。

正確でありながら圧倒的なスピード感がすごい。

「絵を描き終えたので違うところをお願いしてもいいですか？」

「わかりました。では、絵を亜空間に収納しておきますね」

「ちなみにクレトさんの魔法で収納する場合、乾燥などは進みますか？」

「いえ、亜空間の中では時間の流れは停止しているので、今の状態のままで保管されます」

「時間が停止⁉　そ、それを応用すれば、より色表現の幅が広がりますね」

さすがは画家。魔法を応用してすごいことを考えるものだ。

自分が塗りに挑戦する時は、そんな技法をやってみても面白いのかもしれない。

まあ、まずは基本の塗りを押さえてからのテクニックであると思うが。

二人で画材を片付けると、それらを亜空間に収納していく。

次はどこに連れていくべきだろうか。ここ以外にも見晴らしのいい建物はいくつかあるが、同じような景色を描いても楽しくないだろう。

「次は思い切ってカルッ平原などいかがでしょう？　少し魔物はうろついていますが、俺が責任を持ってお守りしますし、危ないと感じたら瞬時に転移で戻りますので」

「王都の外！　是非、お願いします！　私一人では絶対に行けない場所なので！」

などと提案してみると、またしてもレフィーリアは食いついた。

想像以上の喜びようにホッとする。

「では、カルッ平原に向かいますね」

「はい」

そのように声をかけると、レフィーリアは笑みを浮かべながら俺の手を握ってきた。

不意に繋《つな》がれる手に少しドキッとする。

「次の場所は平地なので危険はありませんよ？」

「えっと、まだ不安なのでこのままでもいいですか？」

申し訳なさそうに尋ねてくるレフィーリア。

女性にこんな風に言われて断れば男が廃《すた》るというものだろう。

「わかりました。慣れるまではこのままで」

俺は苦笑しながら転移を発動。

一瞬にして景色が変わって緑豊かなカルツ平原へと変わった。

「これはすごく見晴らしのいい場所ですね……ッ！」

移り変わった景色を、レフィーリアが目を爛々《らんらん》とさせながら見渡す。

カルツ平原は今日も変わらず緑が綺麗で、澄み渡る空とのコントラストが美しい。

遠くに森があり、まばらに木々が生えているのみ。

多くの人が行き交い、建物が並んでいる王都とは正反対ののんびりとした景色だ。

「どこで絵を描きますか？」

「あそこの木陰が涼しくて良さそうです」

「いいですね。あそこに行きましょう」

近くに生えている木まで二人で歩く。

木の下はしっかりとした影になっており、暑い日差しを緩和してくれていた。

風が吹くとサラサラとした葉音が鳴って心地《ここち》よい。

ここなら長時間、絵を描いていても平気だろう。

とはいえ、小まめな水分補給は必要だ。

亜空間から取り出した水筒で水を飲んで早めに水分補給をしておく。

「あ、あの、クレトさん」

「なんですか？」

「お、お水を分けてもらうことは可能でしょうか？　水彩用の水しか持っていなくて……」

視線を逸《そ》らしながら恥ずかしそうに頼み込んでくるレフィーリア。

「……夏なのでしっかりと水のことも考えないとダメですよ」

「舞い上がっていて描くことしか考えていませんでした」

亜空間から新しい水筒を取り出し、レフィーリアに渡しておく。

自分で飲んでしまって塗る時に使えないというのも困るからな。

「水は大量に持っているので無くなったらすぐに言ってください。お腹《なか》が空いたら食料もありますので」

「すみません、何からなにまで」

「エミリオの友人なので気にしなくていいですよ」

冒険者であれば、追加料金としてお金をとるところであるが、エミリオの友人とのことなのでこれくらいはサービスだ。

ぺこぺこと申し訳なさそうに頭を下げたレフィーリアは、こくこくと水を飲んだ。

喉の渇きを結構我慢していたのかもしれない。

水分補給を終えてホッと息をつくと、レフィーリアが構図の見定めに入ったので俺はまたしてもイーゼルなどの画材を出しておく。

こうすれば、後は気に入った景色を自分で描き出すだろう。

「よろしければ、クレトさんも色を塗ってみますか？　画材をお貸ししますよ？」

「いいんですか？」

「これだけの平地ですと塗る方がメインになりますからね。水や食料を分けていただけるお礼です」

「ありがとうございます」

正直、レフィーリアの水彩画を見て、自分も色を塗ってみたいと思っていたので嬉しい。

素直に頼むと、レフィーリアはトランクの中から厚みの薄い箱を取り出す。

小さなパレットやそれぞれの大きさの筆、絵具が入った画材セットのようだ。

「外で塗る時に使う小さなものですが」

「ありがとうございます。俺にはこれで十分過ぎます」

申し訳なさそうに渡してくるレフィーリアだったが、俺にはこれで十分だった。

むしろ、携帯品とはいえ、プロの画材を貸してもらって恐縮する想いだ。

とにかく筆を傷めないように気をつけよう。

「外の風景は旅の途中で軽くスケッチをしたことはありますが、じっくりと描くのは初めてでドキドキします」

そのように言葉を漏らすレフィーリアは、まるでいけないことをしているかのような口ぶりだった。

まあ、魔物がうろついているこの世界では、一人でおちおちとスケッチをすることも難しいだろう。

冒険者ギルドにも画家が外の景色をスケッチしたいからと、護衛の依頼なんかを出していたな。

それほどこの世界では外の景色をスケッチするにも大変だ。

レフィーリアは既に描くべき構図を決めたのだろう。

イーゼルにキャンバスを置いて、既に下書きに入っている。

画材セットを傍《そば》に置いて、俺も構図となる景色を定める。

……遠くに立っている木を左側に入れて、後は空や平原の色合いをメインに画面を構成するか？

いや、そもそも小学校や中学校の頃に授業で学んだ程度の腕前で、いきなりそんな背景が描けるだろうか？

水彩画になると途中で止めづらいし、レフィーリアの方が早く塗り終わりそうだ。

よし、ここは単純な木にしておこう。

ちょうど視線の先にはポツンと木が立っているので、それを描いて塗ることにする。

鉛筆でスケッチブックの中央に木の輪郭を描く。

それが終わると画材セットを広げて、着色の作業に入る。

とはいえ、木ってどこから塗るべきだろうか？　とりあえず、明るい色である葉っぱから塗るべきなのはわかる。

だけど、葉っぱひとつひとつを塗っていくわけにもいかないし、大まかに色を置いていくしかないか。

どうせ効率的な塗り方など知らないし、上手に塗れるわけでもない。楽しむつもりで大胆に塗っていこう。

そんな風に開き直って自分なりの感覚で色を置いていく。

「あっ、鹿ですかね？　それにしては立派な角のような？」

そんな風に自由に塗っていると、レフィーリアがそんな言葉を漏らした。

彼女の見ている先を見ると、遠くには大きな角を生やした鹿のような生き物がいた。

「ディアルカですね。分類としては一応魔物ですが、大人しい性格なのでちょっかいをかければ人を襲うことはありませんよ」

「道理で鹿にしては大きいはずです」

普通の鹿よりも二回りほど身体《からだ》が大きく、角が大きく広がっているのが特徴だ。

怒らせると鋭い角を向けて突進してくるので中々に怖い魔物だ。

食べると美味《おい》しいのでギルドでもよく討伐依頼が出ている。

「……追い払いますか？」

「いえ、彼も絵の中に入れてあげたいのでそのままでお願いします。それが外の自然なままの景色ですから」

どうやらレフィーリアは魔物であっても作品の中に取り入れて昇華させるようだ。

確かにそれは一理ある。俺は彼女の意を汲《く》んでディアルカをそっとしておくことにした。

第十六話　魔物をクロッキー

「うーん、難しいな」

「どうしました？」

自分の塗った木を見て唸《うな》っていると、レフィーリアが手を止めて反応した。

「あ、いえ、ただの独り言なので気にしないでください」

「そんな寂しいことは言わないでください。私も誰かと一緒に描くことができて嬉《うれ》しいんですから」

依頼主であるレフィーリアの手を止めては申し訳ないと思っていたが、彼女はそんなことは全く気にしていないようだ。

むしろ、やんわりと断ろうとするとすごく悲しそうにされてしまった。

こうまで言われては、気にしないでくださいと拒絶することはできない。

「木を塗ってみたんですけど思ったように塗れなくて」

「なるほど。それでしたら簡単な塗り方がありますよ」

「本当ですか？」

「はい、まずは描く木を大きなシルエットで描くんです」

自らのスケッチブックを手にして、鉛筆を動かすレフィーリア。

紙に描かれたのは俺が想像していたよりも大まかなシルエット。

「まるでキノコですね」

「そうです。そのキノコに日の光を当てると、こんな風に右上が強い日向《ひなた》、真ん中が弱い日向、下側が日陰になるんです。この三つの明暗を意識して立体表現をつけていきます」

キノコのかさに三段階の明暗をつけながら説明してくれるレフィーリア。

「おお、そう言われると意識して塗れそうですね。でも、葉っぱの表現はどうすれば？」

「少し筆をお借りしますね。こうやって明るい暖色の緑をつけた筆を抜かすように塗ってみたり、筆先を割って突き刺していくんです」

レフィーリアが新しいページをめくって、そこに直接着色をしていく。

「ああ！　なんか葉っぱっぽいです！」

「でしょう？　後はさっきの明暗を意識して、暗い緑の色を足し、葉っぱを表現していきます」

そう言ってパレットの中で新しい色を混ぜて、暗い緑、より暗い緑を作って同じように葉っぱを表現していく。

青だけでなく赤を混ぜて暗い色を作り上げ、暗い葉っぱの質感を表現していくレフィーリア。

その淀《よど》みのない手つきは、どの色をどんな風に混ぜれば望む色ができるのか完全に熟知していた。

「はい、これで木が完成です！　これならクレトさんでもできると思います！」

三分もしないうちにレフィーリアは見事な木を塗り上げた。

おかしい。たった三分で塗ったとは思えないようなクオリティだ。

「丁寧にありがとうございます。ここまでのレベルに仕上げるのは難しそうですが、これなら俺でも木が塗れそうです」

早速、レフィーリアに教えてもらった明暗を意識して木を塗ってみる。

三つの明暗を意識し、筆を寝かしたり、割って突くようなタッチを出してみたり。

あまり時間をかけずに木のシルエットを意識しながら描いてみた。

「おっ、少し遠くから見るといかにもそれっぽく見えます！」

まだレフィーリアほど特徴を捉《とら》え切《き》れていないせいか、近くで見ると荒っぽい。が、少しスケッチブックを離して見ると、それらしく見える気がした。

先ほど自分で描いたものとは雲泥《うんでい》の差だ。

「でも、まだなんか違うんだよなぁ」

「もう少し枝の流れを意識して枝木を描いてみるといいですね」

「枝の流れか……」

レフィーリアに言われ、観察していた木まで歩いて眺めてみる。

最初に太い幹があって、そこから枝が分かれ、さらにそこから細かく枝が分かれていく。

どんどんと細かくなって広がっていくが、その全てが見えるわけではない。

葉っぱで隠れて見えないいし、そもそもすべてを描いていては枝だらけになってしまう。

より特徴的な部分だけ抽出して描き出すべきだ。

観察を終えると元の場所に戻って、ササッと分かれ枝を足してみる。

太い幹もしっかりと三層の明暗を意識して塗り重ねる。

「素晴らしいですよ。大分《だいぶ》、良くなりました」

「ありがとうございます。次はもっと木の葉っぱらしさを表現したいところです」

「こういうのは慣れですよ。何枚も観察しながら塗っていれば、何となくこういった葉っぱの広がりや質感が欲しいなって思うようになりますから」

その領域に入ってしまえば立派なプロなのではないだろうか。

しかし、いずれはそんなことが感覚でわかるようになりたいものだ。

「すみません、俺の絵に付き合ってもらって」

「いえいえ、誰かに教えるのも楽しいですから」

「レフィーリアさんの方は塗り終わりましたか？」

「はい、終わりました」

レフィーリアの描いた絵を覗《のぞ》いてみると、そこには見事なカルツ平原が描かれていた。

土の道が手前に見えながら広がっていく雄大な平原。

そして、澄み渡る青空とそこに浮かぶ白い雲。

水彩画の色の滲《にじ》みや重なりを活《い》かした、柔らかなカルツ平原が姿を見せていた。

「うわぁ、やっぱり綺麗《きれい》ですね。特にディアルカの溶け込み具合が好きです」

「私もそれがお気に入りです」

なんて言って俺たちは笑い合う。

やはり、見ていると描き手の好きなポイントが伝わってくるものだ。

どれだけすごい絵でもそれは変わらないらしい。

などと感慨深く思っていると、不意にディアルカ以外の気配を感じた。

視線をやると、いつの間にかゴブリンたちが近づいてきていた。

「……ゴブリンがいます」

「え？　あ、本当ですね」

緑色の体表は平原と相性が良く擬態がしやすいが、これだけ見晴らしがいいとどうにもならないな。

俺たちが振り返ると、じりじりと近づいてきていたゴブリンがバレたかとばかりの顔をした。そして、粗雑な棍棒《こんぼう》を手にしてこちらに走ってくる。

距離にして四十メートルくらいあるので、急いで対応するほどでもない。

レフィーリアも絵を描き終えたし、画材を纏《まと》めて転移してしまおう。

などとのんびり考えていたのだが、レフィーリアは突然スケッチブックを開いて鉛筆を走らせた。

「なにしてるんですか？」

「クロッキーです」

「ええ？」

突然のレフィーリアの行動に俺は驚く。

魔物が接近してきているというのに、まさかスケッチを始めるとは。

それだけ俺を信頼してくれているということだろう。

転移して逃げようにも絵を描いている最中だし、だからといって討伐してしまうのもな。

妥協点として俺が思いついたのは、一定の距離を保たせることだった。

「転移」

三体のゴブリンが近づいてきたところで強制的に最初と同じ距離にまで遠ざけた。

「あら？」

「転移で遠くにやりました。これで安全に描けますよ」

「ありがとうございます」

ゴブリンたちは距離が開いたことに不思議そうに首を傾《かし》げる。

が、もう一度俺たちを視認すると、またしても走ってくる。

二十メートルを切ったところで、再び遠くに転移させてやる。

ひたすらそれを繰り返してやると、しまいにはゴブリンも心が折れたのか諦めてしまった。

棍棒を放り投げてだらしなく座る様は「やってられるか」とでも愚痴を吐いていそうだ。

延々と距離の縮まらないシャトルランなんて拷問でしかないからな。

そんな様子を見てレフィーリアはくすくすと笑いながらも鉛筆を動かして、座り込むゴブリンたちを描いていた。

◆

そうやって俺とレフィーリアは様々な場所を転移で移動して、絵を描いていく。

海が見える港町ペドリック、砂漠が広がるマダハッド、冒険者たちを転送したことのあるガロールの森や、その近くにある湿地帯。そこにある綺麗な風景や、息づく動植物、魔物までひたすらに描いていった。

そうやってあちこちを巡って絵を描いていると、あっという間に時間は過ぎ去っていき日が暮れる頃合いとなったので、俺たちは王都にあるアトリエに戻ってきた。

「ありがとうございます。クレトさんのお陰でたくさんの絵を描くことができました。私では決して行くことのできない遠い場所の風景。そこで活動する人々、動物や魔物……それらを描くのは非常に楽しかったです」

「レフィーリアさんが満足できたようで良かったです」

基本的に俺のチョイスした場所に転移していたが、喜んでもらえているか少し不安だったのでホッとした。

それから俺は持ち運ぶために亜空間に収納していた画材類を返却する。

「報酬となる二枚の絵なのですけど、どういたしましょうか？　何を描けばいいでしょう？」

「一枚は最初に描いた鐘塔《しょうとう》からの景色を頂くことってできますか？」

やはり俺の中での王都の風景といえば、ここからの景色だ。

この異世界で最初に転移して見た絶景。この光景は非常に印象に残っているし、叶《かな》うのであれば絵として飾っておきたいと思っていた。

「構いませんがいいのですか？　クレトさんのためにもう一度新しく描くこともできますよ？」

「いいえ、俺はこの絵が気に入ったので」

そうする方が依頼の見返りとしてはお得ではあるだろうが、俺はレフィーリアが描いたものを見て一目で気に入った。

「私でもまったく同じ絵を描き上げることはできませんからね。クレトさんが、そうおっしゃるのであればお譲りします。しかし、それでは私が心苦しいので残りの一枚に関しては大きなキャンバスに描いてサービスさせていただきますね」

「ありがとうございます」

それだけでは報酬として足りないと思ったのか、レフィーリアが気を利かせてくれた。

それはとても嬉しいことなので素直に気持ちを受け取ることにした。

「もう一枚はどんな絵にしますか？」

「ハウリン村という場所の景色を描いてほしいんです。明日、朝からお時間をちょうだいすることはできますか？」

「いいですよ」

「では、明日の朝に迎えにきますね」

「はい、よろしくお願いします」

「では、失礼いたします」

しっかりとレフィーリアが頷《うなず》いたのを確認し、俺はレフィーリアのアトリエから商会の執務室へと転移する。

「……クレトか」

日が暮れているにもかかわらず、エミリオは当然のように書類仕事をしていた。

一体、いつ休んでいるのかちょっと心配になるな。

「さっき依頼を終えて、レフィーリアさんを自宅まで送ってきたよ」

「わざわざ報告しにきてくれたんだね。ありがとう」

エミリオは俺の魔法のことをよく知っているのであまり心配はしていないだろうが、報告くらいしておくのが筋だと思ったのだ。

こういった細かな気遣いは大事だと思う。

俺の場合は転移ですぐにできるし、そこまで面倒に思うことはない。

「個人的な頼みだったのにもかかわらず、引き受けてくれて礼を言うよ」

「珍しくエミリオが連れてきた友人だしな。彼女の描いている絵を見ると、応援したくなる気持ちがわかるよ」

あれだけ絵を楽しそうに描く女性は中々にいない。

描いている最中だけでなく、描き上げた絵も見ているだけですごく心を豊かにしてくれる。

エミリオがパトロンになった理由がよくわかった気がした。

第十七話　今度はハウリン村に

レフィーリアの依頼を終えた翌朝。

王都の屋敷に泊まった俺は、レフィーリアを迎えに行くために彼女のアトリエにやってきた。

「レフィーリアさん、迎えにきました」

「はーい！」

外から声をかけると、レフィーリアの間延びした返事と共に扉が開いた。

「どうぞ、入ってください」

「失礼します」

昨日と同じように入らせてもらって、奥にあるアトリエに。

そこで必要な画材を亜空間に収納すると準備は完了だ。

「それではハウリン村に向かいますね」

「はい、いつでもどうぞ」

そう言うと、自然と手を繋《つな》いでくるレフィーリア。

昨日、それなりに転移を繰り返したはずだが、まだ転移には慣れないらしい。

意識しないと言えば嘘《うそ》になるが、できるだけ気にしないようにしよう。

レフィーリアは天然っぽいところがあるし勘違《かんちが》いしてはいけない。

そのことをしっかりと胸に刻んで、俺はレフィーリアとハウリン村へと転移する。

「……ここがハウリン村ですか？」

「そうですよ」

目の前に広がる光景があっという間にアトリエから、長閑《のどか》なハウリン村へと切り替わった。

場所は俺の家のすぐ傍《そば》。舗装されていない土の道や草花が生えており、近くには森が広がっている。

まばらな間隔で小さな民家が建っており、ほとんどが田畑だ。ポツリポツリと畑で作業をしている村人たちが見える。

村を囲うように山々が連なっており、自然の中で暮らしているのがありありとわかる。

「素敵な場所ですね。静かで景色がとても綺麗《きれい》。自然を身近に感じることができ、人々の穏やかな生活感がにじみ出ています」

「ありがとうございます」

「ここがクレトさんの故郷なのでしょうか？」

「故郷と言われればそうですが、厳密には少し違います。実はこの魔法を活かして王都とハウリン村の二か所で生活しているんです。傍にあるのがこちらでの俺の家ですね」

「つまり、クレトさんはこちらでも生活をしていると？」

「はい、二拠点生活って呼んでいます」

「いいですね。確かにクレトさんの魔法があれば一か所に拘《こだわ》る必要はありませんからね」

変わった暮らし方であるが、転移を実体験しているレフィーリアはすんなりと納得できたようだ。

「さて、どんな絵を描《か》きましょうか？　描いてもらいたい景色とかありますか？　家の周りだとか川や畑だとか」

「そうですね。一枚でハウリン村をイメージするものがいいんですけど……」

なんともざっくりとしたイメージだ。

プロの画家に注文して描いてもらった経験がないので何と伝えたらいいかわからない。

「なるほど。では、少し散策させてもらって決めてもいいですか？」

「はい、レフィーリアさんにお任せします」

俺が場所を指定するよりも、プロに決めてもらう方がいいような気がするし。

レフィーリアに任せることを決めた俺は、気の向くままに歩き出した彼女についていくことにした。

王都と比べると大きな建物や店もない。しかし、レフィーリアはこの景色が新鮮なのか物珍しそうに歩く。

なんてことのない草花を屈《かが》んで眺めてみては、手に取って香りをかいでみたり。小川を覗《のぞ》き込《こ》んで川魚を眺めたり、水に触れてみたり。

「楽しそうですね」

「街の生まれだったので、こうやって自然豊かな村を歩くのは初めてなんですよ。だから、今がすごく楽しいです」

などと上機嫌そうな表情で歩くレフィーリア。

なるほど、ニーナとは正反対でこういった自然の中での暮らしを知らないタイプか。

俺もここに住むまでは同じような感じだったので気持ちはとてもわかる。

多分、ああやってじっくり観察したり、触れて質感を確かめることがリアリティのある絵を描くことに繋がるんだろうな。

のんびりと野道を歩いていると、前方から荷車を引いたオルガがやってきた。

「おーい、クレト。今日は散歩かあああああぁぁぁっ!?」

向こうはこちらに気付いて声をかけてくるが、途中から変な奇声へと変わった。

荷車を置いて、オルガが急いで俺のところにやってくる。

「おいおい、クレト。あんな綺麗な女、どこから攫《さら》ってきたんだ？」

「その言い方はやめろ。俺が犯罪者みたいじゃないか」

「あんな女、ここらじゃ見たことがねえぞ？」

オルガの言わんとすることはわかる。

艶《つや》やかな銀髪に整った顔立ち。日焼けとは無縁そうな真っ白な肌。

王都にしか売っていないようなサマードレスを身に纏《まと》っているレフィーリアは、一目でこの村の女性ではないとわかる外見をしていた。

垢《あか》ぬけた都会の美しさというやつだろうか。

「だからといって、俺が攫ってきたなんて言わないでくれ。彼女は仕事で王都から連れてきたんだ」

「ああ？　仕事？　クレトの彼女じゃねえのかよ？」

「違う」

「なぁんだ。つまらねぇな」

俺がきっぱりと否定すると、オルガがつまらなそうな顔をした。

もし、そうであれば弄《いじ》り倒《たお》す気満々だったようだ。もし、そんな人ができたとしても、オルガには会わせないようにしよう。

「クレトさん、こちらの方は？」

「この村でトマト農家をしているオルガだよ」

「オルガだ」

「はじめまして。画家のレフィーリアと申します」

「お、おお」

レフィーリアが手を差し伸べると、オルガが慌てて手を服で拭《ぬぐ》って握手した。

俺の時はわざと土をつけてきたというのに対応の差が酷《ひど》い。

「まあ、何もない村だがゆっくりしてけ」

「はい、ゆっくりさせていただきます」

レフィーリアが丁寧に礼をすると、オルガちょっと戸惑った後に荷車を引き始めた。

ハウリン村だとこんな丁寧な反応をする人はいないからな。

オルガは無言で俺にトマトを押し付けると去っていく。

俺たちで食べろってことだろう。

「トマトを貰《もら》ったのでどうぞ」

「ありがとうございます」

もう一個のトマトをレフィーリアに渡し、俺はトマトを口にしながら歩き出す。

「――っ!? これ、とっても美味《おい》しいですね！」

ぱくりとトマトを口にしたレフィーリアが驚きのあまり目を丸くしていた。

うんうん、やっぱりここのトマトを知らなければそういう反応になるよな。

「ええ、とても美味しいですすよね」

「はい、今まで食べたどのトマトよりも美味しいです」

そう言ってもらえるとオルガも嬉《うれ》しいだろうな。

照れくさくてなって仕事に戻ってしまったので後で俺が伝えておいてあげよう。

「最近は王都の高級レストランで使われるようになったんですよ」

「もしかして、それもクレトさんやエミリオの？」

「はい、俺たちが仕掛けました。これだけ美味しい食材なので多くの人に美味しく味わってもらいたいと思いまして」

「なるほど」

などと説明すると感心したように頷《うなず》くレフィーリア。

他にも俺はトマトを片手に、ここでしか栽培されていない食材について語る。

ハウリンネギやハウリンナス、三色枝豆などなど。ここには美味しいものがたくさんあるのだ。

そんな俺の村自慢にしか聞こえない話にもかかわらず、レフィーリアは丁寧に耳を傾けてくれた。

それも絵画のイメージになるらしいので、俺はさらに村のいいところを語っていく。

「すみません、あっちの方に移動することはできますか？」

そんな風に会話をしながらあちこちを散策していると、レフィーリアが遠くに見える丘を指さした。

王都のように広くはないとはいえ、宛《あて》もなく歩き続けては体力を消耗してしまうからな。

「わかりました。あの丘ですね」

再び手を繋いだ俺はレフィーリアと共に丘へとやってくる。

そこはハウリン村の居住地から北に少し離れた場所で、ちょうどいい感じに村を見渡すことのできるところだ。

吹き込んでくる風が肌を撫《な》でるようにして通り過ぎていく。周囲にある草木がサーッと潮騒《しおさい》のような音を奏でた。

「……ここからの景色を描こうと思います」

靡《なび》く髪を押さえながらレフィーリアがポツリと呟《つぶや》いた。

「はい、お願いします」

異論はない。

レフィーリアならば、きっとこの光景を美しく描いてくれるだろう。そんな確信があったからだ。

第十八話　意外な相談

「できました」

レフィーリアがそう言って、筆を置いたのは夕暮れの時間であった。

ここからの景色を描くと決めてから一切の集中を途切れさせることなく、彼女は描き上げた。

大きなキャンバスに写っているのは、丘から見下ろしたハウリン村の景色だ。

豊かな草花や木々、地面を縫うように流れる涼やかな小川。

そして、遠くで見える田畑の景色。赤い実がついているのは間違いなく、オルガのトマト畑だろう。

穏やかなハウリン村の景色を水彩絵具《えのぐ》の淡い色合いで繊細に表現していた。

「ありがとうございます。とても綺麗《きれい》です」

人は感動した絵を見ると、言葉が出なくなるのだな。

色々と言いたいことやお礼に伝えたい賛辞の言葉があったはずなのに、すべてが消し飛んでしまった。ただただ綺麗としか言えなかった。

「そう言っていただけてよかったです」

そんな言葉しか捻《ひね》り出《だ》せなかったが、レフィーリアは安心と喜びが混ざったような笑みを浮かべた。

きちんとした額縁を買ったら、王都にある屋敷に飾ろうと。俺はすぐにそう決めた。

レフィーリアに描いてもらった絵を亜空間へ丁寧に収納する。

「王都では大きな建物や人を描くことが多かったので、私もすごくいい経験になりました」

確かに言われてみれば、王都で暮らしているとそうなるな。

外に出ようにも冒険者を雇う必要があるし、気心の知れた者でもないと頼みづらいだろうな。

報酬として指定したハウリン村の風景画であるが、彼女にとって実りであったのであれば嬉《うれ》しい。

「……あの、クレトさん」

「なんでしょう？」

ホッとしているとレフィーリアが真剣な表情でこちらを見据えてくる。

「私もしばらくの間、この村に住むことはできますかね？」

突然のレフィーリアの言葉に俺は驚いた。

「えっと、本気ですか？」

「一度でいいから自然に囲まれた場所で暮らしながら絵を描きたいと思っていまして。クレトさんがお力を貸していただければ安全にお引っ越しもできるので、いい機会だと思うんです。これを逃したら怖気《おじけ》づいてできなくなるような気がしていて……」

「仕事の方はいいんですか？」

「王都でなければできない仕事というわけでもありませんし、蓄えはありますから」

レフィーリアは既に一流の画家だ。絵さえ描くことができれば、特に住む場所は関係がないだろうな。

というか、こういうやり取りを前にもやったような気がする。

具体的には俺がアンドレやステラと。あの時も同じような会話をして、すごく心配されたものだ。

「俺としては大歓迎ですよ。村長の許可さえもらえれば、問題なく住めるかと思います」

「ありがとうございます」

レフィーリアなら性格も温厚で社交性も非常にある。この村に住んでも悪いことなんてしないだろうし、上手《うま》く村人と馴染《なじ》むことができるだろう。

「ただ、エミリオにもきちんと相談した方がいいでしょうね」

俺もハウリン村に拠点を構えようと思った人間なので、レフィーリアの気持ちを否定したりはしない。ハウリン村の魅力を知って、同じく移住しようと決めてくれた同志だからな。

しかし、レフィーリアにはエミリオというパトロンがいる。

支援してもらっている以上、俺が協力するからと言って勝手にできるものではないだろう。

「そうですね。王都に戻って相談してみようと思います」

「はい、許可がとれたら俺が協力しますので」

「その時は、是非ともよろしくお願いいたします」

もしかすると、ハウリン村に新しい住人が増えるかもしれない。

そう思うとこちらまでワクワクとしてきた。

俺の世話を焼いてくれたアンドレもこんな気持ちだったのだろうか。

◆

転移でレフィーリアをアトリエに送ると、俺は商会の執務室へとやってきた。

「報酬の絵は描いてもらえたのかい？」

またしても報告にやってきたと思っていたのかエミリオが、開口一番にそう尋ねてきた。

まあ、それも含めて正式に依頼の終わりとなるので報告しておくのがいいだろう。

「鐘塔《しょうとう》から見下ろす王都の風景と、ハウリン村を描いてもらった」

「おお、これは見事な絵だね。然るべきところに持っていけば、その二つの絵画で屋敷が買えるよ」

亜空間から絵画を取り出して見せると、エミリオがそんな言葉を漏らす。

「……ちょっと待ってくれ。レフィーリアさんの絵にはそれほどまでに価値があるのか？」

「知らなかったのかい？　今や彼女は王族や貴族に大人気の画家だよ。この国だけでなく、外の国にもファンは多いのさ」

展示会でも目玉として出展されていたし、絵画だけで稼げていると聞いていたのでそれなりに有名だとは思っていたが想像以上だった。

一枚の絵で金貨が何百枚以上とする絵を描く、超一流の大人気画家だったらしい。

本人がのほほんとしているので全くそんな気がしなかった。

「……大切に管理にします」

「それだけでひと財産だから盗まれないようにね」

エミリオの言う通り報酬をお金じゃなく、絵で指定したのは間違っていなかったな。

あの時の俺、ナイス判断だ。

というか、そんなすごい人をハウリン村で暮らさせていいのだろうか？　色々と有名なので連れていって恨まれないか心配だ。

丁重に絵を亜空間に収納した俺は少し不安になる。

「エミリオ、別に報告しておきたいことがあるんだけどいいか？」

「なんだい？」

「レフィーリアさんがハウリン村に住みたいらしい」

書類に目を通しながら聞いていたエミリオがピタッと動きを止めた。

「……ちょっと話が飛躍したね？　何がどうなってそうなったんだい？」

急にそんな風に言われたらそうなるだろうな。

この世界での引っ越しというのは前世よりも遥《はる》かに重く重要なことだ。軽い気持ちでやることではない。

眉をひそめるエミリオに、俺はレフィーリアがハウリン村に移住するに当たっての出来事を説明する。

「……なるほど。彼女はそんなことを考えていたのか」

「近い内に相談に来ると思うけど、エミリオとしてはどうなんだ？」

「まあ、王都からいなくなるのは寂しいけど、レフィーリアが絵を描くのを辞めるというわけでもないしね。突発的に貴族から絵を頼まれた場合は、クレトに運んでもらおうかな」

「……まあ、それくらいなら大した手間じゃないし運んでやるよ」

どうせ俺も王都には頻繁に顔を出すからな。

支援をする者と受ける者の関係として、そういったやり取りはあると思っていた。

有名画家の描いた絵画を手土産《てみやげ》に、あるいは報酬として提示すれば喜んで取引を受ける貴族や商人も多いだろうしな。

エミリオの思わぬ商売の切り札を知った思いだ。きっと、レフィーリア以外にも豊富な人脈を駆使して、何枚もの切り札を隠し持っているんだろうな。

「うん、それなら特に問題もないね。クレトがいるんだったら、いつでも王都に絵を運んでこられるわけだし。むしろ、レフィーリアの引っ越しを理由にして値段を吊り上げてもいいな……」

黒い笑みを浮かべながら悪だくみを考えるエミリオ。

きっと、彼の頭の中ではいくつもの悪い考えが浮かんでいるのだろうな。

仕事をしていたみたいだし、これ以上ここにいても邪魔になるだけだろう。

必要な報告は済んだので適当に声をかけて屋敷へと転移した。

第十九話　絵画を飾る

「エルザ、ちょっといいかい？」

「はい、どうなさいましたか？」

レフィーリアに絵を描《か》いてもらった翌日。

王都で額縁や取付け金具を買った俺は、屋敷に戻るなり窓を拭いていたエルザに声をかけた。

せっかく素敵な絵を貰《もら》ったんだ。しっかりとした場所に飾っておきたい。

自分にはインテリアのセンスがあるとは思えないので、彼女の意見を聞いた方が良いと思った。

「屋敷に絵を一枚飾ろうと思うんだけど、どこがいいと思う？」

「どのくらいのサイズで、どのような絵でしょうか？」

「飾りたい絵を持っているから見せるよ」

亜空間の中からレフィーリアに描いてもらった絵を取り出して、エルザに見せる。

ハウリン村の風景は、厚みのある木製の額縁にしっかりと収められている。

自然豊かな水彩画と木製の上品な額縁は非常にマッチしており、キャンバスのまま眺めるのとでは印象がより違った。高級感が増しているように見える。

「………これはもしや、画家レフィーリアの絵では？」

絵を食い入るように見つめていたエルザが、驚いたような声を上げて尋ねてくる。

「見ただけでわかるんだ」

「これほど繊細な色使いをされる画家は、中々いらっしゃいませんから」

どうやら俺以上に詳しく知っている様子だった。

喫茶店通りにはエルザもよく通っており、そこには美術館もある。

ひょっとしたらよく展示会などを覗《のぞ》いていたのかもしれないな。

「………」

なんてことを思っている間もエルザは、じーっと絵画を見つめている。

「えっと、エルザ？」

「失礼いたしました。絵を飾る場所でしたね。この大きさの絵ですと、玄関やリビング、あるいはダイニングルームになるかと思います」

俺が声をかけると、慌てて振り返って答えるエルザ。

ひょっとしたらレフィーリアのファンだったのかもしれないな。

まあ、飾り終えればいくらでも眺めさせてあげようと思う。

「うーん、どうしようかな」

「このサイズの風景画ですと、リビングかダイニングがオススメですね」

「それならダイニングがいいかな」

食事をする際、ちょっと壁が物寂しいと思っていた。

そこに絵を飾れば、食事をしながら鑑賞することができる。

「かしこまりました。では、ダイニングルームに飾ります。アルシェさん、手伝ってください」

「はい！」

俺の言葉に頷《うなず》くと、エルザは近くにいたアルシェを呼び寄せた。

この大きさになると女性が一人で持つには少し重い。

俺が魔法で持ち運ぶのが一番楽であるが、メイドに働いてもらうのも大事だしな。

女性に重い物を運ばせるのは心苦しいが、余計な手は出さないようにする。

「アルシェさん、壁にぶつけたりしないでくださいね？　もし、傷がついたりしたら十年分の給金は無いと覚悟しておいてください」

「うえええええっ!?　クレト様、これってそんなにすごい絵画なんですか!?」

エルザから思わぬプレッシャーを受けたアルシェが顔を真っ青《まさお》にする。

「そうみたいだから気を付けてね」

「ちょ、ちょっと待ってください！　緊張で腕が震えてきました！　エルザさん、ルルアとララーシャにも手伝ってもらいましょう！　安全に皆で運ぶべきです！」

身体《からだ》をぶるぶると震わせたアルシェが焦ったように叫び、ルルアやララーシャは仕事を中断して駆け寄ってくれた。

「お、お手伝いします！」

「しょうがないわね～」

メイド総動員でダイニングまで運ぶことに。

まあ、貴重な物なので慎重に運ぶのはいいことだろう。

そうやって四人で丁寧にダイニングまで運ぶ。

飾る場所は、普段俺が座っているイスの対面になる壁だ。

ちょうどチェストの上で真っ白な壁だ。そこに飾ればいい感じに見えるだろう。

大まかな場所が決まると、後は取り付ける位置だ。

「もう少し上に……そこから右へ。行き過ぎです、もうほんの少し左に戻してください」

アルシェ、ルルア、ララーシャの三人で額縁を持ちながら移動する。

離れたところからエルザがそれを眺めて、指示を出している感じだ。

エルザの方が知識豊富で美的センスが高いとわかっている俺は、特に口を出すこともせずに眺めて待つ。

「クレト様、あの位置でいかがでしょうか？」

そのまましばらく待っていると、ようやく納得のいく位置が決まったのだろう。

エルザが満足そうに頷いて尋ねてきた。

俺には最早《もはや》違いがわからないレベルの拘《こだわ》りだったが、何も考えずに頷くというのもダサい。

せめて、アルシェたちの苦労に見合うように、それらしく色々な角度や距離から眺めて吟味してみせる。

とはいっても、俺の答えは変わらない。

「うん、いいね。そこにしよう」

「かしこまりました。では、取り付けさせていただきます」

取付け金具を渡すと、エルザは器用にトンカチを使って釘《くぎ》を打ち付け、金具などを取り付ける。

できるメイドは工具の扱いも上手《うま》いらしい。

エルザの手によってあっという間に金具が設置され、そこに合わせて絵画を掛けた。

レフィーリアの描いた見事な水彩画が、ダイニングルームを華やかにする。

俺だけでなく取り付けたアルシェ、ルルア、ララーシャも見上げて感嘆の息を吐いた。

落ち着いた部屋の中に飾られた緑一杯の景色は、見る者に癒《いや》しの効果を与えてくれるだろう。少なくとも俺は癒されるし和むな。

「これは俺の住んでいるハウリン村の風景さ」

「ここがクレト様のもう一つの生活拠点なのですね」

などと呟《つぶや》いてみると、エルザが感心したように呟く。

「と、とても緑が豊かです」

「見ているだけでのんびりとした気持ちになれますね」

ルルアやララーシャも口々に感想を漏らす。

エルザたちにはハウリン村でも生活をしていることは伝えているが、実際に連れていったことはなかったからな。

彼女たちが望むのであれば、いずれ連れていってあげてもいいかもしれない。

そんなことを考えながら、俺は新しく取り付けた絵画を眺め続けた。

第二十話　チーズフォンデュ

絵画を眺めていると、ふと隣から「ぐうう」とお腹《なか》が鳴る音が聞こえた。

つい視線をやると、隣にいたアルシェがお腹を押さえて顔を赤くしていた。

「す、すみません」

窓から差し込む光はすっかりと中天を越えている。いつもならとっくに食事を済ませている頃だろう。

「……クレト様、昼食はどうなさいますか？」

「絵画の設置を頑張ってくれたお礼に料理を振舞ってあげたいんだけどいいかな？」

「私たちのために料理ですか？」

「ハウリン村の食材を使ったとっても簡単な料理なんだけど、一人でやるにはちょっと寂しくてね」

俺が考えているのはチーズフォンデュだ。貰《もら》った時からいつかはチーズフォンデュで食べようと思っていたのだがタイミングがなくてやれないでいた。

一人でもできる料理であるが、食べるなら大勢でわいわいと食べたい。

それにちょうどハウリン村の風景を絵画で見てもらったのだし、村の魅力をもっと知ってほしいと思った。

「クレト様がそうおっしゃるのであればご一緒させていただきます。ただし、準備の方はお手伝いさせてください」

メイドとして主に料理をさせるのはプライドが許さないのだろうか。ずいっとプレッシャーを放って言ってきた。

傍《そば》にいるアルシェやルルア、ララーシャも同意するように頷《うなず》く。

「うん、わかった。手伝いを頼むよ」

皆で昼食を食べることになったので厨房《ちゅうぼう》へと移動する。

到着すると俺はアンゲリカから貰ったチーズを取り出し、まな板の上にドンと置いた。

「クレト様、どのような料理を作られるのですか？」

「チーズフォンデュっていう料理なんだけど知らないかい？」

そう尋ねてみると、エルザをはじめとするメイドたちが首を傾《かし》げる。

「溶かしたチーズに具材を浸して食べる料理なんだけど……」

「食材の上にチーズをかけることはあっても、そのような食べ方はしたことがないですね」

どうやらこの世界ではチーズフォンデュという料理がないらしい。確かにグラタンのようなチーズを使った料理はあれど、浸して食べるというのは見たことがない気がする。

なんだか面白い発見だ。

「でも、なんだか聞いただけで美味《おい》しそうです！」

お腹を空《す》かせていたアルシェが表情を緩ませながら言う。

チーズが人気なのはこの世界でも同じだ。チーズを使ってマズい料理を作る方が難しいだろう。

お陰でアルシェたちの期待値も高いようだった。

「そういうわけで、皆にはチーズに合う具材の下処理をお願いするよ」

「かしこまりました。お任せください」

バゲット、ガガイモ、ニンジン、ブロッコリー、ウインナー、トマトといったチーズに合いそうな具材を伝えるとエルザたちは一礼をして動き始めた。

普段から厨房を使っているのは彼女たちなので動きには迷いがない。

食糧庫からガガイモ、ブロッコリー、ニンジンなどを取り出すと、一口大くらいの大きさに切って湯がいていく。

それら以外にもカボチャ、エリンギ、ベーコンとチーズに合う定番のものを自発的に用意しているみたいだ。

「アルシェ、それって魚の練り物よね？　それをチーズで食べるつもり？」

「そうだよ？　美味しいかなって……」

アルシェの持ってきた食材を見て、驚いた様子のララーシャ。

「魚介類も一応合うからね。悪いチョイスじゃないと思うよ」

「ほら！　クレト様も合うって！」

「へえー、合うのね」

一応、フォローしてあげるとアルシェがどや顔をする。

とはいえ、深く考えないで魚の練り物を持ってきたアルシェのチョイスはすごいな。

「えーっと、他にはクロック豆、ベビーコーン、ピーマン……あとはチーズにチーズとかどうかな？」

王道的な食材を用意していく皆とは正反対に変わり種を用意していくアルシェ。

うん、いるよね。鍋パーティーとかやったら変な具材ばっかり持ってくる奴《やつ》。

さっき褒めたせいで未知の味を開拓したくなったのだろうか。

よっぽど変な食材じゃない限り止めはしないけど、最終的には自己責任で頼むよ。

賑《にぎ》やかなメイドたちの話し声をＢＧＭにしながら、俺は鍋に切り刻んだチーズと白ワインを入れて弱火で煮込んでいく。

普段は仕事モードの彼女たちと接することが多いので、ちょっと緩んだ空気感は新鮮だった。

やがて、チーズが溶けてくると片栗粉《かたくりこ》や白ワインをつぎ足して、さらに仕上げとして塩を加える。

滑らかになるまでヘラでかき混ぜるとチーズソースの完成だ。

「クレト様、食材の準備が整いました」

「こっちもちょうど出来上がったところだよ。ダイニングルームに持っていこうか」

チーズソースの入った鍋を魔法具に載せて持っていく。

前世でいう小型コンロのような感じだが、そこまでスマートではなくそれなりにデカい。が、十分に持ち運んで楽しめるので助かる。

エルザたちもそれぞれの具材が入った皿を持って移動する。

そしてダイニングのテーブルにそれぞれの食材をずらりと並べた。

中央にはぐつぐつと煮立っているチーズソースがあり、それを取り囲むように食材が盛り付けられた皿がある。実に美しい光景だ。

「さあ、座ってくれ」

「失礼いたします」

俺が先に座って促すと、エルザたちもイスに座っていく。

いつもは同席することのないメイドたちが食卓についている姿は新鮮だ。

初めて食べる料理だし、先に俺が実演して見せた方がいいだろう。

用意していた長串をバゲットに刺し、そのままとろとろのチーズへと浸けて食べる。

熱々のチーズとバゲットの相性が抜群だ。シンプルな小麦の風味がするバゲットだからこそ、より濃厚にチーズの味を感じることができる。

「うん、美味しい。こんな感じに食べるんだ。好きに食べてみてくれ」

俺がそのように勧めてみると、エルザをはじめとするメイドたちが一斉に長串を手にして、好みの食材を突き刺してチーズに浸す。

「……美味しいです」

「とろとろで最高です！」

ぱくりと口にして感嘆の息を漏らすエルザと、表情までもとろけさせるアルシェ。

「チーズがとても濃厚ですね」

「クレト様、これは何のチーズを使っているんですか？」

「ハウリン村で育てられた羊のチーズさ」

「羊のチーズといえば、もっと癖のあるものだと思っていたんですが、このチーズは癖も少なくて食べやすいですね。すごいです」

羊のチーズと聞いて、ラテーシャが驚いたように目を見開いた。

住んでいる村の食材を褒められると嬉《うれ》しい。

羊のチーズといえば、少し癖のあるイメージだがアンゲリカの育てている羊のチーズはマイルドな味でしつこくなく、とても美味しく食べることができる。

ほとんど癖もなくミルキーな味わいなので、チーズフォンデュとしてもいける。

バゲットの他にもガガイモ、ニンジン、ブロッコリーを食べると、これまた美味しいな。

「アルシェ、魚の練り物はどうなの？」

「今から食べてみる！」

おずおずとララーシャが見守る中、アルシェが練り物をチーズに浸して口にする。

「ど、どう？」

「これいける！　魚の塩っけとチーズが合うよ！」

「あっ、美味しいわね」

「でしょ？」

ララーシャも食べてみると口に合ったようだ。

海鮮グラタンだってあるんだし、他にもホタテやサーモンなんかもきっと合うんだろうな。

「こんな素敵な料理をご馳走《ちそう》していただきありがとうございます、クレト様」

エルザが丁寧に礼を述べると、他のメイドたちも口々に感謝の言葉を述べる。

「気にしなくていいよ。まだまだチーズはたくさんあるから遠慮なくつけて食べてくれ」

「では、遠慮なく！」

俺がそのように言うと、アルシェをはじめとするメイドたちがたっぷりとチーズをつけ始めた。

やっぱり、チーズの量を考えて遠慮していたらしい。

チーズはホールで貰っているのでたくさんある。無くなればまたすぐに作れるので追加すればいい。

それにしても良かった。皆、チーズフォンデュを気に入ってくれたようで。
時間があれば、今度はハウリン村の皆とやってみようと思った。

第二十一話　ハーピーの討伐依頼

チーズフォンデュを食べ終わった俺は、久しぶりに冒険者ギルドに顔を出すことにした。

ガドルフとウルドに顔を出すように言われたし、『雷鳴の剣』のメンバーも寂しがっているようだからな。

冒険者の転送業のお陰で冒険者との繋《つな》がりができ、名声が広がったお陰でエミリオと出会うことができた大事な仕事だ。きちんと顔を出しておきたい。

「クレトじゃねえか！」

冒険者ギルドに入ると、よく通った声がギルドに響いた。

視線を向けると、ギルドと併設された酒場のテーブルにヘレナがおり、嬉《うれ》しそうな顔で手を大きく振っていた。傍《そば》には仲間であるロックス、レイド、アルナもいる。

どうやら『雷鳴の剣』が勢ぞろいしているようだ。

「転送屋がいるぞ！」

「あいつの魔法なら依頼場所まですぐだ！」

「今日はやる気出なかったけど、転送屋が送ってくれるならやるかー」

俺がやってきたとわかると冒険者たちが一気にざわついた。

やる気なさそうにしていた冒険者だけでなく、掲示板を眺めて悩んでいた冒険者も一気に活気づいてきた。

そして、クーシャをはじめとするギルド職員も忙しくなることを警戒してかわたわたと動き回る。

すみません、俺のせいでまた忙しくなると思います。

「おい、転送屋！　俺たちを依頼場所まで送ってくれよ！」

「うちも頼む！」

「お前ら割り込んでくんな！　クレトにはアタシが一番に声かけたんだからよ！」

慌てて詰め寄ってきた冒険者たちに威嚇するヘレナ。

女性ながらも鋭い気配を発している。今にも剣を抜いて斬りかかりそうだ。

さすがはBランクパーティーの斬りこみ隊長だけあって迫力がすごいな。

「そうですね。ヘレナさんが最初に声をかけてくださったのでご用件は順番でお願いします」

「ああ、悪いな」

やんわりと告げると、冒険者たちはバツが悪そうにして下がる。

ヘレナたちのパーティーとは一番最初に仕事をした仲であり、お得意様だ。ちょっとくらい優遇してもいいだろう。

「久しぶりだな。最近は顔を出さないものだから心配した」

冒険者たちをひとまず追い払うと、ロックスがやってきた。

「すみません、最近は新しく家を買ったりと忙しかったもので」

「その若さで家を持つようになるなんて稼いでるね！」

ヘレナが豪快に笑って肩をバンと叩《たた》いてくる。久しぶりに会えた嬉しさからのスキンシップなのだろうが中々の威力だ。肩がちょっと痛い。

「……家、いいな。私も家を買ってのんびりとしたい」

「そのためには人生を上がりきるようなお金を稼がないとですね」

「……家に住めるようになるのは遠い」

レイドの現実的な言葉を聞いて、アルナが遠くに視線をやる。

俺の場合はエミリオのお陰で格安で屋敷を手に入れられたけど、王都で一軒家を手に入れるには中々の貯金が必要だからな。

「それまではクレトの家に遊びに行くことで我慢しようぜ。きっといい家を買ったに決まってる」

「……そうする」

「本気か冗談なのかはわかりませんが機会があれば招待しますよ」

「おお！」

そのように告げると、しゅんとしていたアルナが顔を明るくさせた。

ハウリン村ではニーナ一家やオルガなんかが遊びにきてくれるが、王都の屋敷ではそういう出来事はほとんどない。こちらでも友人を招いて楽しく過ごせるようにしたいものだ。

後は単純に絵画を飾ってもらったので自慢したい気持ちもある。

「ところで、クレトさん。今日ギルドにやって来られたということは、転送業をやっていただけると期待してもいいのでしょうか？」

レイドが眼鏡を軽く持ち上げ、真剣な面持ちで尋ねてくる。

「ええ、今日は転送業を引き受けるつもりで来ました。というか、引き受けないと文句を言われちゃいそうですね」

いつの間にか俺たちの周囲には冒険者が居座っていた。

その瞳はとてもギラギラとしており、ここで帰るなどと言ったら暴動が起きそうな雰囲気だ。

「では、これから依頼を受けてくるので転送をお願いしたいと――」

「お話し中のところすみません！　少しよろしいでしょうか？」

レイドとの話が纏《まと》まりそうなところに割り込むように入ってきたのはギルド職員のクーシャだ。

「クーシャさん、一体どうされました？」

そのことにレイドはムッとしつつも、リーダーであるロックスが落ち着いて問いかけた。

ギルド職員である彼女が急いで声をかけてきたということは、それなりに重要な案件があるということだろう。

「実は王都から五日ほどの距離にあるオルギス山にハーピーの巣が発見され、近隣の街や村に被害が出ているんです。冒険者の皆さんには、クレトさんのお力でそちらに向かっていただけないでしょうか？」

「そのレベルの依頼なら、騎士団が動くもんじゃないのか？」

ヘレナの言うことはもっともだ。

勿論《もちろん》、依頼となれば冒険者が動くこともあるが、大きなレベルでの魔物被害は王国騎士団が対応するものだ。

「十日後には建国祭が控えておりまして、王族の方の護衛や王都の防備のために騎士団は動けないのです」

そういえばそんなものがあると聞いたような気がする。

王国の建国を祝う祭りが一年に一度だけあると。王都にやってきてからまだ一年も経過していないので初めてになるな。

「騎士団の代わりにアタシたちを顎で使おうっていうのか。気に入らないね」

ヘレナをはじめとする冒険者たちがクーシャの言葉を聞いて、つまらなそうにする。

組織に縛られるのが嫌いな自由人たちが集まっているのが冒険者だ。国に対して忠誠心の欠片《かけら》もない俺たちからすれば、都合のいい時に頼られている状態だ。

面白くないと感じてしまうのも無理はない。

普段何もしてくれない親会社が、都合が悪い時にだけ頼ってくるようなイメージだ。

「……クレトがいるんだし、複数の依頼を並行して達成した方が稼ぎが良さそう」

「まったくだな。今日はせっかくクレトがいるんだからよ！」

ぼそりと呟《つぶや》いたアルナの言葉に、ヘレナだけでなく多くの冒険者が頷《うなず》く。

……うん、俺も逆の立場ならそう思うかも。

「お待ちください。これは王国から正式な依頼を受けてなので報酬金も高くなっております。その上、依頼を受けてくださった方々には、ギルドへの貢献があったと認められ、ランクアップの際の査定として加味されます」

ギルドへの不満の声が大きくなる中、クーシャの口からそのようなことが述べられる。

これにはブーイング状態だった冒険者たちも目の色を変えた。

ランクアップの査定に加味されるとなると、冒険者としては実に美味《おい》しい。

どうやら王国としては、よっぽどこの事件を冒険者に頼みたいようだ。

「……ふむ、報酬が高いことは当然として、ギルドへの貢献として評価されるのは美味しいですね。ランクアップへの確かな一歩になります。これなら引き受ける価値があるでしょう」

「そうだな。ハーピーの討伐を引き受けようと思う。ちなみに聞いておきたいのだが、クレトはオルギス山までの転送はできるか？」

「できますよ」

そこなら以前、商売で行ったことがある。

「では、是非ともお願いします！」

これにはクーシャが顔を輝かせて頭を下げてきた。

王国とギルドの板挟みになって大変だろうな。さすがに可哀想《かわいそう》なので力になってあげたい。

「王国に使われるのはちょっと気に入らないけど、アタシもリーダーの決定に異論はないぜ」

「……私も問題ない」

『雷鳴の剣』が引き受けると、他の冒険者もハーピーの討伐を引き受けるようで手を挙げる声が多く上がっていた。

そんな様子を見て、クーシャをはじめとするギルド職員はホッとした表情を浮かべ、冒険者たちに詳細な内容を伝えていった。

第二十二話　冒険者の戦い

「ところで、クレトよ。これだけの冒険者を一気に転送できるのか？」

「あっ」

ヘレナから指摘を受けて、俺は思わず間抜けな声を上げる。

気が付けばハーピー討伐の依頼を受ける冒険者は三十人ほどが集まっていた。

さすがに俺でもこれだけの人数を一気に転移させたことはない。

「おいおい、大丈夫なのか？」

「……多分、大丈夫だと思います」

一気に三十人を複数転移させたことはないが、一日に三十人以上を転移させたことはあるので不可能ではないと思う。

「仮に魔力が足りなかったとしても魔力が回復してから転送すればいいでしょう。元々、片道で五日はかかる距離なんですから」

「そうだな。クレトは気負うことなく転送してみてくれ」

「ありがとうございます」

若干不安になっている俺に声をかけてくれるレイドとロックス。その優しさが嬉《うれ》しい。

「準備のできたパーティーからこちらに来てください」

俺がそのように声を張り上げると、『雷鳴の剣』『三獣の姫』『妖精の射手』をはじめとした馴染《なじ》みのあるパーティーにガドルフ、ウルドをはじめとする顔なじみも集まってきた。

「おう、転送屋。しっかり頼むぜ」

「ガドルフは一人でも強く生きるんだぞ」

「おい、まさか本当に魔境に送るつもりじゃねえだろうな⁉」

ニーナと一緒に出会った時の会話をきちんと覚えていたようだ。まあ、そんな酷《ひど》いことはしないので安心してほしい。俺もそこまで鬼畜ではない。

「アタシたちの準備はできてるぜ！　いつでも送ってくれ！」

「それではオルギス山の麓《ふもと》へと転送いたします」

威勢のいいヘレナの声に同意するように頷《うなず》く冒険者たちを見て、俺は複数転移を発動させた。

その時、体内に保有されている魔力が一気に減ったのを感じた。が、複数転移がきちんと発動し、ギルドの内部からオルギス山の麓へと景色が変わった。

「……全員揃《そろ》っていますか？」

おずおずと尋ねると、全員が揃っている旨の返事がくる。

どうやら討伐依頼を受けてくれる冒険者、三十人を一気に転移させることができたようだ。

そのことがわかってホッとする。

「クレトさんの魔力は大丈夫ですか？」

「少し消耗して疲れましたが、討伐を終える頃には全員を王都までお送りできるかと思います」

大人数を一気に転移させると魔力消費が跳ね上がるのか結構魔力を消費した。距離も王都から五日分あるしな。

とはいえ、動けなくなるほど消耗したわけではない。既に魔力の回復は始まっているし、少し休めば帰りも転移で戻れるだろう。

「まだ魔力に余裕があるとはすげえな！」

「……これだけの数を転送できただけでも驚異的」

「とはいえ、クレトは既に役目を果たしてくれた。ハーピーとの戦いは無理せず、俺たちに任せてくれ」

「ありがとうございます」

ロックスの言葉が実に頼もしい。空間魔法が反則的な強さを誇るとはいえ、魔物との戦闘が得意というわけではない。

集団戦闘なんて全くの素人《しろうと》なので、彼の言う通り戦闘に関しては皆に任せることにしよう。

「さて、あそこにハーピーの巣があるんだろうな」

俺たちの見上げる先には切り立った崖が見えており、空を警戒するように三羽のハーピーが飛び回っていた。

くすんだ金色の髪をしており、鋭い牙を生やしている。

顔から胸元にかけては人間のように見えるが、そこから下の身体《からだ》は鷹《たか》のようになっている。

ハーピーたちが飛び回っているあそこに巣があるのは間違いなさそうだ。

「確か三十羽はいるって言っていたか？」

「目撃証言からの推測なのでそれ以上はいると、想定した方がいいでしょう。とはいえ、もう少し情報を手に入れたいところですね」

「私たちが様子を見てくる」

そう申し出たのは『妖精の射手』のメンバーたちだ。

弓使いで構成されたエルフだけのパーティーであり、斥候《せっこう》などを得意としている。

そのことを誰もが理解しており、誰も反対することはなかった。

『妖精の射手』に情報取集を任せている間に、ロックスをはじめとする冒険者たちが作戦会議をする。

相手は空を自由に飛び回る魔物だ。皆で突っ込んでも何とかなるかもしれないが、面倒くさい事になるだろう。入念に話し合うのは当然だ。

作戦を主に仕切っているのはロックスやレイド。

Bランク冒険者でもあり、周囲の者から実力が認められているからかそのことに不満が上がることはない。

皆が互いを尊重し、能力を認め合って意見を交わし合っている。

昼間から酒場でくだを巻いている姿とは大違いだ。

前世の会社でも、こんな風に円滑な人間関係を築くことができれば、楽しみながら企業としての利益を追求できたのかもしれないな。

そんな風に少し離れた場所で作戦会議を聞いていると、斥候に出ていた『妖精の射手』が戻ってきた。

「どうでしたか？」

「ざっと見てきたところ四十羽以上は確認できたわ。洞窟の中にはいくつも巣があったし、もっといると考えてもよさそう」

ここからじゃ空を警戒している三羽しか見えないが、その十倍以上の数が巣穴にいるのか。中々にゾッとするような光景だ。

「……やはり、ギルドの推測よりも数が多いですね」

もたらされた情報をもとにして再び話し合う冒険者たち。

そして、しばらく話し合った末に大まかな作戦が決まった。

『妖精の射手』がちょっかいをかけて多くのハーピーを巣の外へと誘導する。

そこに魔法使いや弓使いなどの後衛職が攻撃を畳みかけ、墜落した個体を前衛職が仕留めるという作戦だ。

視界が悪く入り組んだ山の中では明らかに不利なので、有利な場所で一気に数を減らそうという作戦らしい。

それが妥当であると思う。今回はこちらも大勢の冒険者が集まっている。相手の頭数さえ減らしてしまえば、最終的にはごり押しできるわけだしな。

作戦通り、『妖精の射手』が再び山の中に入っていく。

最初に動いたのは空を警戒していた三羽のハーピー。

そのうちの二羽が矢で撃ち抜かれて撃墜。

残りの一羽は翼を撃ち抜かれてはいるものの、墜落するほどではなかったのかよろよろと巣穴に戻っていく。

恐らく、仲間をおびき寄せるためにわざと倒さずに巣に帰したのだろう。

などと思っていると、巣穴から多くのハーピーが出てきた。

まるで蜂の巣を突《つつ》いたような大騒ぎ。

「キイイイッ！」

甲高い鳴き声には確かに怒りがこもっていた。

仲間の仇《かたき》を討《う》とうとしてか血走った目を向け、鷹のような鋭い爪で襲いかかる。

『妖精の射手』は木々を遮蔽物にしながらそれを防ぎ、軽やかに駆け抜けて山肌を滑り降りてくる。あれだけの魔物に追い回されて顔色一つ変えない姿はさすがだ。ただのプライドの高いお姉さんたちではなかったらしい。

彼女たちは振り返りながら弓矢を放ち牽制《けんせい》しつつ、後衛職が待機している場所へと誘導した。

「攻撃放て！」

ロックスの声を合図に待機していた魔法使いや、弓使いが一斉に攻撃を放つ。

火炎球、風刃、土槍《つちやり》、氷矢などといった様々な属性の遠距離魔法や、射出された矢などがハーピーの群れを撃ち抜いた。

たまらずバタバタと地上に落ちてきたところをロックス、ガドルフ、ウルドをはじめとする前衛職にとどめをさされる。

ロックスによって巨大な戦槌《せんつい》を打ち付けられた個体の結果は言うまでもないだろう。

「キイイイーッ！」

「うおっ！　コイツらまだ元気だぞ⁉」

中には当たりが弱かったのかかすり傷ほどの個体もおり、翼を広げて威嚇する。

蛇のような鋭い目に裂けた口から長い舌が伸びている。

遠くから見るともっと半人半鳥っぽく見えたんだけど、近くでこうして見るとあんまり美しくないな。

ハーピーに対して幻想的な想いを抱いていたので、少し夢を壊された気分だ。

鷹のような鋭い爪で冒険者たちを牽制するハーピー。

しかし、ヘレナが風のように駆け出すと、それらは瞬く間に斬り捨てられる。

血しぶきと共に色鮮やかなハーピーの羽根が舞っていた。

次から次へと剣で切り倒していく様はまるで鬼神のようだ。

ヘレナたちを転送したことは何度もあったが、こんな風に戦う姿を見るのは初めてだ。

俺のような与えられた力を駆使するのではない。彼らは己の身一つで魔物を相手にしているのだ。

「……これが冒険者の戦いか」

本物の研鑽《けんさん》された力を目にすると素直に畏敬の念を抱かざるを得なかった。

それぞれの作戦が上手《うま》くいったお陰でおびき出されたハーピーは全て倒し、巣穴に残っていた残りのハーピーも無事に殲滅《せんめつ》することができたのであった。

第二十三話　ギルドで打ち上げ

ハーピーの討伐を終えた俺たちは、その日の夕方になる前に冒険者ギルドに戻ってくることができた。

多少なりとも戦闘で怪我《けが》を負った者もいたようではあるが、アルナをはじめとする回復職に治療され、結果として怪我人はなしだ。

「ありがとうございます。クレトさんのお陰で速やかにハーピーの駆除ができました。たった半日で終わるなんて快挙ですよ」

ギルドに戻ってくると職員であるクーシャに礼を言われた。

片道で五日はかかる距離だ。行き帰りだけで十日もかかるはずなのに、半日で終わらせることができたのは間違いなく俺の魔法のお陰だろう。

というか、転移がないと不可能だ。その間に起こっていたであろう被害を防げたと思うと誇らしく思える。

「いえいえ、クーシャさんも板挟みで大変だしたね。本当にお疲れ様です」

ギルドはあくまで仲介やサポートをする組織であって、冒険者への強制権はない。

王国の傘下にある組織とはいえ、しがらみというものはあるわけで。

忠誠心の欠片《かけら》もない冒険者に依頼を受けてもらえるようにするのは大変だっただろう。

報酬金の増額や査定の件から鑑《かんが》みるに、相当な頑張りがあったに違いない。

同じく組織に所属していた経験があったので俺にはクーシャの苦労が痛いほどにわかった。

「うう、お優しい言葉をありがとうございます」

俺が労《ねぎら》いの言葉をかけると、クーシャが感極まったような顔をした。

うん、やっぱり大変だったんだろうな。

「よっしゃ！　今日は呑《の》むぞ！」

「「おおおおおおっ！」」

クーシャを労っていると、ヘレナをはじめとする冒険者たちが雄叫《おたけ》びを上げた。

高額の報酬金が払われた上に、俺がハーピーの素材を余すことなく持ち帰ったので今回の換金率は非常に高い。懐が温まれば宴《うたげ》をやるのは当然の流れと言えた。

依頼の報告と換金を終えるなり、冒険者たちが併設された酒場のテーブルへとなだれ込む。

まるで祭りの打ち上げのようだ。

「クレトも今日は呑んでくだろ？　世話になってるお礼だ。アタシがおごってやるよ！」

「では、お言葉に甘えてご馳走《ちそう》になりましょうかね」

ここまで言われて帰るなんて空気を悪くすることは言わない。

ヘレナに手招きされて、俺は席へと座った。

手慣れた様子でヘレナやアルナが注文をしていくと、瞬く間に人数分のエールといくつものつまみが届いた。メインの食事はまだ揃《そろ》っていないがすぐに出てくるだろう。

「それじゃあ、依頼の達成を祝って乾杯！」

「「乾杯！」」

周囲の冒険者にも一通り酒が行き渡ると、ロックスが代表として声を上げた。

すかさず上がる冒険者たちの唱和の声。日頃から宴会騒ぎをやっているが、これほど熱の入った声を聞いたのは初めてで驚いた。

俺も声を上げながらもヘレナやロックス、アルナ、レイドといったメンバーに酒杯をぶつけて乾杯の一口。

酸味の少し強いエール。雑味も僅《わず》かに混ざっているが、この荒々しい味も結構好きだな。

「くはぁ、依頼を終えた後の一杯は美味《うま》いな！」

口元についた泡を拭《ぬぐ》いながら男らしく酒杯をテーブルに叩《たた》きつけるロックス。

すかさず通りがかった給仕にお代わりを要求していた。ペースが速い。

そして、給仕がお代わりのエールと一緒に色々な料理を持ってきた。

香辛料がたくさんかけられた骨付き肉、オークのステーキ、フロッグの唐揚げとほとんどが肉料理だ。サラダやトマトシチューなどのあっさりとしたものは申し訳程度にしかない。

派手に動き回っただけあってか、濃い味の料理を皆食べたいんだろうな。

皆が肉料理に手を伸ばしていく中、俺はまんべんなくそれぞれを取り皿に入れた。

やはり、料理はバランスよく食べたいからな。

「これだけの人数で討伐に向かうなんて初めてだよな！」

「思い返してみるとお祭りみたいでしたね。こういう事を言うのは、あまり柄《がら》でもないのですが戦っていて興奮しました」

「……うん、楽しかった」

ヘレナだけでなくレイドやアルナもそのような感想を漏らした。

落ち着いた二人でもそんな感想を抱くとは少し意外で、やはり冒険者なんだなとしみじみと思った。

「おー！　レイドとアルナもそう思うか！　だよなだよな！　いやー、また皆で魔物の巣にカチコミに行きてえな！」

「それな！　転送屋がいればカチコミし放題だぜ！」

「……あるいは大人数で大物に挑むのも悪くはない」

ヘレナの物騒な言葉に触発されて、近くに座っていたガドルフとウルドまでもそんなことを言う。

あれだけの実力者が一気に送り込まれたら脅威だろうな。膨大な数の冒険者が瞬時に傍《そば》に現れて強襲してくるのだ。おっかないことこの上ない。

「……確かにこれだけの人数を揃えればドラゴンだって狩れるかもしれませんね。危なくなれば、すぐに撤退もできる。検討してみる価値はあるかもしれません」

「さすがにそれは勘弁してくださいよ。俺はあくまで転送屋なんですから」

レイドが真剣な表情で考え始めたので、俺は慌てて釘《くぎ》を刺しておく。

俺が生業《なりわい》にしているのはあくまで転送業だ。

冒険者として過酷な魔物討伐を行うつもりはない。

確かに現実味はあるけど、ドラゴンの討伐なんておっかな過ぎるからね。

「そうですか。いい考えだと思ったのですがねぇ……」

すごく残念そうな顔をするレイド。結構真剣に考えていたらしい。

「まったくクレトには野望はねえのか!」

「既にそれなりの財産は築いていますし、持ち家もありますからね。ゆるゆると仕事と生活を楽しめれば十分です」

「……羨《うらや》ましい。早く私もクレトみたいな暮らしがしたい」

俺の主張を聞いてキラキラとした眼差《まなざ》しを向けてくるアルナ。

それ以外の者は微妙な表情を浮かべている。どうやらこの崇高な理念を理解しているのはアルナだけらしい。

「クレトは若さの割に枯れてるなぁ！」

「仕事＝幸せとは限りませんから」

「クレトが言うと、妙に説得力があるな」

しみじみと呟《つぶや》く俺の言葉に何かを感じたのか、ヘレナが気勢を削《そ》がれたような顔になった。

俺は前世で痛いほどにそれを学んだからな。重みがこもっていたのかもしれない。

「なにはともあれクレトのお陰で速やかに依頼を達成することができた。礼を言う」

「いえいえ、こちらこそ色々と勉強になりましたし、楽しかったですよ」

集団での魔物との戦い方や作戦を立てる時の考え方は、とても参考になった。

そして、何より皆で一緒に依頼を達成できたという感動が大きい。

俺は基本的に転送をするだけであり、こうやって冒険者である彼らと達成感を味わうのは難しい。

今回ハーピーを討伐していないとはいえ、皆と一緒に依頼をこなす一助を担うことができた。こうやって堂々と達成感を共有し、分かち合えるのは嬉《うれ》しいものだ。

ドラゴンのような危ない魔物はできればゴメンだが、このような依頼であればまた一緒にやりたいと素直に思う。

「クレトが毎日いてくれれば、もっと依頼をこなせるんだけどなぁ」

「ヘレナの意見に同意です」

「……そうしてくれると私も助かる」

「さすがに毎日は勘弁してください。定期的に顔を出すようにしますので、それで勘弁してください」

ジーッと欲しがるような視線を向けてきてもそれはダメだ。

俺には優雅な二拠点生活をおくるという目標があるんだからな。

「ちえっ、一緒に感動を分かち合うことでパーティーに引き入れる作戦は失敗かぁー」

残念そうに言うヘレナの言葉を聞いて、俺たちは朗らかに笑うのだった。

第二十四話　レフィーリアの引っ越し

「クレト、レフィーリアをハウリン村に連れていくことはできるかい？　確かあっちに住むにはリロイ村長の許可がいるのだろう？」

ハーピーの討伐の翌日。王都の屋敷でのんびりとしていると、エミリオがやってくるなりそう言った。

彼がそう言ってくるということは、レフィーリアの引っ越しについての相談は終わり、認められたということだろう。

「わかった、連れていくよ。都合のいい日は聞いているか？」

「レフィーリアは、いつでも構わないと言っていたよ。建国祭が近づいているから早めに引っ越した方がいいだろうね」

「それなら今から連れていってくるよ」

建国祭で賑《にぎ》やかになれば、色々と身動きも取りづらくなるだろう。

俺やエミリオがバックアップとしてついているが、こういうのは早めに取り掛かっておくに限る。

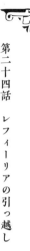

そういうわけで俺は空間魔法を発動する。

屋敷のリビングから風景が変わり、閑静な住宅の中に佇《たたず》むレフィーリアの家が見えた。

扉についているドアノッカーを鳴らすと、程なくしてレフィーリアが顔を出した。

「エミリオに頼まれて、お迎えに上がりました」

「早速来てくださったんですね！　すぐに準備をしますので中で少々お待ちください」

「ありがとうございます」

そう言われて玄関を上がり、リビングに案内される。

アトリエには何度か入ったことがあるが、こちらに通されるのは初めてだ。

思えば一人暮らしの女性の家に上がるのは初めてな気がする。

不思議といい香りがするし、意識するとちょっとだけ緊張してきそうなのであまり考えないことにした。

「お待たせいたしました。準備できました」

ボーッとソファーでくつろいでいると、奥の部屋から薄青色のロングワンピースを纏《まと》ったレフィーリアが出てきた。

頭には麦わら帽子を被っており、暑さ対策もバッチリだ。

清涼感のある服装で見ているだけでこちらまで涼しくなりそうだ。

「では、ハウリン村に向かいますね」

「はい」

笑顔で頷《うなず》いたレフィーリアであるが、今日は手を繋《つな》いでこないことに気が付いた。

「……もう手は繋がなくても大丈夫ですか?」

「今日は繋がないでチャレンジしてみようと思います。いつまでも繋いでいてはクレトさんにご迷惑をおかけしてしまいますから」

どうやら彼女なりに慣れようと努力しているようだ。前回も転移していた時には、ほとんど体勢を崩すことはなくなっていた。

少し残念ではあるが、恋人関係でもないのに年ごろの男女が手を繋ぐのは変だからな。これが自然だろう。

「わかりました。では、いきます」

レフィーリアにしっかりとタイミングを伝えて、俺は空間魔法を発動。

すると、景色がリビングからハウリン村の入り口前へと変わった。

「わっ」

そして、隣から聞こえるか細い悲鳴。

「ど、どうですか、クレトさん。今回は無事に着地できましたよ」

「ひとまず、転ばなかっただけでも良しとしましょう」

ちょっと体勢が危うかったけどセーフとしてあげよう。

少しドヤ顔をしているレフィーリアには、厳しい言葉は投げないでおくことにした。

「ここは村の中ですか？」

見慣れない景色だからだろう。レフィーリアが周囲の様子を確かめるように視線を巡らせた。

「いいえ、村の入り口ですよ。これから住むことになる場所なので、しっかりと知っておいて欲しいと思いまして」

「なるほど」

納得したレフィーリアを見て、俺は真っすぐに歩いていく。

既に村の入り口は見えており、そこには槍《やり》を手にして立っているアンドレが見えた。

「おお、クレトじゃねえか！　隣にいる人は、もしかして前に顔を出してたったいう綺麗《きれい》な画家さんか？」

以前、ハウリン村の絵画を描いてもらうためにレフィーリアを連れてきたことがある。

しっかりと会話したのはオルガくらいであるが、あの時のことはあっという間に話として広まっているらしい。

娯楽らしいものもない田舎《いなか》ではこういった物珍しい話はすぐに広まるものだ。

「そうですよ。王都からやってきたレフィーリアさんです」

「はじめまして、レフィーリアと申します」

「クレトの友人であり、村の警備をやっているアンドレだ。また絵でも描きにきたのか？」

「いえ、今日はハウリン村の村長さんに移住の許可をいただくためにやって参りました」

「それってひょっとしてクレトと一緒に住むってことか⁉」

「違いますよ」

「なんだ。急に女を連れてそんなことを言うから嫁かと思ったぜ」

勘違いをしているアンドレにきっぱりと誤解を解いておく。

それはそれで夢のあるスローライフではあるが残念ながら違った。

「まあ、クレトの連れてきた奴なら問題ねえだろ。村長のところで許可を貰《もら》ってくるといい」

「わかりました。では、ちょっと行ってきます」

「失礼します」

ぺこりと丁寧に頭を下げるレフィーリアにアンドレは目を丸くし、にっこりと笑って手を振ってくれた。

「では、村長の家に向かいますね」

「はい、お願いします」

こうしてハウリン村に入った俺とレフィーリアは村長の家に向かった。

◆

「いいですよ」

「ありがとうございます！」

リロイにレフィーリアの移住話をすると、あっさりと許可が下りた。

これにはレフィーリアも嬉《うれ》しそうな声を上げた。

「嬉しいことですけど随分と軽いですね!?」

「クレトさんが連れてきた知り合いですし、見たところ凄《すご》く礼儀の正しい女性だしね」

「恐縮です」

リロイのその言葉にレフィーリアが嬉しそうに微笑《ほほえ》む。

「俺の時はもうちょっと色々と聞かれたような……」

「あの時は、クレトさんのことを何も知りませんでしたし前例のない暮らし方でしたから」

まあ、確かに空間魔法を使って二拠点生活をしているのなんて俺くらいだろうしな。

「これもクレトさんの日頃の行いあっての信用ですよ」

「ありがとうございます」

こちらを見据えたリロイが柔らかな眼差《まなざ》しで言ってきた。

そんな風に言われると少し照れくさかった。

「早速空き家を見に行かれますか？」

「はい、以前アンドレさんに案内してもらったところを回ろうと思っていますが、それで問題ないですかね？」

「問題ないですよ。住む場所が決まったらまた声をかけにきてください」

あっさりと移住の許可が下りたので、俺とレフィーリアは空き家を回ることに。

「……驚きました。村の方では本当に何の手続きもなく移住できるのですね」

「王都や街と比べると、人も少ないですから」

俺もその辺りの緩さには驚いたものだ。

大きな街ではきちんと役所のようなところに出向いて書類を提出し、お金を払ったりと色々な手続きがあるからな。

村長への報告だけで済むというのは、随分とあっけなく感じるものだ。

「こういう大らかなところも田舎の利点ですね」

「いいですね。煩雑な手続きは苦手なので助かります」

やはりこういった事務的な手続きは面倒なものだ。

互いに意見が一致して俺たちは笑い合う。

「それでは空き家を回りましょうか。村の地理を把握するためにも歩いて移動しますね」

「はい、構いませんよ」

転移すればあっという間に空き家を見て回れるのだが、実際に生活することを考えて歩いて回る方がいい。

転移で移動したら楽だったけど、それ無しで生活すると不便なんてことになったら困るからな。

「一応、どんな家がいいとか希望はありますか?」

「そうですね。アトリエスペースは欲しいので、できれば王都の家くらいの広さは欲しいです」

絵を描くとなると作業部屋と画材を置いておく保管場所は必要だ。

絵を俯瞰《ふかん》して確かめるためにもそれなりの広いスペースはいる。

「後は静かで日当たりのいい場所がいいですね。自然の光があった方が絵を確かめやすいですから」

確かに暗い部屋では発色具合を確かめることもできないから、それも必要な条件だ。

「わかりました。それらの条件に当てはまりそうな場所に向かいます」

「よろしくお願いします」

家の条件をある程度絞り込んだところで俺たちは歩き出した。

◆

「……ここがいいです」

条件に合いそうな空き家をいくつか回ることしばらく。八軒目の空き家にしてレフィーリアがポツリと呟《つぶや》いた。

木造と漆喰《しっくい》の壁でできた二階建ての家。

しっかりと管理していたのか木造でできた床や天井、そして白の壁が非常に綺麗だ。

「気に入ったようでなによりです」

呼吸をすると木材の柔らかな香りが鼻孔をくすぐる。

ゆったりとした広い間取りをしており、王都にあるレフィーリアの家の間取りと少し似ている。

「光の加減は大丈夫ですか？」

「……欲を言えば、光をもう少し取り入れるために窓を大きくしたいです」

普段は控えめな彼女であるが、絵に関することは妥協しない。

真剣な眼差しで腕を組んで唸《うな》っている。

「それぐらいの工事であれば、大工をしている村人がやってくれると思いますよ。俺もこちらに住む時にはいくつか改装を頼みましたから」

「本当ですか⁉　では、そちらもお願いします！」

「任せてください。では、住む家が決まったので村長に報告しに行きましょうか」

「はい！」

こうしてレフィーリアの住むことになる家が決まったのだった。

第二十五話　冒険者アルテの依頼

以前俺の家を改築してもらった村の大工に頼むと、三日でレフィーリアの満足する大きな窓へとリフォームされた。

王都に向かうと引っ越しの準備を終えていたレフィーリアの家具や生活道具を亜空間に収納し、ハウリン村の新居に転移。

亜空間に収納した家具などを設置していくと、あっという間にレフィーリアの引っ越しは完了となった。

家探し、配送、引っ越し作業まで楽々に済ませられるクレト引っ越し屋の奮闘の賜物《たまもの》だろう。そう自画自賛してしまうほどのスピード感だ。

「クレトさんのお陰で夢の一つが叶《かな》いました。本当にありがとうございます」

「いえいえ、満足のいく家が見つかってよかったです。何か困ったことがあれば、いつでも声をかけて――って、俺はいない時が多いですね。近所にアンドレさんも住んでいますので、彼や奥さんであるステラさんが助けてくれると思います」

「わかりました。困った時はそうさせていただきます」

「では、俺はエミリオに報告してきますので」

「はい、本当にお世話になりました」

ぺこりと深く頭を下げるレフィーリアを見て、俺は商会の執務室に転移した。

「レフィーリアの引っ越しは終わったかい？」

いつも通り、書類を確認しながらエミリオが聞いてくる。

今日引っ越しすることは伝えてあったからな。

「ああ、終わったよ。これからハウリン村での新しい生活をスタートさせると思う」

「なにからなにまで世話をしてもらってすまないね」

「別にいいさ。お礼は十分に貰《もら》っているし、新しい村人が増えるのは俺も嬉《うれ》しいからな」

レフィーリアにはとてもいい絵を描《か》いてもらったし、先輩として力になれるのは素直に嬉しい。

「ここのところはあんまり商会の仕事をしていなかったが、そっちの仕事は大丈夫か？」

ハウリン村の作物の輸送こそやっているが、最近は商会の取引きなんかをほとんどやっていない。

そろそろ仕事が溜《た》まっていると思うのだが。

「やってもらいたい案件はいくつかあるんだけど、五日後には建国祭だからね」

「建国祭では何かやるのか？」

「やってくる大勢の客に備えて商会の準備をしないといけないし、高級料理店と組んでハウリン野菜を使った屋台の出店なんかもやる予定さ」

「おー、早速と色々仕掛けているんだな」

前者はともかく後者については知らなかった。ただ高級料理店に卸《おろ》すだけでなく、色々と仕掛けてくれているようだ。

「そういうわけで建国祭期間中は、他の取引きに手をつけることができないのさ。だからクレトは休んでくれていいよ」

「……俺だけいいのか？」

できるだけ縛り付けない契約とはいえ、皆が忙しい時期に休むのは少しだけ気が引ける。

こんなことを思ってしまうのは前世で社畜として働いていた弊害なのだろうか。

転移を使った大きな商売はやらないが、出店を手伝うくらいはできるが……

「その代わり、建国祭が終わったらあちこち駆け回ってもらう予定さ。それでもクレトがどうしても仕事を手伝いたいと言うのであれば、僕は喜んで歓迎するよ」

「謹んで休ませてもらうよ」

などと甘っちょろいことを思っていたが止《や》めた。

建国祭が終わったら馬車馬のように働かされることが決定しているからである。

大事なのはわが身だ。他人の心配をしている暇はない。

のんびりできる内にきちんと休んでおかないといけないな。

「そうかい。せっかくの建国祭だ。存分に楽しむといいよ」

「そうさせてもらうよ」

苦笑しながらのエミリオの言葉に返事して退出した。

◆

エミリオに報告を終えて商会を出た俺は、のんびりと王都を歩く。

建国祭が五日後に迫っているからか、王都の街並みはいつもよりも華やかだ。

レストランなどの飲食店は外にまでイスやテーブルを設置し、建国祭だけの特別メニューなんかの告知をチラシや看板に描いている。

当日に備えて既に早入りしている者もいるのか、人通りはいつもよりも明らかに多い。

王都の様子は明らかにいつもと違っていた。

「本当に建国祭が近づいているんだなぁ」

ここ最近はレフィーリアの引っ越し作業で、王都を歩くことがなかったら実感がとても薄かった。

しかし、こうして街を歩いてみれば、祭りの前の賑《にぎ》やかさを確かに感じ取ることができる。

空間魔法が便利だからといって、使い過ぎだっただろうか。

もう少し自分の足で歩いて、きちんとした時の流れを気にするべきだろう。

仮にも商売人でもあるわけだし、人や商品の流れには敏感でいないとな。

そう思って街の様子をきちんと確かめるためにのんびりと足を進める。

「当日はここにも屋台が並ぶのか……」

今歩いている通りは住宅街で、普段は屋台が並ぶことはない。

しかし、祭りの当日にはここでも出店することにもなっているのか、仮の屋台のようなものが整然と並んでいた。

こういった屋台に出店するためにもエミリオは忙しく手続きをし、契約している高級料理店とも綿密な打ち合わせをしていたのだろうな。

それにしても祭りを前にした独特の賑やかさというのもいいものだ。

学生の文化祭を彷彿《ほうふつ》させるようなワクワクとした空気を感じられる。

今年は他の用事で忙しかったけど、来年辺りは商会の準備を手伝ってみてもいいかもな。

などとぼんやりと考えていると、服の裾をくいくいと引っ張られる感触がした。

思わず振り返ってみると、そこには外套《がいとう》を羽織り、フードを被った少女がいた。

第一に感じた印象は小さいの一言だ。ニーナと同じくらいか、それよりも少し大きいという程度の身長しかない。もしかして、迷子《まいご》だろうか？

「どうしたんだい？　道に迷ったのかな？」

「誰が迷子じゃ。わらわは今年で十六歳じゃぞ？　立派な大人じゃ！」

目線を合わせて優しく声をかけると、少女の口からそんな言葉が出てきた。

フードの隙間から藤色の髪が見えており、エメラルドのような綺麗《きれい》な翡翠《ひすい》色の瞳が見えた。

やや幼さの残る顔立ちをしているが人形のように綺麗な少女だ。

この世界では十五歳が成人年齢とされている。それに則《のっと》ると十六歳であるこの子は立派な成人女性であると言える。

でも、やっぱり子供にしか見えないな。

ニーナと同じくらいか、良くてそれよりも少し上に見えるといったところだ。

「……お前、その目は信じておらんな!?」

「いや、信じてる。信じてるから怒らないでくれ」

子供扱いすると怒るというのはわかったので、とりあえず信じることにする。

小さな子供に詰め寄られている大人という光景は、何かと他人の目を集めていて恥ずかしい。

「ふむ、まあいい。わらわは器の大きい女だからな。そのような無礼な態度にも目を瞑《つむ》ってやろう」

素直に謝ると、ひとまず機嫌を直したのか頷《うなず》く。

妙に偉そうで個性的な口調だ。大人であれば憎たらしく思えるかもしれないが、小さな子供がそう言っていると微笑《ほほえ》ましさしかない。

「まずは自己紹介をしておこう。わらわは冒険者アルテじゃ」

「同じくクレトだ」

冒険者らしいが実際にギルドでは見たことのない顔だ。とはいっても、俺も頻繁にギルドに顔を出しているわけでもないので当てにはならないか。

普段なら初対面の相手には敬語なのだが、子供と思って接していたために今さら変えるのも変なのでこのままにしておこう。

「アルテは俺に何の用なんだ？」

「その前に尋ねたい。お前が最近ギルドで有名な転送屋とやらで合っているか？」

「ああ、そうだよ」

「だったら頼みたい。わらわを望む場所に転送してほしい」

突然の頼みごとに俺は少し驚く。

どうやら彼女は俺の噂《うわさ》を知ってやってきたらしい。

「それはギルドで依頼を受けて、依頼場所まで転送をしてほしいということか？」

「いいや、違う。これはわらわの個人的な頼みじゃ」

俺の問いかけにきっぱりと答えるアルテ。

「ただ連れていくだけでいいのか？」

「いや、建国祭が始まるまで色々なところに連れていってもらい、案内もしてもらいたい」

となると、旅行ガイドのようなものか。しかも、六日間も。

それに建国祭までというのが少し引っ掛かる。まるで、それまでは王都から離れていたいといったような意図が見えた。

「うーん、そういう頼みは引き受けてないんだが……」

転移で連れていくだけならまだしも、ずっと付き添って案内なんてことはしていない。

レフィーリアの件はエミリオの友人だったので例外だが、基本的にそういったことはしていない。

すべての頼みを引き受けていてはキリがないからな。

「お願いじゃ！　報酬は相場よりも多く払うぞ！」

そう言ってローブの下にあるバッグから何かを取り出すアルテ。

そこには青紫色をした宝石が握られていた。

目の覚めるようなブルーやバイオレットの輝きは、まさしくオーロラのよう。

その美しさに偽物という考えは俺の中で瞬時に霧散した。

宝石はあまり詳しい方ではないが、タンザナイトに酷似している。

こちらの世界でもかなり希少な宝石であり、価値の高いものだ。

さらに大きさが少女の手の平に収まりきらないくらいときた。見事なカッティングもされているし、目玉の飛び出るような値段がすることは想像がつく。

「ちょ、ちょっと！」

「む？　この宝石は気に入らぬか？　一応、他にもウルトラマリンやヒヒイロカネ、ゴルドニウムとかいうのもあるが――もしや、貨幣がいいのか？　貨幣は白金貨数十枚程度しかないのじゃが……」

そう言ってバッグの中から次々と希少宝石や鉱石を取り出し、果てには白金貨まで見せびらかすアルテ。

「お金があるのはわかったから一旦、それを仕舞おうか！」

「お、おお？」

やんわりと手を取ってバッグに仕舞わせる。

こんな往来で取り出すと、よからぬ考えを持つ者が現れるかもしれない。

一体、何を考えているんだ。

「どうじゃ？　これでも足りぬというのであれば、後日追加で払わせてもらうぞ？」

これで足りないかもって思うなんて相当金銭感覚がずれている。

さっきの宝石一つだけで王都で屋敷が五軒は買えると思う。たった一つでそれだ。

全部の宝石を貰おうものならば、小さな国の国家予算に匹敵するだろう。

六日間付きっ切りという面倒くささを考えても明らかに破格な依頼だ。

どうするべきか。ただの冒険者がこんな大金を持っているはずがない。大商会の娘か、どこかの大貴族の娘なのか……なんとなく訳アリの気がする。

「……そこまでして外を見たいのか？」

「見たい。それに今年こそは行きたい場所があるんじゃ」

俺の問いかけに真剣な表情で答えるアルテ。

ただの観光といった道楽目的だけではなさそうだ。

その心にある願いは、この世界にやってくる前の閉塞した状態だった自分に似ているような気がした。

前世の鬱屈した世界が嫌で、遠いところに行きたいと無心に願っていたっけ……。

「わかった。引き受けるよ」

「本当か!?　それは助かる！」

アルテの頼みはあまり引き受けるべきではない気がするけど、この子を放置しておくととんでもないことになりそうな気がする。

世間知らずっぽいので悪い人間に騙《だま》されるかもしれないし、誘拐されることだってあり得る。そうなっていたらすごく寝覚めが悪いからな。

「ちなみに報酬は最初に見せてくれた宝石一つで十分だよ」

「そうなのか？　全部貰うことができたというのに正直者じゃの？」

「俺みたいな小心者には、それぐらいで十分さ」

ただでさえ、お金を持て余し気味なんだ。年下から巻き上げてまで稼ごうとするような趣味はない。

「それでアルテはどこに行きたいんだ？」

「どこにでも連れていってくれるのか？」

「どこでもは無理だが、俺の行ったことのある場所にになら行ける」

「じゃあ、海が見たい！　海のある街に連れていってくれ！」

この王都は海から比較的近い方ではあるが、海が見えるわけではない。

この辺りに住んでいるアルテは海を見たことがないのだろう。

「わかった。港町ペドリックでいいか？」

「いいぞ！」

アルテが頷くのを見て、俺たちは人通りの少ない路地に入る。

「それじゃあ、俺の魔法で転移する。少し浮遊感があるから気を付けてくれ」

アルテにきっちりと注意をした上で、俺は空間魔法を発動させる。

六日間の転移旅行の始まりだ。

第二十六話　港町ペドリック

「おおお？　本当に一瞬で王都から別の場所へ――おおおお！　海じゃぁーっ！」

港町ペドリックに転移して戸惑っていたアルテであるが、視界に海が見えるなりそれは吹き飛んでしまったようだ。

現在やってきたのはペドリックの港だ。

俺たち以外には誰もいないので突然の叫び声に迷惑する人はいない。

とはいえ、ここは観光地としても有名なので俺たちがはしゃいでいようが、地元の人も温かい目で見てくれると思うが。

ペドリックの海は色鮮やかな紺碧《こんぺき》色でとても美しい。

視界の果てまで水平線が広がっており、果てでは空と海が入り混じっているように見える。

穏やかな白い雲が漂い、海鳥が優雅に飛びながら鳴いている。

「綺麗《きれい》じゃなぁ……」

まるで綺麗な宝石をしみじみと眺めて漏れたような声。

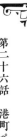

初めての海の景色に感動しているのはわかっていたので、俺は声をかけることなく傍《そば》に佇《たたず》む。

俺は何度か商売で来たことがあるけど、こうやってゆっくりと眺めるのは初めてかもしれない。

俺も海の景色を堪能《たんのう》するようにじっくりと眺めた。

ザザーンと聞こえる波の音。不規則な波がぶつかり合う音がとても心地いい。

普段過ごしているハウリン村や王都では決してかぐことのない潮の香り。

それがとても新鮮だ。

吹き込む潮風で彼女の被っているフードが後ろに流れ、藤色の長い髪が靡《なび》いた。

フードの隙間から見えた時も綺麗な少女だと思ったが、相貌が露《あら》わになるとそれ以上だった。一切の癖のない髪はとても艶《つや》やかで美しい。

こうやって海を眺めるだけで一枚の絵画として成立するほどに。

「フードが外れているけど大丈夫か？」

「構わぬ。ここならわらわのことを知っておる者は少ないからな」

心配で声をかけてみたが、王都の外であるなら不都合はないようだ。

「それにしても、まさか本当に一瞬でやってこられるとは。この力があれば悪いことし放題じゃの」

「しないよ」

ニシシと笑いながら言うアルテの言葉に苦笑する。

確かにその通りだけど、お尋ね者にはなりたくないからな。

「もう少し海を眺めるか？」

「いや、もっと近くで海を見たい。あっちの砂浜に行ってもいいか？」

アルテの指さした方角には砂浜があり、遠くからでも観光客や地元の人が海水浴のようなものを楽しんでいるのが見えた。

「いいよ」

「よし！　では、行くぞ！」

頷《うなず》くとアルテが大はしゃぎして走り出す。

小さな姿も相まって本当に子供みたいだ。

なんて思っていたら走り出したアルテが不意に止まって、振り返る。

「……今、わらわのことを子供みたいだとか思ったじゃろ？」

「滅相もない」

ジットリとした視線に見つめられながら慌てて首を横に振る。

どうもこういった子供扱い的な視線や表情には敏感なようだ。微笑《ほほえ》ましく思ってもできるだけ表情に出さないようにしよう。

気を取り直して俺とアルテは砂浜に移動する。

「おお！　砂が柔らかいぞ！　これが砂浜の感触か！」

「そんな風にはしゃいで走り回ると靴が砂まみれになるぞ?」

「……もう遅いわい」

俺が注意した頃には遅かったようで、アルテの靴にはびっしりと砂が入ってしまったらしい。しかし、逆にそれで怖いものがなくなったようで遠慮なく進んでいく。

そして、より海の近い波打ち際に到着した。

「こうして近くで見てみると、波の迫力を感じるなぁ!」

「そこまで近づくと今度は靴が濡《ぬ》れるぞ?」

などと注意した瞬間にザザーンと強い波がやってきて、アルテの足元がぐっしょりと濡れる。

波の間合いというものを全く予測できないという、典型的な海の初心者がそこにいた。

「……クレト、さっきから少しばかり注意が遅いぞ。わざとなのか?」

「アルテが本能のままに行動するからだよ」

注意するよりも先に行動を起こしているのだからどうしようもない。

俺もまさかそこまで海に近づくとは思わなかったんだ。

「うう、砂と水のせいでぐちょぐちょじゃ」

「それなら靴を脱げばいい。裸足《はだし》で砂浜を歩くのは気持ちがいいし、海にも入れる」

「それは名案じゃ!」

そのように提案すると、アルテはいそいそと靴と靴下を脱いだ。

「おお！　フカフカで気持ちいいの！」

俺も同じような目に遭わないように靴と靴下を脱いでおく。

柔らかな砂浜を素足で踏みしめる。夏の日差しを浴びているからか熱くなっている。が、それすらも心地いい。

「日焼け止め塗っておかないとな」

日差しで思い出したが、海の日差しは強烈だ。ただでさえ、日差しが当たりやすいのに海による反射日光もあるのだ。日焼け止めを塗っておかないと大変なことになる。

「アルテ、日焼け止めを塗っておくぞ」

「なんじゃそれは？　そんなことより、わらわは海に入るのじゃ！」

こういった場所に出かけたことがないからか、何とも恐ろしいことをのたまうアルテ。

それなりに裕福な子だと思うが、日焼け止めを塗る概念はないのだろうか？　そういえば、王国ではそういった品をあまり見たことがない。

「後で後悔しても知らないぞ？　さっきの靴よりも被害は大きいからな？」

「よ、よくわからんが、そこまで言うなら塗っておこう」

忠告を聞かないアルテに脅しを入れると、すごすごと戻ってきた。

靴以上の被害というのが効いたらしい。

アルテに手を出させて、そこに日焼け止めのクリームをつけてやる。

「それを広げて肌に塗っておくんだ」

「母上がせこせこと塗ってるものと似たようなものか」

母さんに聞かれでもしたら、きっとしばき倒されるだろうな。

若さというのは色々な意味で敵無しだ。

互いに日焼け止めを塗ってバッチリと対策したところで、俺とアルテは海に足を入れる。

「冷たくて気持ちがいいのじゃー！」

「ああ、最高だな」

夏の只中《ただなか》だけあって、冷たい海水はとても気持ちがいい。

ひんやりとした水が俺たちの足を包んでくれた。

冷たさを心地よく感じると、アルテが海水をすくって少しだけ舐《な》めていた。

そして、すぐに顔をしかめる。

「本当に聞いていた通り、しょっぱいの！」

「それが海水だからな」

俺も子供の時に真っ先にやったのが同じ行動だっけ。

住んでいる世界が違えど、初めて海を見た時にする行動にそう違いはないようだ。

「おお！　これは貝じゃな？」

「貝だね。ただ、中身のいない貝殻だけど」

「中々に綺麗じゃな！　お土産《みやげ》にいくつか取っておこう！」

無邪気な笑顔を浮かべながら足元にある貝殻を拾っていくアルテ。

俺もサブサブと足を進めていきながら地面を探す。

ペドリックの海はとても透き通っていて綺麗なので貝殻が良く見えていた。貝殻探しがしやすくてとても助かる。

大きな貝やぐるぐると巻かれた細長い貝。外側の色が鮮やかなものだけでなく、内側の真珠層が綺麗なものを拾っては渡した。

こんな風にのんびりと貝を集めるだなんていつ以来だろうか。一人でやってきたとしても、きっとこんなことをやろうとは思わなかっただろうな。

新鮮な遊びを思いついたアルテに感謝だ。

一通りの種類の貝殻を集め終わると、アルテがふと遠くへと視線をやった。

また海でも眺めているのだろうか。と思ったが、違った。

多分、彼女が見つめているのは、海を楽しそうに泳いでいる人たちだ。

「アルテも泳いでみるか？」

「そうしたいのは山々じゃが、わらわは海に入るための衣服を持っておらん」

「それならあそこの建物で貸し出しをしていると思うよ。ちょっと行ってみるか」

「うむ！」

ペドリックで泳いだことはないが、恐らくこういう海水浴場であるならば水着の貸し出しもやっているはずだ。

そんな予想をしながら砂浜にある二階建ての店に向かってみる。

すると、やっぱり水着の貸し出しがあった。

店内は一階に男性用水着の売り場があり、二階に女性用の水着が売ってあるようだ。

「どうやらやってるみたいだな。気に入ったものを自分で選んでおいで」

「クレトは一緒に来てくれぬのか!?」

「……俺は男だから一緒には行けないよ。ちゃんと女性の店員さんもいるから聞きながら選ぶといいさ」

未知のエリアで一人にされる寂しさはわかるが、これぱっかりは俺が付きっ切りというわけにはいかない。

しかし、そのまま放り出すのも可哀想《かわいそう》だ。俺はせめてもの情けとして、女性店員に声をかける。

「すみません、この子の水着を選んであげてください」

「任せてください！　可愛《かわい》らしい彼女さんに似合うとびっきりの水着を用意しますね！」

「彼女じゃありませんから」

最近、小さな女の子を連れ回しているせいか、こういう勘違いをされるのが多い気がする。

第二十七話　海水浴

男の水着なんて選ぶのにそう時間はかからない。

しかし、女性はそうはいかないのが定番というもので、俺は軒下で海を眺めながらアルテを待っていた。

男に必要なのはズボンだけなので、自分の好みの色のものをパッと手に取って穿《は》くだけだ。

さすがに上半身ずっと裸というのは冷えるので亜空間から取り出した耐水性のラッシュガードのようなものを羽織っている。

綺麗《きれい》な肉体美があれば、こんなものを羽織ることなく堂々と見せつけられたのかもしれないな。

「ま、待たせたな」

ぼんやりと水平線を眺めることしばらく。ようやくアルテが店から出てきたようだ。

振り返ると、そこには藤色の髪を結い上げたアルテがいた。

太陽の光を反射するような白いうなじが惜しげもなく晒《さら》されており眩《まぶ》しい。

純白を基調とした水着であり、ところどころ青いフリルがあしらわれていた。

髪型と服装を少し変えるだけでここまで印象が変わるのか。

アルテの後ろにはやたらと艶々《つやつや》とした表情をした女性店員がいる。

散々、彼女をいじくり倒したのかとても満足げな表情だ。

「な、なあ、おかしくはないか？」

アルテが、もじもじとしながらこちらを見上げ尋ねてくる。

さすがに活発なアルテでもこれだけ露出が多い水着は恥ずかしいものがあるのだろう。

後ろにいる女性店員がしっかりと褒めろとばかりに圧をかけてくるのが怖い。

「おかしくないぞ、綺麗だ。こうして見ると、どこかの姫様みたいだぞ」

「そ、そそ、そんなはずはないじゃろう！　ほれ、海に入るぞ！」

そんな感想を告げると、アルテは照れや焦りのようなものが混ざった複雑な表情をして、走り出した。

「待て待て。水着になったなら他のところも日焼け止めを塗っておかないと！」

「それならさっき店員が塗ってくれたわ！」

などと注意の声を上げて追いかけると、やけくそ気味な返事がくる。

思わず後ろを振り返ると、女性店員が笑顔でサムズアップしていた。

俺には勿論《もちろん》そんなサービスはなかったが、個人的なサービスだろうな。

とりあえず、全身に日焼け止めを塗ってもらっているのであれば安心だ。

女性は過剰に褒めてあげるくらいがちょうどいい。会社の先輩からそんな風に聞いたので、実践してみたのだが良かったのか悪かったのかわからない。

ただ後ろから見える耳が赤くなっているのだけはわかったので、照れくらいはあったのかもしれないな。

ダーッと走り出したアルテを追いかけて海に入る。

足から着水して、そのまま水深の深いところまで。

足から徐々に水がせり上がり、やがて胸元までが海水に覆われた。

「ふあー！　やっぱり、全身が水に浸《つ》かると気持ちがいいのぉ！」

海に入った感動で先ほどの照れは即座に吹き飛んだのだろう。アルテが気持ち良さそうな声を上げた。

「ああ、こんな暑い日には海が最高だな」

前世ではブラックな会社のせいで、夏季休暇なんてものは存在しなかった。気持ちばかりの短い休暇があったとしても、日ごろの睡眠不足や疲労を脱ぎ去るために惰眠を貪《むさぼ》るような儚《はかな》いものであった。

そんなことの繰り返しで社会人になってからは一度も海に入っていなかった。

忙しいからと興味を向けないようにしていたが、久しぶりに入ってみると本当に気持ちがいい。

お風呂やプールと違って眺めもいいし、広さも桁違い。実際に入ってみてわかる爽快感だ。

「ところで、ふと気になったんじゃが海には魔物はおらぬのか？」

「いや、いるよ」

「なぬっ⁉　それでは危ないではないか⁉」

そのように言うと、アルテがぎょっとした顔をする。

海に入ってからそんな疑問を抱いて慌てふためくとは面白い子だな。

「大丈夫だ。ほら、遠くを見てみると黒い支柱があるだろ？　俺たちのいるエリアは魔物が入ってこないように網目状の檻《おり》で囲まれているんだ」

「つまり、わらわたちは籠《かご》の中の鳥というわけか……」

どこか物憂《ものう》げな表情で呟《つぶや》くアルテ。

その横顔がやけに寂しそうだった。

「海は人間だけのものじゃないからな」

どこまでも自由に泳げたら素敵であるが、海は俺たちだけのものじゃない。

魔物のいない比較的平和な前世であっても、サメなどの危険な生き物が生息しているせいで泳げない区域もあるくらいだからな。そこは仕方がない。

「まあ、普通の人があんな遠くまで行くことはないから気にならないだろう。そんなことより、俺たちも泳いでみるか！」

「……なあ、クレト。人はどうやって海で泳ぐのだ？」

唐突なアルテの言葉に俺は困惑した。

「ええ？　泳げるから海に入りたいって言ったんじゃないのか？」

「泳げなくとも入るくらいいいではないか！　泳げない者は海に入ってはならんというのか⁉　それは横暴というものじゃぞ！」

なんて素朴な問いかけをすると、アルテがぷんすかと怒って海水を叩《たた》いた。

彼女の激しい怒りを表すかのように水が飛び散る。

とにかく、アルテが泳げないことにコンプレックスを抱いているのは理解した。

「そうだな。少し言い方が悪かった。ちゃんと泳ぎ方を教えてあげるよ」

俺が苦笑しながら言うと、アルテはこくりと頷《うなず》いた。

◆

「お、おおー！　これは気持ちがいいの！」

アルテに泳ぎを教えることしばらく。

彼女はあっという間にバタ足と平泳ぎをマスターし、海を泳いでいた。

「こんな短い時間で覚えるとは思わなかったぞ」

「ふっ、わらわにかかればこんなものよ」

泳ぐのをやめて渾身《こんしん》のどや顔をしてみせるアルテ。

彼女の呑《の》み込《こ》みの早さは目を見張るものがある。

どうやら単純に泳いだことがないだけであって、運動神経などは卓越しているようだ。

こういう部分を見ると、一応冒険者として活動しているというのも嘘《うそ》ではないのかもしれないな。

商人の娘や貴族の子供が冒険者として活動しているのをたまに見ていたので、それと同じ類《たぐい》な気がする。

しかし、全てが自分の力のように言われるのは腹立たしいな。

俺も甲斐甲斐《かいがい》しく手を引いてやったりと教えてあげたのに。

「最初に泳いだ時は俺が手を離しただけで涙目になっていた癖に」

「あれはクレトが悪いのじゃ！　離すなと言ったのに手を離すからじゃ！　鬼め！」

ボソッと指摘すると、アルテがそう言い返しながら水を飛ばしてきた。

至近距離からの攻撃に対応が遅れ、もろに顔に食らってしまう。

「うわははは、少しばかりイケメンになったのではないか？」

こちらを指さして笑っているアルテに即座に仕返し。

「ぺえー！　しょっぱいのじゃ！」

「ははは、はしたく大口開けて笑ってるからだ」

「おのれ、やりおったな！　クレト！」

俺が笑い返してやると、アルテがムキになって水をかけてくる。

それを予測していた俺は即座に横に動いて回避、それと同時に海水に手をつけて魔法を発動。

「亜空収納――からの放出」

大量の海水を亜空間に収納し、アルテの頭上でそれを解放。

「な、なんじゃあああああっ⁉」

まるで大きなバケツをひっくり返したような水がアルテに降り注いだ。

「なんじゃ今のは⁉」

「魔法の応用だよ」

「そのような魔法はズルじゃ！　正々堂々と勝負をせい！」

いきり立ったアルテが激しく手や足を使って海水を飛ばしてくる。

今度はそれを躱《かわ》すことすらせず、全て亜空間に収納してやる。

「はい、放出」

そして、十分に水量が溜《た》まったところでまた同じようにアルテの頭上に落っことしてやる。そして、最終的にアルテが拗《す》ねた。

第二十八話　クラーケンの解体見学

「ほら、パインジュースだ」

パラソルの下で座っているアルテに、買ってきたジュースを差し出す。

しかし、先ほどの水のかけ合いで無残に敗北したアルテは、まだ拗《す》ねているのかプイッと顔を逸《そ》らした。

ただでさえ、幼い顔立ちなのにそんな仕草をすればもっと幼く見えるぞ。なんて思ったが、それを言うといよいよ口を利かなくなってしまいそうなので言わない。

とはいえ、このまま水分を補給してくれないのはマズい。

「涼しい海の中とはいえ、汗はかいているんだ。しっかり水分は補給しておかないと倒れるぞ？」

「……貰《もら》おう」

水分補給の重要性を真剣に説くと、彼女はなんとかジュースを受け取ってくれた。

やはり喉が渇いていたのだろう。アルテがジュースを飲む。

「このジュース、美味《うま》いのお！」

「海に入った後は、こういう爽やかな飲み物が美味《おい》しいな」

本当はコーラやサイダーといった炭酸系の飲み物の方が好きだが、残念ながらそれらは存在しない。

しかし、爽やかな果物のジュースも決して悪くはなかった。

パイナップルの甘みと酸味が実にちょうど良くて心地いい。身体《からだ》から失われた要素が補給されていくようだ。

アルテはすっかりとパインジュースに夢中になっており、チビチビと味わうようにして飲んでいる。

先ほどまでの不機嫌さはすっかりと吹き飛んでしまったようだ。

アルテ、ちょろい。

二人でパラソルの下で涼みながらのんびりとパインジュースを飲む。

実に平和な時間だ。

にしても、こうして異性と海で遊ぶだなんてかなりデートっぽいシチュエーションだな。

だけど、隣にいる子は成人しているかも若干怪しい少女なせいか、とてもそんな気分にならない。

ニーナを連れて遊びにきているような保護者の気分。

最近は少女趣味などと揶揄《やゆ》されることが多かったが、自分にまったくその気がなくて安心した。

そんなことを考えていると、遠くから船が近づいてくるのが見えた。

二本のマストがついている大きな帆船だ。

「中々に大きな船だな」

ペドリックには何度も来たことがあるが、あれだけ大きな船を見るのは初めてだ。

どこか遠くの国へと物資を輸送する船なのかもしれない。

前世の船と比べると形状や色合いもスマートとは言えないが、木材を組み合わせて作り上げたものには別の美しさがある。

歳月を感じさせる船体のくすみは、あの船の果てしない航海の積み重ねなのだろうな。

「船の後ろに何か大きなものが浮いておるぞ？」

「んん？　本当だな。なんだろあれ？」

アルテに言われて船の後ろに視線をやると、何か巨大な赤茶色いものが浮かんでいた。

鉄糸のようなもので船と繋《つな》がれ運ばれているようだ。

一体、何の生き物なのだろう？

「兄さんたち、運がいいな。ありゃクラーケンだぜ」

二人して首を傾《かし》げていると、近くにいた男性がそう言った。

「クラーケン？」

「海に住んでいる魔物さ。ちょっと見た目はグロいが、食べるとかなり美味い。恐らくこれから市場に大量に流れるはずだ。食べたけりゃ、さっさと引き上げる方がいいぜ」

男性はにかっと笑うと、砂浜を去っていく。

これからクラーケンを食べるために市場に向かうのだろう。

周囲を見れば、それに気付いている者たちがササーッと引き上げていくのが見えた。

クラーケンといえば、多分創作物によくある巨大なイカだろう。

だとしたら、美味しいと言われるのも納得だ。せっかくの機会だ。

俺もクラーケンを目にし、できれば食べてみたい。

「アルテ、俺たちも着替えて市場に行こう」

「うむ！　クラーケンとやらがどんな魔物か知らんが興味がある！」

見事に意見が一致した俺たちはジュースを飲み干して速やかに水着屋に戻った。

◆

水着から私服に着替え終わった俺たちは、海水浴場から市場へとやってきた。

俺たちが到着するその頃には、ちょうど港からクラーケンが引き揚げられていた。

引き揚げられたクラーケンを見ようと、市場には大勢の人々が集まっている。

「な、なんじゃあの気色の悪い生き物は……あ、あれがクラーケンなのか？」

呆然《ぼうぜん》とした表情で目の前を浮いているクラーケンを眺めるアルテ。

ちょうど目の前では無属性魔法の『サイキック』でクラーケンが運ばれているところだ。

何十トンもの重さがある魔物を浮かべるのは相当に難しいのだろう。二十人以上の魔法使いが『サイキック』を使用して慎重に運んでいる。

赤茶色の体表をした巨大なイカ。触腕《しょくわん》を含めると全長四十メートル以上はありそうだ。

まだ微妙に生きているのか体表の色合いが微妙に変わっており、何本もの脚が緩やかに動いている。

大きな目玉は俺たちの顔よりも大きく、感情というものを感じさせないような瞳が淡々と周囲を見据えていた。

「すごい、大きさだな」

「海にはあんな恐ろしい魔物がいるというのか」

感嘆と恐れの入り混じったような声が響き渡る。

既に抵抗らしい抵抗もできない様子ではあるが、こうして眺めているだけで圧倒的な存在感の強さを感じさせられた。

これが海で襲い掛かってくると思うとかなり恐ろしい。

まあ、これだけの大きさになるとかなり深いところまで行かないと遭遇しないだろうが、それでも想像しただけで冷や汗が出るものだ。

やがて、クラーケンは市場の中央へと下ろされ、解体の準備が進められる。

「………クレト、本当にあれを食うのか？」

「うん、食べてみたいと思ってるよ」

頷《うなず》くとアルテが信じられないものを見るような目をする。

「わらわは食べられる自信がないぞ」

「まあ、食の好みはひとそれぞれだしな。無理しなくていい」

「う、うむ」

俺は前世も含めてイカを食べるのに慣れているしな。

イカを食べたことのないアルテが忌避したとしても何もおかしくはない。

俺も食べた経験や美味しさを知っていなければ間違いなく、同じような反応をしただろうし。

「これから解体が始まるみたいだけどどうする？」

肉の解体のようなグロさはないが、それとは違った衝撃がある。

俺は気にならないが見慣れていないアルテには、きつい光景かもしれない。

「……一応、見るぞ。せっかくの機会じゃしな」

「わかった。辛《つら》くなったらすぐに言うんだぞ？」

こくりと頷くアルテを確認し、俺はクラーケンの解体を眺めた。

◆

クラーケンの解体が終わると、それらは小さく切り出されて市場へと売り出される。

俺はそのうちの一つを無事に買うことに成功していた。

市場にはクラーケンの捕獲を耳にしてたくさんの人々が押し寄せていたが、あれほどの巨体になると早々に尽きることはないようだ。

とはいえ、こうも楽に確保できたのは浜辺で教えてくれた男性のお陰なので感謝だ。そうでなければ、今も長蛇の列に並んでいただろう。

「これがクラーケンか！」

氷の入った箱の中にはクラーケンの脚や胴体の部分の切り身が入っている。

死んでしまったことで表皮は赤茶色に落ち着き、身の部分は綺麗《きれい》な真っ白だ。

とても新鮮で美味しそうである。

「わらわは腹が減ったぞ。昼食が食べたい」

「それじゃあ、他の食材を買おうか。市場の食材を買うと、外にある焼き場を安く使えるんだ」

ペドリックの市場では買ったものをすぐに焼いて食べることができる。

つまり、気軽に海鮮バーベキューが楽しめるというわけだ。

「それは良いな！　早速、昼食を買うぞ！」

そのことを説明すると、アルテが目を輝かせて周囲にある海鮮食材に視線をやる。

さすがにここは港町だけあってたくさんの海鮮食材が並んでいる。

冷凍費用や輸送費用もかかっていないからか、値段も王都で売っているものよりも格段に安い。

その上、新鮮ときた。

ペドリックにきたのであれば、海鮮食材を食べなければ損というものだ。

俺は亜空間に収納してあるから、どこにいようと新鮮な魚介類が食べられるんだが、それはそれとして場の空気というのも大事だ。

港町で食べるからこその風情《ふぜい》というものがある。

「なにを食べようかの？」

「アルテの好きな海鮮食材はなんだ？」

「わらわはエビが好きじゃ！」

「いいな、俺も好きだ。早速エビを買おうか」

目的を定めて市場を歩くと、海水の入った籠《かご》にエビっぽいものが見えた。

「おっ、あったあった。けど、随分と真っ黒だな」

「本当じゃ。クレトの髪の色のようじゃ」

大体のエビは熱を通す前でも、もう少し明るい色をしているものだが、このエビは本当に黒だった。

真っ黒過ぎて本当に食べられるのか少し心配になる。

「そいつはクリムゾンエビだ。真っ黒な甲殻をしているが、火を通すと紅色に染まって綺麗だぞ。勿論《もちろん》、味も一級品だ」

「そうなんですね。大きさもちょうどいいしこれにするか？」

大きさはちょうど車海老《くるまえび》くらいだ。伊勢海老《いせえび》のような大きなエビも憧れるが、色々な食材を食べたいし、これくらいがちょうどいいと思う。

「うむ！　店主、こいつを四匹貰おう！」

「……嬢ちゃん、もうちょっと小さい金はねえのか？」

「む？　これじゃダメなのか？」

「ダメってわけじゃねえけど」

威勢よく白金貨を渡すアルテだが、渡された店主は困惑気味だ。

銀貨二枚ほどの会計なのに、白金貨なんて渡されたらお釣りを返すのが面倒でしょうがないだろうな。

そんな店主の気持ちがいまいち理解できていないのか、アルテは小首を傾げている。

このままじゃ貨幣はダメなのかといって、宝石を出しかねないな。

やっぱり、この子は金銭感覚がちょっとずれてるな。

「お金はまとめて俺が払うから、アルテは他の食材を選ぶといいよ」

「おお、そうか？　ならば、ここの支払いは任せるぞ」

俺の言葉にアルテは大はしゃぎで他の食材を選んでいくのであった。

第二十九話　海鮮焼き

クリムゾンエビなどの他にも食材を買い込んだ俺とアルテは、市場の外にある焼き場へと移動した。

開けた場所には大きな屋根がかかっており、そこには多くのテーブルや長イスが並んでいる。風通しの良さを意識して壁は設置されていないので、とても開放感のある造りだ。

テーブルの中央には網が敷かれており、そこにある炭を使用することで好きに食材を焼くことができるらしい。

昼食時ということもあってか焼き場では多くの人々がおり、各々が買い込んだ海鮮食材を焼いていた。あちこちで食材が焼けるいい匂いがしており、暴力的だ。

従業員に空いている席へと案内してもらった俺たちは、端にあるテーブルへと座る。

「おお、ちょうど海が見えて景色がいいな」

「うむ、悪くない眺めじゃ！」

俺たちの席はちょうど焼き場の端っこで、海がしっかりと見える場所だった。

海を見ながら海鮮バーベキューとは実に素晴らしい。ここに座れるなんて運がいいな。

従業員が炭に火をつけてくれると、後は買ったものを好きに焼くだけだ。

「よし、早速焼いていくぞ」

「うむ！」

買ってきた食材はクリムゾンエビ四匹の他にホタテ二個、ハマグリ四個。そして、クラーケンの脚や切り身だ。

置かれているカトラリーボックスからナイフを取り出して、ホタテを開いておく。ついでに貝柱も切断して焼きやすいように。

それが終わるとトングを取り出し、食材を温まった網の上に乗せていった。

網の上いっぱいに海鮮食材が並んでいる。この光景だけで幸せになれるな。

「ホタテの上にはバターと魚醤《ぎょしょう》だ」

「おおおおお！　これまたいい匂いじゃ！」

バターを置いてその上から魚醤をかけるとジュウウウと音が鳴り、溶けて混ざり合う。

ホタテ本来が持つ潮の香りとそれらが組み合わされることで暴力的な香りが広がった。

アルテと一緒にジーッと食材が焼けるのを待つ。

すぐ横には綺麗《きれい》な海が広がっているので、そちらを眺めて時間を潰すこともできるが、今はどうしてもこちらへと視線が向かってしまうな。

早く焼き上がらないだろうか。お腹《なか》が空いて仕方がない。

「見ろクレト！　真っ黒だったクリムゾンエビが本当に紅《くれない》に染まっておるぞ！」

最初に変化を見せたのはクリムゾンエビだ。

本当に赤くなるのか？　と心配してしまうほど真っ黒なエビだったが、熱を加えられることによって紅へと染まっていく。

真っ黒な甲殻が徐々に赤みを帯びて、紅へと染まっていく光景は見ていてとても楽しい。

「綺麗な色になるな」

片面がしっかりと紅に染まったところをトングでひっくり返しておく。

それと共に軽く塩をかけておいて味付けだ。

そうやって食材に火を通していくと、最初に焼き上がったのはホタテだ。

「よし、ホタテが焼けたぞ」

「うむ、いただくのじゃ」

アルテの取り皿に載せてやってから自分の取り皿にも載せる。

目の前ではプリッとした大振りのホタテがとろりと濃厚な旨《うま》みを吐き出している。ホタテの出汁《だし》にバターと魚醤が混ざり合い、濃厚な魚介の匂いがしていた。

熱々の貝に触れないようにフォークで押さえながら、ナイフで食べやすい大きさに切り分ける。

チラッとアルテを見てみると、とても様になるようなナイフ捌《さば》きをしている。

俺のようななんちゃって作法とは違って洗練された動きだ。やっぱり、食事作法を教え込まれるくらいにいい生まれなのだろう。

「なんじゃ？」

俺がジーッと見ていることに気付いたのか、アルテが不思議そうに首を傾《かし》げる。

「……貝殻に残っている汁を零《こぼ》すなよ？　そこが美味《おい》しいんだから」

「わかっておる。そのような愚は犯さぬ」

適当に考えていたことを誤魔化すと、アルテは真剣な顔つきで切り分ける作業に戻った。

俺もナイフを使って食べやすい大きさに切る。

切り分けたホタテからは白い湯気が出ているので、息を吹きかけて少し冷ましてから口に入れた。

「美味しい！」

「美味《うま》いのじゃ！」

ほぼ同時に上がる感想。

みっしりとした独特の食感。噛《か》みしめると内部からホタテの旨み汁が迸《ほとばし》り、溶けたバターと魚醤との相性が素晴らしい。

ただでさえ美味しい食材に、バターと魚醤が加わって美味しくないはずがなかった。

海で遊び、大量のエネルギーを消費していたのであっという間に食べ終わってしまう。

そして、食べ終わって最後に残っているのはバターと魚醤が溶け合った汁だ。

「最後にこれを飲む」

「この汁をか⁉　さすがにそれははしたなくないかの⁉」

俺がそのように言うと、アルテが戸惑う。

恐らく、アルテはいいところの生まれなのでお行儀のいい食事しかしてこなかったのだろう。

「はしたない？　アルテ、お前は冒険者だろ？　冒険者がそんなことを気にしているのか？」

「う、うむ！　その通り、わらわは冒険者じゃ！　これくらい恐れるに足らず！」

そんな風に挑発をするとアルテは思い出したように頷《うなず》いてホタテの貝殻を手にした。

とはいえ、育ちのいいアルテはそれをやることに躊躇《ためら》いがあるのか、本当にやるべきか悩んでいる様子。

そんな彼女の目の前で俺はホタテの貝殻に残った汁を一気に飲んだ。

「くううう、やっぱり美味《うめ》え！」

ホタテの旨みが溶けだし、そこにバターと魚醤が混ざり合っただけの汁。

明らかにハイカロリーであるが、そんな罪悪感など消し飛んでしまうくらいの美味しさがあった。

そんな俺の様子を見て、アルテはようやく決心がついたのか貝殻に口をつけて汁をすすった。

「美味いのじゃ！」

「だろう？　ホタテを食べておきながらこれをしないなんて損だからな！」

「うむ、クレトの言う通りじゃ！」

先程の戸惑いは何だったのかと思うような顔の輝き。

育ちのいい子に悪い大人の食べ方を教えるのはとても楽しいな。

ホタテを食べ終わる頃には、ハマグリもぱっくりと貝を開いた。

きちんと火が通ってすっかり食べごろだ。こちらは敢《あ》えて魚醬をかけずにそのまま食べることにする。

「うん、こっちも身がプリプリだ」

「そのまま食べても美味しいのじゃ！」

王都に運ばれてくるものとは大きさも新鮮さも桁違いだ。

前世で食べていたものよりも二回り以上も大きい。育ってきた環境の違いなのだろうか。

とてもぷりぷりとしていて美味しさが半端ない。

「クリムゾンエビもいい具合に焼けてるな」

ホタテとハマグリを完食した頃には、ちょうどクリムゾンエビが焼き上がっていた。

すっかりと黒い甲殻は消《き》え失《う》せて、全身が紅に染まっている。

俺たちが知っている通常のエビなんかよりも、よっぽど鮮やかだ。

「とはいえ、これは熱そうじゃ」

「少し冷ましておこう」

熱々の甲殻を手で剝《む》いていくのは辛《つら》いので、それぞれの取り皿に置いて少し冷ましておくことにした。

「その間に俺はクラーケンでも食べようかな」

「おお、本当に食うんじゃな」

アルテがちょっと引いた表情をしているが気にせず、焼き上がったクラーケンを取り皿に。

クラーケンの脚の表面は赤茶色をしており、真っ白な切り身には網目がついており香ばしい磯の香りを漂わせている。

ただ大きさは通常のイカの何倍もあるので迫力がすごい。

前世にはダイオウイカという巨大なイカが生息していたが、それは塩辛く、アンモニア臭《しゅう》などのえぐみが酷《ひど》いせいでとても食べられたものではないらしい。

こちらのクラーケンはどうなのだろう？　とはいえ、市場にはたくさんの人が買い付けにきていた。きっとダイオウイカのように美味しくないはずはない。

そう心を奮わせながら焼き上がったクラーケンの脚を口へ。

「あっ、想像以上に柔らかくて美味い……っ！」

自分の知っているイカよりも遥《はる》かに柔らかい。それなのにイカ独特の弾力や旨みはしっかりとある。

今までイカを食べたことは何度もあるが、その中で一番の美味しさだ。

懸念していた塩辛さやえぐみなんてものとは無縁でとても美味しい。

正直、こんなにも食べやすい味をしているとは思わなかった。

噛めば噛むほどクラーケンの旨みが染み出してくる。まるで、するめでも食べているかのような旨みの持久力だ。

「……そ、そんなに美味いのか？」

一人でクラーケンを堪能《たんのう》していると、アルテがおずおずと尋ねてくる。

その表情を見ると、明らかにクラーケンに惹《ひ》かれているのがわかった。

「ああ、似たような生き物を食べたことがあるが、それと比べても一番美味い！　せっかくの機会だからアルテも少し食べてみるか？　ほらこれも冒険だ」

「うむ。冒険者たるもの冒険することは大事じゃからな。クレトがそこまで勧めるのであれば食べてやろう」

アルテが食べやすいようにわかりやすい殺し文句と理由をつけてやると、彼女はすぐに乗ってきた。相変わらずアルテがちょろい。

アルテがすっかりと食べる気になったようなのでクラーケンの切り身を一つ渡してやる。

生々しさのある脚ではなく、胴体の切り身なのでこれなら食べやすいだろう。

彼女は切り身を小さく切り分けると、意を決した表情で口にする。

「ふおお！　こ、これは何とも不思議な食感！　食べたことのない味じゃが、確かにこれは美味いな！」

初めてのクラーケンの食感と味に驚いていたようだが、問題なく食べられるようだ。

「脚も食べてみるか？　こっちも違った食感がするぞ？」

「うむ、そちらも貰《もら》おう」

試しに脚も勧めてみると、アルテは戸惑うことなく受け入れた。

「こちらも先ほどとは違った弾力と味わいじゃ。見た目はアレじゃが、味の方は中々に悪くないの」

もぐもぐと脚を食べて幸せそうな表情をしている。

胴体だけでなく脚まで食べられるということは相当気に入ったんだろうな。

俺もクラーケンはとても気に入った。

少し多めに買って、亜空間で保存してあるのでこれからも食べることができる。

ハウリン村の家にある七輪で焼いてもいいし、干物にしてもいいしな。

マヨネーズを作って食べるのも悪くないし、揚げ物や天ぷらなんかにしてもいい。

クラーケン料理の幅が広がるな。

「そろそろクリムゾンエビも食べるか」

「少々綺麗過ぎて剝くのが勿体《もったい》なく感じるが、食べぬ方が失礼じゃ」

アルテの言う通り、それぐらい美しいが食べないという選択肢はない。

取り皿にあるクリムゾンエビの殻を手で剝いていく。完全に冷め切っていないからかまだ少し熱いが、身まで冷えてしまっては勿体ないので気合いで剥いていく。

紅の殻を剝くと、中からぷりっとした綺麗な身が出てきた。

白と紅の模様がとても綺麗だ。

焼き上げる際に塩を少しかけているので、尻尾《しっぽ》を持ってそのまま美味しくいただく。

旨みのエキスが弾けた。

しっかりと火が通った身はとても柔らかく、噛むとほろりと身を崩す。

クリムゾンエビの濃厚な旨みと炭火の香ばしさがとてもいい。少量の塩がさらにクリムゾンエビの旨さを引き立てている。

「これも美味いのお！」

「身が大きいから食《た》べ応《ごた》えがある！」

残念なものでは大きさの割にとても身が小さいものも多いが、このクリムゾンエビは違っていて身がぎっしりだ。

エビの本体を食べ終わると、今度は頭にあるミソをすする。

少し行儀が悪いが、濃厚なミソの旨みと苦みが組み合わさっており、こちらも堪《たま》らない。

すると、アルテもおそるおそる真似《まね》をして表情を緩めていた。

この旅が終わった後も家でやらないように釘《くぎ》を刺しておかないといけないかもな。

でも、今は俺たちしかいない自由な旅だから気にしないでおこう。

第三十話　ちょっとお風呂に

市場で海鮮バーベキューを堪能《たんのう》し、街を散策するといい時間になった。

「もうそろそろ夕方だけどどうする？　魔法を使えば、すぐに王都に戻れるぞ？」

「それではせっかくの旅が台無しではないか。このままペドリックに泊まる」

一応、転移があるのでいつでも戻れるのであるが、やはりアルテは建国祭が始まるまでできるだけ王都に戻りたくないようだ。

「クレトの宿泊料金もわらわが持つ。だから、安心してお前も泊まるが良い」

「わかった。俺もそうするよ」

別に俺は転移で家に戻ることができるのだが、こういう機会でもないと宿に泊まることは少ないのでいい機会だ。

彼女が代金を払ってくれるというので遠慮なく泊まらせてもらおう。

ペドリックに泊まることになったので俺たちは宿の集まる宿泊通りに移動する。

以前、商談をしにやってきた際にオススメしてもらった『海守亭《うみもりてい》』という中の上くらいのランクの宿だ。

俺と違ってアルテはいいところのお嬢様だ。あまり低いランクのところでは満足できない可能性があるし、高額なものを持ち歩いているのでそれなりのセキュリティは必要だと思った。

この宿には厳重な鍵がついているし、一日中警備の者が控えている。

良からぬ者が押し入ってきたり、客が荷物をくすねるようなこともないだろう。

「良いのぉ。こういう風に宿で一夜を明かすというのは、とても旅っぽいのじゃ」

宿の廊下を移動するアルテはご機嫌の様子。鼻歌混じりで歩いている。

もしかして、宿での宿泊は初めてなのだろうか？　いやさすがにいいところのお嬢さんでも宿くらいには泊まったことがあるよな？　ただ新しい町での宿に浮かれているだけだろう。

「それじゃあ、俺はこっちの部屋だから」

「わらわはこっちじゃ」

勿論《もちろん》、恋人や家族でもないので別々の部屋だ。

一応アルテは成人済みの女性ということだし同室というわけにはいかない。

ただし、非常時に備えて部屋は隣同士にしてもらった。これで何か問題が起こっても、いつでも駆け付けることができるだろう。

何か用があれば声をかけるようにと言って、俺は自分の部屋に入る。

割り当てられた部屋は少し広い。手前側にはお手洗いや洗面台、中央には大きめのベッドがあり、その奥にはくつろぐためのイスやソファーが置かれている。

全体的に清潔感もある上に部屋もとても広い。

さすがにオススメされるだけのことはある宿屋だ。

部屋に入った俺はベッドに腰かけた。

そのまま身体《からだ》を横にして寝心地《ねごこち》を確かめようとしたところだが、ふと我に返る。

「……風呂に入りたいな」

午前中、海に入った上に焼き場ではたくさんの海鮮食材を焼いた。

移動している間には当然汗をかいていたし、潮風に晒《さら》され続けていたせいか肌はべたつき、髪はきしんでいる。

正直、このままの状態でベッドに寝転びたくはない。どうせなら綺麗《きれい》にしてからがいい。

しかし、この宿屋には浴場はついていない。頼めばお湯とタオルは用意してくれるが、それだけでさっぱりとするとは思えない。

「一旦、王都の屋敷に戻るか……」

屋敷ならばいつでもお湯を用意してくれている。

俺がいなくてもメイドたちに自由に使って入るように言っているからな。

アルテの依頼に付き合っているので、建国祭まで外に出ているとエルザにも報告しておきたい。

そう考えた俺は、ペドリックの宿から王都にある屋敷に転移。

私室を出て廊下を歩くと厨房《ちゅうぼう》の方から食器の音がした。

厨房へと移動して中を覗《のぞ》き込《こ》むと、メイドのルルアが洗い場でお皿を洗っていた。

雰囲気からして夕食を食べ終わっての後片付けか。

「ルルア、ただいま」

「ひゃわっ⁉」

できるだけ穏やかに声をかけたつもりだったが、ルルアはビクリと肩を震わせて皿を落とした。

そのせいで皿がパリンと音を立てて割れる。

「はわわわわわわ！　ごめんなさい、お帰りなさい！」

皿を割ってしまったショックで言葉が酷《ひど》く混乱している。

「ひとまず、落ち着くんだルルア。別に俺は怒ったりしないから」

「は、はい」

俺がそのように諭すと、ルルアは深呼吸をして落ち着いたようだ。

「どうしたの、ルルア⁉　あっ、クレト様」

その頃には騒ぎを聞きつけたのかアルシェ、ララーシャ、エルザがやってくる。

そして、帰ってきている俺を見てアルシェとララーシャも驚いた。

エルザは既に慣れているのか表情に出にくいのか、特に驚いた様子はない。

「クレト様、お帰りなさいませ。ところで、一体何があったのです？」

「えっと、皿洗いをしていたルルアに声をかけたら驚かせちゃったみたいで……」

洗い場にある割れた皿を見て、納得したように頷《うなず》くエルザたち。

「把握しました。クレト様は何も悪くございません」

「でも、いる予定がない人が急に帰ってきたら驚くでしょ？」

常にいるとわかっていれば驚くことはないが、いるはずのない者が現れて声をかけられるとビビるものだ。

特に日が暮れた頃合いや夜になると怖さは倍増だろう。

「いいえ、それは甘《あま》えです。使用人たるもの常に主に呼びつけられるくらいの心構えを持っていないといけないのです。特にクレト様は魔法で帰ってこられるのですから」

俺の言葉に同意するように頷きかけたアルシェやルルアだったが、エルザの厳しい言葉によってそれは止まった。

「確かにそれは使用人として素晴らしい心構えかもしれないけど、誰だってずっと集中し続けられるわけじゃないよ。エルザだって私室を掃除していた時には悲鳴を――なんでもないです」

途中でエルザからジトッと睨《にら》まれてしまったので思わず切り上げた。

「とはいえ、まあこうして続いて事故が起きているわけですし、対策は必要かもしれませんね。たとえば、クレト様が帰ってきたことがすぐにわかるような……」

前回も急に転移で戻ってきたせいでアルシェが被害に遭い、今回はルルアだ。

こうも続けて事件が起きると、俺が帰ってきたことがスムーズに通達できるようなものが欲しい。

「クレト様の部屋に鳴子とか仕掛けます？」

「いや、俺は野生動物じゃないだから」

「すみません」

アルシェの提案があんまりだったので思わず突っ込んだ。

前から思っていたけどアルシェはちょっと天然だな。

さすがに野生動物のような扱いは勘弁してもらいたい。

「とはいえ、音を鳴らすのは悪くない着目点だと思う。代わりにベルを鳴らすのはどうかな？」

転移で私室に帰ってきた時はベルを鳴らす。そうすれば、ふいに声をかけられるよりもよっぽど自然に反応ができるし、不意に遭遇しても慌てることがないだろう。

「名案ですね。貴族の屋敷ではそうやって使用人を呼びつけることも多いですし、実に自然かと思います」

エルザの言葉に同意するように頷く他のメイドたち。

「じゃあ、このベルを俺の私室に置いておいてくれ」

「かしこまりました」

亜空間から取り出したベルをエルザに手渡す。これで今後は事故が減るに間違いない。

「ところで、クレト様。本日はどうなさいました？」

エルザに言われてふと思い出す。屋敷に帰ってきた理由を。

「ちょっと風呂に入りたくてね。お湯は沸いているかな？」

「はい、準備は整っておりますのでどうぞ。タオルや着替えなどはこちらでご用意しますね」

「ありがとう。いつも助かるよ」

ちょっとした事件がありつつも、こうして俺は屋敷のお風呂でしっかりと汚れを落とすのであった。

◆

しっかりと身体を綺麗にし、エルザへの報告を終えた俺は、ペドリックの宿屋に転移で戻ってきていた。

「ふうー、さっぱりして最高だ」

風呂上がりホカホカの状態でベッドに向かう。

体重を預けるように勢いよく寝転がると、ベッドがギシッとした音を立てた。

中々の反発力と布団の柔らかさだ。ランクのいい宿だけあって、ベッドもいい物のよう。

肌のべたつきは一切ないので実に快適だ。これなら快適に眠ることができる。

「クレト⁉　そこにいるのじゃな⁉」

なんて考えながら目を瞑《つむ》っていると、扉の向こうからアルテの声がした。

妙に焦ったような声を訝《いぶか》しんで様子を見に向かう。

「アルテか、どうしたのか――って、うおお⁉　なんで泣いてるんだ？」

扉を開けると、そこには涙目になったアルテがいた。

「ば、バカ者！　急にいなくなるでない！　一人にされたら心細いじゃろ！　従業員に聞いても誰も見ておらんと言うし、部屋から気配もせんし！」

俺を見上げてくるなりポカポカとお腹《なか》を叩《たた》いてくるアルテ。

あー、まったく知らない場所で急に一人にされたら驚くよな。

少しの間だけとはいえ、アルテには悪いことをしてしまった。

きちんと一声かけてから行くべきだった。

「すまん、ちょっと私用で出ていてな」

「……クレトの身体から石鹼《せっけん》のいい匂いがする。もしや、お前だけ風呂に入ったのじゃな⁉　ズルいぞ！　わらわも風呂に入りたい！」

ポカポカと叩いてきた腕を止めてスンスンと匂いを嗅《か》いでくるアルテ。

風呂上がりだからかバレてしまったようだ。

「俺が入ってきたのは王都の屋敷なんだが……」

「王都はダメじゃ」

「じゃあ、ペドリックの浴場だな」

お風呂上がりなのでゆっくりしたかったが依頼人の要望とあっては仕方がない。

俺はペドリックの大衆浴場にアルテを連れていき、こうして旅の一日目を終えた。

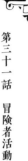

第三十一話　冒険者活動

「冒険者としての活動がしたいぞ！」

ペドリックの宿に併設された食堂で、朝食を食べ終わるとアルテが開口一番にそう言った。

「何か依頼を受けたいってことか？」

「そうじゃ！」

「わざわざペドリックにきたのに？」

どうして観光地に来たというのに、ギルドで依頼を受けるのだろうか。

普通はこの場所にしかない名所を巡ったり、食べ物を食べまくったりするものだと思うが。

「せっかく見知らぬ土地にきたからじゃ！　ここでしか受けられない依頼を受けてみたいんじゃ！」

などと素朴な疑問をぶつけてみると、テーブルをバンと叩《たた》いてアルテが主張する。

なるほど、確かに土地が違えばそこにある依頼も違う。

王都のギルドでは体験することのできない依頼がペドリックにはある。確かにこれもここでしかできない体験の一部というやつか。

「わかった。それじゃあ、今日はペドリックの冒険者ギルドに行ってみよう。そこで受けられそうな依頼があったら、受ける感じだな」

「うむ！　ペドリックの民を困らせている魔物を成敗してやるのじゃ！」

◆

「アルテ、そこに岩貝がいるぞ」

「おお！　大量に岩の裏に引っ付いておる！」

「やったな。これで二十個はかたい」

「………………なあ、クレト？」

二人で夢中になって岩にくっついている岩貝を採取していると、アルテが声をかけてくる。

「なんだ？」

「これはわらわの思い描いていた冒険者としての仕事とは違うのじゃが……」

納得のいっていいなさそうな面持ちで呟《つぶや》くアルテ。

「とはいっても、これも冒険者としての大事な仕事だぞ？」

「そうなのじゃが違う！　わらわはもっと、市民を困らせているような悪い魔物を派手に討伐したいんじゃ！」

「そうはいっても、アルテのランクが青銅なんだから無理だろ」

「それは……その、護衛の目が厳しくて……」

俺がそのように指摘すると、アルテがごにょごにょと言い訳のようなことを呟く。

アルテの首に下がっている冒険者プレートは青銅。

冒険者における最下級のランクであり、駆け出し冒険者だ。

なんでもアルテはつい先日冒険者として登録したばかりで、まともに依頼の一つもこなしたことのない超初心者だ。

そもそも青銅ランクは討伐依頼を受けることはできないし、仮にできたとしても何一つ実績のないアルテに討伐依頼なんて任せるはずがない。

そんなわけで俺たちは泣く泣く最下級の採取依頼を海岸で行っているのである。

「これでは子供の仕事と変わらぬではないか。わらわは討伐依頼を受けたい」

視界には俺とアルテの他にも、ペドリックに住む小さな子供の姿も見える。

日に焼けた健康そうな肌をしており、懸命に貝や小魚、海藻などの採取に励んでいた。

「まあまあ、こうやって色々な場所で経験を積むのが大事なんだよ。何事も基本が大事さ」

採取依頼といってもバカにはできない。仕事をしていくうちに地域の人と繋《つな》がりができるし、地形を把握することができる。それらの情報はきっと、成長して討伐依頼を受ける時に役立つだろう。

「なるほど、何事も地道にやっていくのが大事なのじゃな」

そのように説明してみせると、アルテは感心したように頷《うなず》いた。

妙に世間知らずで我儘《わがまま》なところもあるけど、根は素直でいい子なんだよな。

まあ、カッコイイ討伐依頼に憧れる気持ちはわからないでもないけど、いきなり無理をするのは良くない。

「うわっ！　ウニールだ⁉」

などと会話しながらも地道に岩貝を採取し終わると、そんな叫び声が聞こえた。

「なんじゃ？」

「なにか変な生き物が現れたのか？」

騒ぎのする方に視線を向けてみると、採取していた子供たちが集まっている。

一目散に逃げていないところを見るに、危険な動物や魔物ではないらしい。

「とりあえず、様子を見に行ってみるか」

「うむ」

気になったので俺とアルテもそちらに寄ってみる。

すると、海岸の岩場に真っ黒な巨大ウニがいた。ウニに似ているがサイズがまったく違う。

二メートルから三メートルくらいの大きさだ。

真っ暗な長い棘《とげ》を生やしており、硬そうな甲殻に包まれている。

そんな奴等《やつら》が波に乗って何十匹も転がっていた。

「……なんじゃコイツは？」

「おい、これ以上近づくな」

「なんでじゃ？」

　不用意に近づこうとしたアルテを少年と少女が止めた。

「ウニールは近づくと棘を伸ばして攻撃してくるんだ」

「危ないから大人の冒険者に任せた方がいいよ。私、大人の人を呼んでくるから」

「その必要はない！　わらわとクレトは冒険者じゃ！　こんな魔物大したことはないわい！」

　しかし、そんな少年たちの言葉は逆効果だったようでアルテがそんなことを言い出す。

「嘘《うそ》つけ。後ろの兄ちゃんはともかく、お前は子供じゃねえか」

「子供じゃない！　わらわは十六歳じゃ！　とっくに成人しておる！」

　そのように主張するアルテであるが、十歳程度の子供と張り合って喧嘩《けんか》して、いきり立っている姿はそうとしか言い表せない。

「仮に大人でも海岸で採取してるようなランクの奴が、討伐できっこねえだろ。ここで採取してるやつが駆け出しだって知ってんだぞ」

　アルテの主張に的確に言い返す少年。正論過ぎてぐうの音も出ない。

「な、なにおう！　こやつめ！　わらわがただの駆け出しではないことを見せてやる！」

言い返すことのできなかったアルテは、それを払拭《ふっしょく》するためにウニールへ挑もうとする。

「待て待て、アルテ。さすがに危険だ」

「案ずるでないクレト。こいつは近づけば棘で攻撃してくるのじゃろ？　じゃったら、近づかなければいい話よ」

アルテはそのように言うと、それ以上近づくことなくウニールへと右手をかざした。

すると、アルテの身体《からだ》が魔力の光で輝き、魔法陣が展開される。

『旋風塵《せんぷうじん》』」

アルテが涼やかな声でそう告げると、突如風が荒れ狂い、小さな竜巻がウニールを襲った。

激しい旋風によってウニールの棘がへし折られ、内部までをズタズタにした。

凄《すさ》まじい威力の魔法だ。正直、アルテがこのようなレベルの高い魔法を使えるとは思っていなかった。

「どうじゃ！」

「「うあああああああっ⁉」」

これにはアルテがどうだとばかりに胸を張るが、少年と少女は悲鳴を上げていた。

「な、なんじゃ？　倒したというのにどうしてそんな声を……」

「ウニールは高級珍味なんだ！　倒すなら内部の身をできるだけ傷つけないように倒してくれよ！」

ウニールの残骸を見れば、橙色《だいだいいろ》の柔らかそうな身が弾《はじ》け飛んでいる。

恐らく、前世のウニと同じであの身が美味《おい》しいのだろう。

「あれを食うというのか⁉　正気か⁉」

「知らねえ人はそう思うかもしんねえけど、めちゃくちゃ美味《うま》いんだぞ⁉」

確かにアルテの言う事も一理ある。普通、ウニを見て食べてやろうなんて思わないだろうしな。

本当に最初に食材を食べた人物というのは偉大だ。

「う、ううむ、内部の身を傷つけないようにというのは、ちと難しくないか？」

高レベルの魔法を使えるアルテであったが、素材をできるだけ傷つけないように倒すのは難しいようだ。少年の言葉を聞いて愕然《がくぜん》としている。

「……いや、やり方さえわかればいけると思うぞ」

アルテが倒したウニールの残骸を見て、しっかりと身の位置を把握。

無残な死骸が三つあるが、まだまだ周囲にはたくさんのウニールがいる。

近づかなければ攻撃してこないというのであれば、魔法使いの格好の的だ。

「『空間斬《くうかんざん》』」

俺は一体のウニールの中心を空間魔法で横に切り裂く。

空間ごと身体を切断されたウニールの身体がずるりとズレ、上半分がぽろりと海面に落ちた。上半分にはほとんど身がないのか、綺麗《きれい》に橙色の身が露出している。

「な、なんじゃあああ⁉　ウニールが急に真っ二つになりおったぞ⁉」

「おお、兄ちゃんすげえ！　ウニールの身に傷一つないぜ！」

俺の魔法に驚愕《きょうがく》するアルテと少年少女。

どうやらこれで問題ないようなので続けて他の個体も倒していく。

鋭く尖《とが》った棘も接近しなければ無意味であるし、動かない以上はただの的でしかなかった。

真っ二つにして身を露出させるだけでなく、棘だけを綺麗に切断してみたりもする。

「うぬぬぬ！　わらわの見せ場のはずじゃったのに……！」

「真ん中より少し上を切り裂くか、棘だけを切断すれば問題ないはずだ。アルテもやってみるといい」

「う、うむ！　『旋風刃《せんぷうじん》』」

そう説明してやらせてみると、アルテは風の刃《やいば》を射出してウニールを綺麗に切断した。

先程のように身が四散することなく、綺麗に身を露出させながら無力化させることができた。

「おお、姉ちゃんもやればできるじゃねえか！」

「フン、わらわにかかればこれくらい造作もないの！」

などと澄ました表情をしているアルテであるが、顔からは喜びが隠し切れないほどに滲《にじ》んでいた。

第三十二話　高級珍味

「それでこの倒したウニールとやらはどうするのじゃ？」

ウニールを倒した俺たちであるが、その後はどうすればいいのかいまいちわからない。

「討伐証明は口だからそこを切り取るんだ。後は棘《とげ》を外して、内臓の処理をして市場に持っていけば高値で売れるぜ」

「ウニールに口などあるのか？」

「ここの下の辺りにあるぞ」

「おお、気色が悪いな」

小年に教えてもらって下の部分を見ると、そこにはイカのような鋭く尖《とが》った口部があった。

ウニって小さいと棘のついた玉のようで可愛《かわい》いけど、大きくなるとあんまり可愛らしく見えないな。

「兄ちゃんたち、できねえなら俺たちが手伝ってやろうか？」

「その代わり、ウニールを分けるってことだね？　わかった。手伝いをお願いするよ」

「おっ、兄ちゃんは話がわかるぜ！　交渉成立だな！」

俺とアルテはウニールの正しい解体の仕方を知らない。

美味《おい》しくウニを食べたり、保存する上でも正しい解体の仕方を教わるのがいいだろう。

結果として、食べる時や売る時に俺たちの確かな利益になる。

自分たちでやって大きな損をするよりもよっぽどいい。

少年が声をかけると、子供たちは採取で使っていたナイフを取り出して、骸《むくろ》となったウニールに次々と刃を立てていった。

「二人はこっちに来てくれ。ウニールの解体の仕方を教えるぜ」

手招きする少年のところに寄って、俺とアルテは解体の仕方を教えてもらうことに。

「真っ二つにしてくれたやつは、綺麗《きれい》過ぎて参考になんねえから棘がなくなって動けないウニールで教える」

「ああ、頼む」

「まずは微妙に残っているウニールの棘を落とす。こいつらは生命力が強いからな。こんな状態になっても微妙に棘を伸ばしてくるから、最初にこれをしねえとダメだ」

確かに半殺し状態のウニールは生命力が旺盛で、短くなった棘をうねうねと動かしている。

放《ほう》っておいては怪我《けが》をしかねないし、最初にこれをへし折っておくのがいいだろう。

俺とアルテも倣ってナイフで棘をへし折る。

「なんだかちょっと楽しいの」

「乾いた枝を割ってるみたいだ」

ちょうどいい硬さをしている棘を折るのは楽しい。ちょっとしたストレス解消になりそうだ。

「次に下にある邪魔な口を落とす。絶対に指は突っ込むんじゃねえぞ」

下部分にナイフを突き立てて器用に口部分をくりぬく少年。

円形に生えている鋭い牙に摑《つか》まってしまえば、悲惨なことになるのは間違いないだろうな。

「ナイフ捌《さば》きが上手《うま》いの」

「まあ、この町に住んでれば、こういった解体は嫌でもやらされるしな」

感嘆の声を上げるアルテの言葉に、少年はちょっとだけ照れ臭そうにしていた。

事実、少年のナイフ捌きはとても手慣れていて淀《よど》みがない。

「それが終わると、ウニールの上からナイフを突き入れて仕留める」

口とは正反対の位置にある上部にナイフを突き入れると、ウニールの生命は失われた。

どうやらその部分に重要な器官があるようだ。だから、俺やアルテが魔法でそこを切断すれば、的確に倒すことができたのだろう。

何となく感じていた部分であるが、きちんと解体して説明されると納得だ。

少年がパッカリ殻を割ると、そこには橙色《だいだいいろ》のぷりっとした身が詰まっている。

「おお、美味しそうだな」

「だろう？　後はナイフで半分に割って、内臓を洗い流すだけだ」

少年はウニールの身以外の内臓をナイフで抉《えぐ》り出《だ》すと、それをぽいっと捨てて海水で洗い流す。

甲殻の内部にあるのは可食部である身だけだ。

「今、ちょっと食べてみるか？」

「ああ」

少年がナイフで身を削って、俺の手の平に乗せてくれる。

大きさが尋常じゃない。

前世のウニのようなちょこんとしたものではなく、手の平にポトンと乗るようなサイズだ。

こんなにも大きなものを食べてもいいのか？　俺としては戦々恐々とした気持ちだが、目の前にはたくさんのウニールの身がある。

俺はそれ以上臆することなくウニールの身を口に入れた。

濃厚なウニの味が口の中で広がった。

まるで美味しく食べるために育てられたかのような高級感のある味だ。

とてもクリーミーでウニール本来の甘みと旨《うま》みを強く感じる。

今まで食べたウニの中でも断トツの美味しさ。まさに天にも昇るような味。

「美味しい。さすがは高級珍味と言われるほどだ」

「そ、そんなに美味しいのか!?」

恍惚《こうこつ》とした表情で語るとアルテが信じられないようなものを目にしたような顔をする。

「これは食べないと損だ。アルテも食べてみろ」

気持ちはわからないでもないが、損だと言い切って無理矢理アルテの手の平にも乗せてやる。

「うえええ……」

ドロドロとした身にアルテが半泣きになるが、俺と少年が無言で見つめると観念したのか口に含んだ。

「――ッ!?　なんじゃ、この美味しさは……」

驚き、戸惑い、喜び、感動。アルテの表情が一瞬にしてそのように移り変わった。

「美味しいだろ？」

「信じられないほどに美味い。こんな見た目をしたやつが、これほどの味をしているとは……」

これには忌避感を示していたアルテも一撃で陥落。

ウニールの美味しさを認めたようだ。

「……クレト」

「なんだ？」

「世界というのは本当に広いな」

しみじみと呟《つぶや》くアルテの言葉に、俺は深く頷《うなず》いた。

◆

ウニールの解体が終わると、報酬としていくつかのウニールを少年たちに渡して解散となった。

「クレト、残りのウニールはどうするのじゃ？」

目の前に並んだ十個ほどのウニール。

その巨大さもあって、とても二人で運びきれるものではない。

少年たちは荷車を持ってきたり、身を瓶に入れて持って帰ったりとしていたが、俺はそんなことをする必要がない。

「魔法で収納しておくよ」

素朴な疑問を投げかけてくるアルテの前で、俺は空間魔法で収納。

いくつも並んであったウニールは、あっという間に亜空間に収納された。

これで鮮度を落とすことなく保存できる。後は落ち着いたタイミングで塩水につけて、瓶詰にでもすればいいだろう。

生で食べるのもいいが、塩水につけておいた方が生臭さも減って、コクも増すからな。

「本当にクレトの魔法は便利じゃの？　一体、どういった魔法なんじゃ？」

「空間魔法だよ」

別に俺の魔法自体はそこまで秘密というわけでもない。

ギルドでも登録されているので、調べればすぐにわかる。

「そのような魔法は聞いたことがないのじゃが……」

「生憎《あいにく》と俺もだよ」

神的な存在に与えられた魔法だからな。

アルテが首を傾《かし》げるのも無理はないだろう。

「さて、ひとまずギルドに戻ろうか」

「うむ！　きちんとギルドに報告するまでが冒険者の仕事じゃからな！　いやー、地味な採取依頼で終わるかと思ったが、予想外の冒険じゃったの！」

遠足時の格言のようなことを言って歩き出すアルテ。

その表情は岩貝を採取している時とは違って、とても満足そうだ。

あまり魔物らしい魔物ではなかったが、予期せぬ魔物との遭遇や解体、食事というのは、アルテの冒険心を十分に満足させる出来事だったらしい。

無茶して魔物の討伐をしたいとか言い出さず、満足してくれてホッとした。

魔法の技能こそ高いようだが、まだ経験の浅いアルテを連れて討伐に向かうのはかなり怖いからな。いいところのお嬢さんっぽいから、あまり危ないことはさせたくないものだ。

すっかりご機嫌のアルテと共にギルドに戻り、この日はなんてことのない採取依頼と、ちょっとした冒険の報告を二人でした。

第三十三話　今度は田舎に

「今日はどうする？」

三日目の朝。ペドリックの宿屋でアルテに問いかける。

「そうじゃのお。ペドリックをじっくりと見て回るのもいいが、せっかく色々な場所に行けることじゃ。名残惜《なごりお》しさはあるが違う場所に行ってみたい」

「どんな場所がいいんだ？」

「海は堪能《たんのう》したことじゃ、次は緑豊かで人の少ない長閑《のどか》な場所がいいのぉ」

緑豊かで長閑な場所と言われれば、俺の中で思い浮かぶのは一つの場所しかない。

「じゃあ、ハウリン村なんてどうだ？」

「ハウリン村？　確か最近食べた料理で使われた食材の産地が、そんな村だったような？」

提案してみると、アルテが小首を傾《かし》げつつ呟《つぶや》く。

どうやら高級レストランで食べたことがあるらしい。駆け出し冒険者がどうしてそんな場所で食事しているのだとか突っ込みたいところはたくさんあるがスルーしておこう。

今さら彼女の素性の詮索するのは野暮だからな。

「そこで合ってるよ。とても緑が豊かで過ごしやすいし、食べ物も美味《おい》しいから最高さ」

「なにやら詳しげだの？」

「俺が住んでいる村でもあるからね」

つい、村のことになると饒舌《じょうぜつ》になってしまう。

「む？　クレトは王都に住んでいるのではないのか？」

「王都にも住んでいるし、ハウリン村にも住んでいるのさ。この魔法があれば、一か所だけに拘《こだわ》る必要もないからね」

「なんと羨《うらや》ましい生活じゃ。クレトが住んでいる村という意味でも興味がある。是非、そこに連れていってくれ」

「わかった。それじゃあ、荷物を纏《まと》めて出発だ」

次の行先が早速決まったのでそれぞれの部屋に戻る。

準備を整えると『海守亭《うみもりてい》』の宿の代金を支払って外に出た。

そして、人気《ひとけ》の少ない場所に向かうと俺とアルテは空間魔王でハウリン村に転移した。

「着いたよ、ここがハウリン村さ」

「おお！　ここがクレトの住んでいるハウリン村か！　とても緑が多くて綺麗《きれい》じゃの！」

広がる木々や山々を眺めてアルテが感嘆の声を上げた。

先ほどまで海が見える港町にいたために、目の前に広がる豊かな緑はとても新鮮に見えるのだろう。

「土や草の香りがする」

スンスンと匂いを嗅《か》いで感想を漏らすアルテ。

潮風の吹く港町とは違って、ハウリン村に吹くのは緑を感じる清涼な空気だ。

潮の香りというのも悪くはないが、俺にはこっちの香りの方が落ち着くな。

「それじゃあ、村に入ろうか」

「うむ！」

アルテが頷《うなず》いたところで俺たちは足を進めて村の入り口へ。

村の入り口には今日もアンドレが槍《やり》を持って立っていた。

退屈そうに欠伸《あくび》を漏らしていたが、俺とアルテの姿を目にして慌てて口を閉じ、誤魔化すように笑った。

そんな彼のお茶目な笑顔に俺もつられて笑ってしまう。

「よお、クレト。また外からのお客さんか？　最近、連れてくる女が毎回違うじゃねえか」

「いや、違いますから。前回も今回も仕事の一環です！」

「……そうか。クレトは大人しい顔をしておりながら遊び人じゃったか」

「冗談だからな？　真に受けないでくれよ⁉」

「ここ数日のクレトの態度を見れば、そんなやつじゃないことくらいわかっておる」

アンドレのからかいを真に受けない子でよかった。

「わらわはアルテ。王都からやってきた冒険者じゃ！」

「俺はクレトの隣人のアンドレだ。こんなちっこい子供なのに冒険者だとはすごいな」

胸を張るアルテの頭を撫《な》でて、完全に子供扱いするアンドレ。

初《しょ》っ端《ぱな》からアルテの地雷を踏んだな。

「…………」

数秒後にいきり立つアルテを予想した俺であるが、不思議とその未来がやってこない。

アルテは呆然《ぼうぜん》とした表情をしながらアンドレを見上げている。

「あれ？　どうした？　この嬢ちゃん、固まっちまったぞ？」

この反応には思わずアンドレも驚いている。

俺もどうしてこんな状態になっているのかよくわからない。

「おーい、アルテ？」

「うえっ？　な、なんじゃ？」

「なんだじゃないよ。完全に子供扱いされてるけど怒らないのか？」

「そ、そうじゃ！　わらわは十六歳なんじゃ！　気安く子供扱いするでない！」

俺がそんな風に言うと、アルテは思い出したかのように我に返って主張した。

「そうなのか？　てっきりニーナと同じくらいかと思ったぜ。それは、すまん」

衝撃の事実を知ったアンドレは慌ててアルテの頭の上から手を離した。

すると、アルテは少し残念そうな顔をする。

さすがにその反応を見れば、何となく察することができる。

「……もしかして、頭を撫でられたのが嬉《うれ》しかったのか？」

「そ、そんなわけはないじゃろ！　おい、アンドレとやら！　村に入っても構わぬな⁉」

「お、おお。いいぜ」

顔を真っ赤にして否定したアルテは、やけっぱちなような声を上げてズンズンと村の中に入っていく。

どうやら完全に図星だったようだ。

あんな年ごろの女の子であれば、俺たちのようなおじさんに頭を撫でられるなんて嫌がりそうなものなのだが意外だ。

彼女も割と複雑な家庭環境を抱えているのかもしれないな。

「すみません、それじゃあまた後で」

「おお、また後でな」

呆然とした表情をしているアンドレに声をかけ、俺はズンズンと進んで行くアルテを追いかけた。

◆

「すごいの。王都やペドリックと違って、道がまったく舗装されておらぬ」

「ここは田舎で人も少ないからね。そういうところでは舗装されている方が珍しいよ」

人の行き交いが頻繁であれば、やる意義もあるかもしれないがハウリン村の人口を考えると手を出しにくいものだ。

「そういうものか……」

「舗装するにもお金と労力が必要だからね。でも、最近はハウリン村の野菜がレストランに売れてお金が入ってきているから、皆でお金を出し合って検討はしているようだよ」

舗装することによって地面の凹凸《おうとつ》はなくなり、雨によるぬかるみも無くなる。

徒歩での移動や荷車での移動は各段に快適になるので王都のように全てとはいかないが、一部の主要な道だけでも舗装したいというのが皆の願いだ。

人は少ないとはいえ、毎日仕事で使う人はいるからな。

「それは良い事じゃな！　なんとかそういったところに支援ができればいいのじゃがな」

そんな風に考え込むアルテは、まるで文官のようだった。

そういうところが気になるような家柄や仕事をしているのかもしれないな。

「ところで、どこに行く？」

「このまま気の向くままに散歩もいいが、こちらにあるクレトの家とやらを見たいの」

「わかった。俺の家に案内するよ」

行き先が決まったところでアルテを連れて、自宅のある方向へと歩いていく。

アルテにとって田舎の景色はとても新鮮なのか、目に映る景色を物珍しそうに眺めている。

「ふおお、これが畑というものか……」

まさか、畑を見るのは初めてじゃないよな？　さすがに貴族や商人でも畑くらいは見たことがあると思うのだが……。

だけど、感激した様子で畑を眺めるアルテは、まさしく初めて見るソレであった。

よっぽど大事に育てられていたのかもしれないな。

非常に生い立ちが気になるがとりあえず、そこには触れないでおこう。

「ここが俺の家だよ」

「おお、ここがクレトの家か！　中に入っても良いか？」

アルテは一応成人した女の子だよな？　そんな風に気軽に男の家に入ってきてもいいのだろうか？　ちょっと戸惑う気持ちもあったが、本人は全く気にした様子がない。

あくまで依頼人っていうビジネス関係だし、そこまで気にすることでもないか。

「ああ、いいよ」

ちょっとした戸惑いや迷いの気持ちを打ち切って俺は頷く。

最近は王都やペドリックで活動していたので、何となくこちらに帰ってくるのは久しぶりの気分。過ごしていない日数は一週間も経過していないというのに不思議だ。

それだけここが俺の帰る場所だと認識しているからだろうか。

扉を開けるとアルテがそのまま玄関に上がろうとしたので制止する。

「おっと、外靴は脱いでくれ。うちでは裸足《はだし》かこの内靴がルールだ」

「わかったのじゃ。おお？　この内靴は履きやすい上に軽くて快適じゃな！」

スリッパに履き替えたアルテがぺたぺたと歩き回りながら喜ぶ。

王国文化とは違う過ごし方だが、どうやら気に入ってくれたらしい。

ニーナを最初に呼んだ時もスリッパではしゃいでいたな。その時の姿と重なって思わず頬が緩んでしまう。

「スリッパっていうんだ。いいだろう？」

「うむ、わらわもうちで採用したいくらいじゃ」

「エミリオ商会ってところに問い合わせれば売ってくれるよ」

「エミリオ商会じゃな。覚えておこう」

アルテはいいところのお嬢さんだろうから商会を売り込んでおいて損はない。

そんな軽い営業トークをしつつも、リビングに入る。

「おおー！　ここがクレトの家か！　中々に綺麗じゃの！」

リビングを見渡して感嘆の声を上げるアルテ。

どうやらアルテから見ても、俺の家の内装は悪くないらしい。

「褒めてもらえて光栄だ。飲み物を出すから適当に過ごしていてくれ」

「うむ、適当に過ごす！」

イスに座って大人しく待つつもりはないようで、アルテは興味深そうにリビングを見て回っていた。

王都にやってくる前に、一通り掃除はしたけどじっくり眺められると怖いな。

ボロが出そうになる前に、俺は素早く飲み物を用意することにする。

しばらく家を空けるつもりだったために冷蔵庫で保管している飲み物はほとんどないので、亜空間に収納しているヨモギ茶を取り出して、グラスに注ぐ。

冷蔵庫で冷やしてから亜空間に収納していたので十分な冷たさがあるが、暑さがそれなりにあるので氷も入れておく。

「お茶ができたぞーって、いつの間に近くにいたんだ」

アルテを呼ぼうと声を張ろうとしたが、すぐ傍《そば》の台所にいた。

アルテは冷蔵庫や魔道コンロなどをしげしげと眺めている。

「……質素な家をしている割に中は魔法具だからけではないか。かなりお金をかけたな？」

やはり見る目が肥えていると、うちの家の設備の良さがわかるようだ。

それがちょっと嬉しい。

「快適な生活は人生の充実だからな。そのために稼いだお金だから妥協はしないよ」

「確かにその通りじゃな。お金は貯《た》め込《こ》んでいても意味はない」

俺の言葉を聞いてどこか寂し気に呟くアルテ。

子供っぽいかと思えば、時に大人びた顔をする不思議な子だな。

第三十四話　初めての畑

「クレトー！　帰ってきたの⁉」

アルテと共に冷たいヨモギ茶を飲んで一休みしていると、ニーナが縁側の窓を開けて顔を出してきた。

「おお、ニーナ。ついさっき帰ってきたぞ。ちょっとお客さんを連れてきてるけどな」

「……誰？」

ニーナの視線が客人であるアルテへと向かい、こてりと首を傾《かし》げる。

「冒険者のアルテじゃ。言っておくが、わらわは年上じゃぞ？」

「クレトと同じ冒険者なんだ！　私はニーナ、隣の家に住んでいるよ！　よろしくね！」

年下扱いされることを嫌ってか、アルテが先に牽制《けんせい》をかけるがニーナは何ら疑うことなく素直に自己紹介した。

数々の子供にからかわれ続けてきたアルテは、その素直な反応に肩透かしを食らったかのような微妙な顔をする。

ニーナはいい子だからな。

「う、うむ。よろしくじゃニーナ」

「うん！　えっと……アルテお姉ちゃん？」

控えめに告げたニーナからの呼び名にアルテがビクリと身体《からだ》を震わせた。

「……もう一度頼む」

「え？　アルテお姉ちゃん？」

「アルテお姉ちゃんかぁ。良い響きじゃ」

おそるおそるニーナが二回目の言葉を告げると、アルテは感動の言葉を漏らす。

……そうか。その見た目のせいで子供扱いこそされど、そのように年上扱いされたことはなかったんだな。

そんなアルテにとってニーナのような可愛《かわい》い少女からお姉ちゃんと呼ばれるのは、さぞ甘美な響きに違いない。

「良いぞ、ニーナには特別にその呼び方を許す」

「えっと、ありがとう？」

しみじみと頷《うなず》くアルテとよくわからないながらも返答するニーナ。

どういうこと？　といった視線がニーナから飛んでくるが俺には答えられないので苦笑するにとどめておいた。

「それでアルテお姉ちゃんは何しにきたの？」

「アルテお姉ちゃんかぁ……」

ニーナが呼びかけるも未《いま》だに感動に浸って反応しないアルテを小突いてやる。

「う、うむ！　クレトに依頼して様々な街を見せてもらっており、やってきた次第だ」

「へー！　それじゃあ、しばらくここにいるの？」

「そうじゃな。三日くらいはここにいるつもりじゃ」

アルテがそのつもりなのであれば俺に文句はない。

アルテの言葉に同意するように俺も頷く。

「じゃあ、帰るまでは一緒に遊べるね」

「うむ、わらわはこういった場所にはやってきたことがなくてな。色々な経験をしてみたい。ところでニーナは日々、何をして生活しているのじゃ？」

「畑にある野菜を育てているよ」

「おー、ニーナは農家であったか。どんなものを育てているんじゃ？」

「えっとー、口で説明するより見た方が早いから見に来る？　私の家は隣なんだ」

「隣？　ということは……？」

「入り口で警備していたアンドレの娘だよ」

「え？　似て――じゃない。そ、そうじゃったのか。道理で人懐っこいわけじゃ」

今、絶対に似ていないって言おうとしたな。気持ちはわかる。

むさ苦しいアンドレからこんな可愛らしい少女が生まれるとは思わないもんな。

安心してくれ。ニーナの家にはきちんと働いている方の遺伝子の持ち主がちゃんといるから。

「ニーナの育てている野菜とやらに興味がある！　見に行くぞ！」

「それじゃあ、見に行くか」

「うん！　その前に私もヨモギ茶が飲みたーい！」

縁側から物欲しそうにしているニーナに冷たいヨモギ茶を飲ませて、俺とアルテはお隣の畑に移動することにした。

◆

「おお、ここがニーナの家の畑か！　立派じゃのぉ！」

「そうかな？」

「いや、実際にこれだけの広さの畑を管理できるのは立派だよ。俺なんかあのくらいの大きさで精一杯だし」

小さな畑で野菜を育ててみてわかったが、やはり作物を育てるというのはそれなりに労力がかかる。

三種類の作物でひいこら言っている俺からすれば、これだけ広い畑で何種類もの作物を育てているニーナたちは本当にすごい。

「えへへ、そう言ってくれると嬉《うれ》しいな」

俺たちの誉《ほ》め言葉に照れるニーナ。

「ぬおお⁉　なんじゃこのお化けネギは？」

「うちのネギ――じゃなくて、ハウリンネギだよ」

普通の名称で呼びそうになったニーナだが、慌てて新しい名称に言い直した。

変わったのはつい最近だから呼び方に慣れていないのも仕方がない。

「ほお！　料理として食べたことはあったのじゃが、こんなに大きなものじゃったとは！」

「えっ？　アルテお姉ちゃん、ハウリンネギを食べたことがあるの⁉」

「あるぞ。ただのネギだとは思えぬくらいの美味《おい》しさじゃった。もしかすると、わらわが食べたハウリンネギはニーナが育てたものじゃったのかもしれぬな」

「ハウリンネギを多く卸《おろ》しているのはニーナの家だし、十分あり得る話だな」

他の農家もハウリンネギを幾分か輸出しているが、そのうちの七割はニーナの家のものだ。アルテが食べたハウリンネギが、この畑で育てられたものである可能性は非常に高いだろう。

「なんだか本当にすごい！　私たちが育てた野菜を食べてもらえて、こんな風に感想まで言ってくれるなんて」

アルテの言葉を聞いて感動したような面持ちのニーナ。

インターネットが発達した前世ならともかく、そのようなものがないこの世界では出荷されてしまうと生産者にまで感想が届きにくいからな。

食べてくれた者からの直接の感想は嬉しいに違いない。それが『美味しい』というものであれば尚更《なおさら》だ。

「あらあら、なんだか畑の方が賑《にぎ》やかね？」

畑を眺めながらそんな会話をしていると、家からステラが出てきた。

「お邪魔してます。王都から連れてきたお客さんがいるので見学させてもらってました」

「冒険者のアルテじゃ。よろしく頼む」

「ニーナの母のステラです。何もない畑ですがゆっくり見ていってください」

「何もないことはないぞ。ここには素晴らしい作物がたくさんじゃ」

「そう言ってもらえると嬉しいわね」

アルテの素直な賞賛の言葉にステラも嬉しそうに微笑《ほほえ》んでいる。

「それにしても立派なネギじゃ。わらわの知っているものとは大違いじゃ」

ハウリンネギを見つめて、しみじみと呟《つぶや》くアルテ。

畝《うね》に生えているハウリンネギはどれも極太で青々と生い茂っている。まるで深い草原ができているかのようだ。

「クレトに連れていってもらって、王都のネギを見た時はビックリした。こんなに小さいんだもん」

「そんなサイズじゃ売れないんじゃないかしら？」

ニーナが手で王都のネギの大きさを表し、それを見たステラが小首を傾げた。

いやいや、ハウリンネギのサイズが異常なんだよ。普通のネギはそれくらいの大きさで普通だから。

「せっかくですから少し収穫して食べてみますか？」

「いいのか⁉　是非、やってみたいぞ！」

ステラの提案を聞いて勢いよく首を縦に振るアルテ。

収穫というものをやってみたかったらしい。

第三十五話　ハウリンネギの焚火焼き

ステラに手袋を貸してもらうと収穫時期のハウリンネギの前に立つ。

すると、ニーナが鍬《くわ》を持ってきた。

「む？　鍬で掘り出すのか？」

「違うよ。根が深いから崩してからじゃないと収穫しにくいんだ」

なるほど。そうやった方が抜きやすいんだな。

俺とアルテは二人して感心したように頷《うなず》く。

俺はまだ小さな芽が出たばかりなのでいずれ収穫する時には参考にしよう。

畝《うね》を少し崩し終わると、ニーナがアルテの隣に立った。

「根元を両手で掴《つか》んで真上にズボッて持ち上げるんだ」

「おお！　気持ち良く抜けたぞ！　これは楽しいの！」

ニーナの動きを真似《まね》するようにハウリンネギを引っこ抜くアルテ。

傍《そば》から見ていても一気に引っこ抜く様子は中々に爽快だ。

ニーナとアルテは一緒に横に移動しては、ハウリンネギを掴んでズボッと抜いていく。

移動して抜いて、移動しては抜いてを繰り返す二人の表情はとても楽しそうだ。

まったく見た目が違う二人だけどこうしていると仲の良い姉妹のよう。

微笑《ほほえ》ましく二人を眺めていると、地面に置かれたハウリンネギをステラが拾ってぺりぺりと古い皮を剝《む》き、根を鋏《はさみ》で切り落としていた。

「手伝いますよ」

「ありがとうございます。助かります」

アルテとお邪魔させてもらっているお礼だ。それに収穫作業を体験しておくのは、俺にとってもいい経験になる。

亜空間から取り出した手袋をつけて、ステラと一緒に古い皮をぺりぺりっと。

「……これはこれで楽しい」

「上手《うま》く皮が剝けると気持ちいいですよね」

皮を剝いた瞬間に出てくる綺麗《きれい》な白いネギ。艶々《つやつや》と輝いており、とても美味《おい》しそうだ。

葉身《ようしん》と呼ばれる青い部分もとても青々としており綺麗だな。

「のう、ニーナ。先端の方にあるこの玉みたいなものはなんじゃ？」

「あっ、それは俺も気になってた」

「それはネギの花だよ。ネギ坊主って言って、油で揚げて塩をかけると美味しいんだ」

「えっ？　これって食べられるんですか？」

ニーナの言葉に驚いたのは俺だ。

「はい、食べられますよ。とても身体《からだ》に良い上に美味しくて、この辺りでは昔から食べられています。クレトさんの知ってらっしゃる普通のネギにもあるんじゃないでしょうか？」

「ありましたね。でも、知らなくて捨ててしまっていました……」

あったけど、食べられるものだったとは思わなかった。

美味しい上に身体にも良いって最高な部位じゃないか。前世の分を含めると、いくつ捨ててきてしまったのやら。考えるとかなり損をした思いだ。

「せっかくだからクレトやアルテお姉ちゃんも今から食べようよ！」

落ち込む俺を見て、ニーナがそんな提案をしてくれる。

「いいわね。獲れたてのハウリンネギは美味しいですし、ネギ坊主もご馳走《ちそう》しますよ」

「食べます！」

「わらわもじゃ！」

ニーナとステラの提案に俺とアルテは即座に頷いた。

収穫をして、新鮮なものをすぐに食べる。それも農家の醍醐味《だいごみ》だ。

「ネギ坊主は素揚げにするとして、ハウリンネギはどう料理しようかしら？」

「母さん！　焚火焼きでどう？　久し振りにあれやりたい！」

「いいわね。じゃあ、母さんは家で素揚げを作るから皆で焚火焼きをお願いね」

ステラはそのように言うと、収穫したネギ坊主を持って家に戻っていく。

「ニーナ、焚火焼きってのはどんなやつなんだ？」

「ネギを焚火に突っ込んで焼くだけの簡単な食べ方だよ」

「それはまた随分と豪快な焼き方じゃな」

「でも、すっごく美味しいんだよ！」

両手を広げて美味しさを精一杯伝えようとするニーナが微笑ましい。

「わかった。その焚火焼きってやつをやってみよう」

前世にもあったブランドネギも丸ごと焼いて食べていたって聞いていたし、それと似たような食べ方なのだろう。

やることが決まれば俺たちはすぐに焚火の準備をする。

畑から少し離れたところに着火剤となる木々や枝葉を設置し、亜空間から取り出した火の魔法具で着火。そこに薪や枝などを加えると火が大きくなって安定した。

「これで大丈夫！　ネギを突っ込んで！」

「こ、このままの状態で入れてよいのか？」

ニーナの言葉を聞いてアルテが戸惑う。

収穫したばかりのハウリンネギには土がついており、お世辞にも綺麗に皮が剝かれているわけではない。

「うん、そのままでいいよ。外にある皮は黒焦げになって捨てちゃうから」

「そうか。なら、遠慮なく突っ込もう」

どうやらこのまま突っ込んでも問題ないようなので、俺とアルテもそのまま焚火にネギを突っ込む。

「後は火が消えないようにしながら待つだけ」

「簡単でいいな。これならわらわでもできる」

時折ネギの位置を調節しながら見守るニーナとアルテ。

なんだか焼き芋を焼いているような楽しさだな。

「おお、今日はネギの焚火焼きか！　いいな！」

焚火を囲みながらわいわいとやっていると、槍《やり》を手にしたアンドレが戻ってきた。

「あ、お帰り父さん」

「おう、ただいま！」

どうやら村の警備の時間は終わったようだ。

ニーナのお帰りの言葉を貰《もら》って嬉《うれ》しそうに笑った。

「俺もネギを焼くぜ」

収穫したネギを三本手に取ると、アンドレも焚火にネギを突っ込んだ。

「ちょっと真ん中の場所交代してくれよ」

「ダメー、そこはニーナとアルテお姉ちゃんの場所だから」

「ニーナたちのネギは結構火が通ってるだろ⁉　新しく入れた俺のネギと代わってくれよ⁉」

「しょうがないなぁ」

アンドレが抗議すると、ニーナが笑いながらネギを動かして場所を空けた。

「こうやって皆で焚火を囲むというのはいいものじゃのお」

「そうだな。こうして面と向かってじっくり話せるのは幸せなことだ」

ニーナとアンドレの光景を見て思い浮かべる。

俺がじっくりと父と話したのはいつだっただろうか？　忙しい時にフラッと俺の家にやってきた時以来な気がする。

あの時は忙しかったし、精神的な余裕もなくてゆっくり話すようなことはしなかった。

思えば、父もこんな風にじっくりと話したかったのかもしれないな。

しかし、そんな風に思い出しても既に父は亡くなってしまったし、俺は最早《もはや》異世界だ。

二度と言葉を交わすことはできない。

だから、今は目の前にいる親しい人たちとじっくりと話そう。

ネギが焼けるまでの間、俺はなんてことのない話を皆とした。

◆

焚火を囲いながら雑談をすることしばらく、ネギに随分と焦げ目がついてきた。

「そろそろ食べごろだよ！」

ニーナにそう言われて、俺とアルテは焚火の中からネギを引っ張り出す。

葉身は青々としているが、葉鞘《ようしょう》と呼ばれる白い部分は真っ黒になっていた。

「真っ黒になった皮を剝いてね」

「熱いから気をつけろよ」

ニーナとアンドレの忠告を聞いて、少し冷ましてから皮を剝く。

「おお！　黒焦げの皮の下から真っ白に焼けた柔らかな身が！」

じっくりと火が通されているからか、実に柔らかそうだ。

葉身を摑むと少し上を向いて、根元の方から豪快に食べる。

「あっつぅ！」

「ははは、だから熱いって言ったじゃねえか。ネギは中の水分や旨味汁《うまみじる》が多いからな」

想像以上のネギの熱さに咽《むせ》ていると、それを見たアンドレが大笑いする。

くっ、ネギの外側の皮のことじゃなかったのか。まさか、本当に警戒するべきは中だったなんて。

とはいえ、中途半端に口に入れたまま出すわけにはいかない。

はふはふと熱気を外に逃がしながら、俺は熱々のネギを食べる。

じっくりと熱を通された葉身はとても柔らかく、嚙《か》めば凝縮されたネギの甘みや旨みが吐き出される。

「美味《うま》いっ！」

ネギとは思えない柔らかさ。まるでステーキの肉汁を思わせる旨みの奔流だった。

気が付けば俺は叫び声を上げていた。

ネギの串焼きとは違った圧倒的な柔らかさと美味しさだった。

俺の失敗を見てか、アルテは念入りに息を吹きかける。

それから小さく口を開けて、ネギを口にした。

「本当じゃ！　これは美味しいの！」

「うーん、おいひい！」

アルテだけじゃなくニーナもネギを口にして表情を蕩《とろ》けさせていた。

この美味しさなら当然だろう。ニーナが一番に焚火焼きを提案した理由がわかるというものだ。

「これ、マヨネーズをかけても美味しいかもな」

このまま食べても美味しいが、マヨネーズをかけても美味しいんじゃないだろうか。

「マヨネーズ？　なんだそれ？」

ネギを口にしながらアンドレが尋ねてくる。

答えるよりも食べさせた方が早い。

そう思って俺は亜空間に収納しておいたマヨネーズ瓶を取り出す。

こういった時のためにマヨネーズをはじめとする調味料は常に瓶に入れて、収納しているのだ。

ついでに取り皿を出すと、そこにマヨネーズをとり分ける。

そのままでも十分に正解であるが、ふとウニールの存在を思い出したのでマヨネーズに加えて混ぜてしまう。

「ウニールをソースに混ぜたじゃと!?」

「うにーる?」

ウニールの存在を知っているアルテは驚き、知らないニーナとアンドレは首を傾《かし》げていた。

知らない二人にアルテがウニールを説明する中、俺はマヨネーズとウニールをしっかり混ぜ合わせる。すると、特製ウニールマヨネーズの完成だ。

ヤバい、これ絶対に美味しいだろう。なんと悪いことを考えついてしまったことか。

焼き上げたネギをウニールマヨネーズにつけて食べてみる。

「うはっ！　美味し過ぎる！」

ハウリンネギにマヨネーズの酸味と旨みが加わり、そこにウニールの豊かな潮の香りとまろやかなコクが加わった。

ネギ単体でも十分に美味しいが、こういったソースをつけてみると味の変化も楽しめてすごく美味しい。

「クレト！　わらわたちもつけてもよいか？」

「ああ、すごく合うからつけて食べてみてくれ」

ソワソワとしたアルテの言葉に頷いて言うと、皆が一斉にウニールマヨネーズをつけて食べた。

すると、全員が雷に打たれたかのように目を見開き、身体を震わせた。

「ウニールの芳醇《ほうじゅん》な味と不思議なソースの酸味が見事にマッチしておる！　なんて高級感のある味じゃ！」

「食べたことがねえ不思議な味だけど、とにかく美味《うめ》え！」

「すっごく美味しい！　なにこれー！」

ウニールマヨネーズはとても好評のようだ。

皆がソースにつけながら喜んで食べている。

ウニールとマヨネーズを合わせたソースだ。美味しくないはずがなかった。

第三十六話　アルテの秘密

「ネギ坊主の素揚げができましたよー」

ウニールマヨネーズをつけながらネギを食べていると、ステラがネギ坊主の素揚げを持ってきてくれた。

お皿の上には丸い球体のついたネギがころりと転がっている。

傍《そば》にある塩をつけて食べるようだ。

「お帰りなさいアンドレ。ちゃんと私の分も焼いてくれていますか？」

「お、おう、勿論《もちろん》ステラの分も焼いてあるぜ」

ステラの微笑《ほほえ》みながらの言葉にアンドレがビクッと身体《からだ》を震わせながら答える。

そんなものを考えずに次々食べようとしていたが、そのことは言わないでおいてあげよう。

「クレトさん、アルテさん。ネギ坊主の素揚げです。どうぞ」

「ありがとうございます、では……」

ステラに差し出されて俺とアルテはネギ坊主を取り、少しの塩をつけて食べる。

ほろ苦く、ほっこりとしており、ネギの味を凝縮したような味だ。

滋養溢《じようあふ》れる豊かなネギの香りが突き抜けていく。

ほっこりとしたネギと塩がじんわりと染み渡るようだ。

「ネギの美味《おい》しさが詰まっておるのぉ」

「こんなに美味しいものを捨ててしまってたのか……」

「これから食べてあげればいいんだよ！」

後悔する俺にニーナが励ましの声をかけてくれる。

「そうだな」

この美味しさを知った以上、これから捨ててしまうということはあり得ないだろう。

ニーナの言う通り、これからしっかりと味わってあげればいい。

「そういえば、エミリオはこのことを知っているのかな？」

「一応、ネギ坊主もつけたままお渡ししていますけど、どうなのでしょう？」

確かに俺が輸送しているハウリンネギにもネギ坊主はついていた。

しかし、俺のように知らずに捨ててしまっている可能性もあるな。

そうだとしたらかなり勿体《もったい》ない。

「ちょっとエミリオに聞いてきます！」

「おいおい、そこまでしなくても……」

「もしもを考えると怖いので！　こんなに美味しいものを無駄にしたくないです！」

アンドレが思わずといった様子で止めてくるが、貴重な食材の損失を見逃すわけにはいかない。

建国祭の準備でいないかもしれないが一応顔を出してみよう。転移すれば一瞬だ。

そんなわけで居てもたってもいられなくなった俺は、ネギ坊主の素揚げを皿に盛って転移。商会の執務室にやってくると、エミリオは優雅に昼食を摂《と》っていた。

「エミリオ！」

「……どうしたんだい急に？」

エミリオは俺の出現に驚くことなく、冷静に口元をナプキンで拭《ぬぐ》った。

「ハウリンネギについているネギ坊主はどうしてる？」

「そもそもネギ坊主ってなんだい？」

「ネギについている花だ。開く前なら美味しく食べられるらしいぞ。高級料理店ではちゃんと使われているのか？」

「ああ、村ではそういう風に呼ぶのか。それならちゃんと使われているよ。というより、シェフからもっと多くもらえないかと相談がきていたくらいさ」

「ちゃんと使われているのなら良かった」

エミリオからそんな言葉を聞いて安堵《あんど》した。

さすがは高級店の料理人だけあってネギ坊主の価値にも気づいていたようだ。

「それだけのためにわざわざ来たのかい？」

「だって、これすごく美味しいんだぞ!?　お前も食ってみろ！」

エミリオが大袈裟《おおげさ》だとばかりに笑うので、俺は持ってきたネギ坊主の素揚げをズイッと差し出した。

直接持ってきたことに苦笑しながらもエミリオはフォークを使って食べる。

「……うん、確かにこれは美味しいね。クレトが心配し、シェフが欲しがるのも納得だ」

「だろう？」

俺も食べてみてビックリした。まさかここまで美味しいとは。

素揚げだけでなく、天ぷらや揚げ物、炒め物として加えて美味しいに違いない。

さすがはハウリン村の食材だ。

「にしても、休日を満喫しているようで良かったよ」

なんて誇りに思っている俺を見て、エミリオが笑う。

「そっちこそ、建国祭の準備で忙しくなっているかと思ったけど、意外とまったりしてるんだな」

正直、商会に行っても忙しくていないかもしれないと思っていたくらいだ。こうして、私室で昼食を摂っている余裕まであるとは珍しい。

「建国祭は三日後だからね。ギリギリまで忙しなくしなければいけないようにスケジュールは組んでいないよ。後は各々がやるべきことをこなせば回るようになっているはずさ」

「さすがの手際だな」

以前会った時は忙しいと言ってはいたが、なんだかんだと余裕は見せているらしい。

「後は王都の役人との打ち合わせがずれたのが大きいかな」

「建国祭前なのにか？　珍しいな？」

「ここだけの話だけど第一王女が二日前から行方不明《ゆくえふめい》らしいんだ」

「それって大丈夫なのか？　建国祭では王族がパレードで顔を出すんだろ？」

「だから、上はてんやわんやしていてね。屋台や商会の方まで目が回っていないのさ」

確かに王女様がいなくなったとすれば大変だな。

祭りの主役でもあるし、それを抜きにしても行方不明とあれば大事だ。

下手をすればパレード自体なくなるような騒ぎなのではないだろうか。

「その第一王女って、どんな人なんだ？」

「アルティミシア＝アルデウス王女殿下さ」

アルティミシア？　なんだかアルテと似ている名前だな。

「……どうかしたのかい？」

「いや、ちょうど今同行している依頼人と似ている名前だなーって……」

「ははは、さすがにアルティミシア王女がクレトと同行しているなんてあるはずがないよ」

「だよなー。俺の思い過ごしか！」

さすがにそれは妄想が過ぎるか。王女といえば、雲の上の人物だ。そんな簡単に平民が会えるはずがない。

「と、呑気《のんき》に笑い飛ばしたいところだけど、念のために依頼人がどんな人なのか聞いてもいいかな？」

なんて笑い合っていたが、エミリオが急に笑みを消して真顔になった。

その落差が怖いぞ。

「もしかして、俺を信じていないな？」

「クレトは時々とんでもない拾い物をしてくるからね。そこに関しては生憎《あいにく》と信用できない」

確かに仕入れに行った際に、希少な素材を見つけてくることはあるが、それと同じような扱いを受けるとは思わなかった。

不服に思いながらも俺はアルテという冒険者について話す。

そんな説明を聞き終わると、エミリオは大きく息を吸いこんで吐いた。

その様子は何か大きな感情を堪《こら》えているかのようである。

「……クレト、それは間違いなくアルティミシア王女殿下だ」

「本当に言ってる？」

「藤色の髪にエメラルドのような美しい瞳。この特徴を持っている小柄な美少女というだけで相当絞られるし、さらに国家予算並みの価値を持っている宝石を持ち歩いているとなると、そんな人物は王女殿下しかいないよ」

エミリオにそのように言われると、本当にそうなんじゃないかと思えてきた。

いいところのお嬢さんだとは思っていたが、想像以上に上だった。

「……なあ、エミリオ。一度ハウリン村にこないか？」

「遠慮しておくよ。僕が行ったところでできることもないしね」

エミリオも巻き込んでしまおうと思ったのだが拒否されてしまった。

「建国祭に向けての準備はほぼ終わったんじゃないのか？」

「スケジュールに余裕はあるだけで、当日までにやらなくてはいけないことが無いとは言っていないよ」

などと言っているが、絶対に巻き込まれたくないだけだろうな。

俺が逆の立場でも同じような返事をすると思う。

「にしても、どういう巡り合わせで王女殿下を連れ回すことになるのか。クレトが転移で連れ回していれば、役人や騎士が探し回っても見つかるはずがないよ」

「……それもそうだな」

初日はペドリック、三日目にはハウリン村だ。仮に居場所を知るような方法があったとしても、転移で移動している以上追いつけるわけがない。

というか、国の王女がまさか王都の外に出ているとは誰も思わないだろうな。

「俺はどうするべきだと思う？」

「どういった理由でクレトにそんなことを頼んだのかは知らないけど、建国祭の日には帰る意思があるみたいだし、知らないまま同行していればいいんじゃないかな。下手に連れ戻していい結果にはならないと思う」

「わかった。そうするよ」

下手に連れ帰っても誘拐犯だとか言われそうだし、アルテが自分の意思で帰ろうと言い出すのを待つのが賢明だな。

「……大変だとは思うけど、楽しい休暇をおくるんだよ」

哀れなものを見るような眼差《まなざ》しを受けながら、俺はハウリン村に帰還した。

第三十七話　まるで姉妹

「思ったよりも遅かったな?」

「すみません、ネギ坊主のことで話し込んでしまって……」

転移で戻ってくると、アンドレが焚火《たきび》をいじっていた。

「ネギ坊主のことはどうだった?」

「きちんと使われていたようです。というか、料理店のシェフからはもっと数が欲しいと要望があったくらいでした」

「おお、そうか。それならもう少し多めに送ってやってもいいかもしれねえな」

「無理のない範囲で渡してあげると喜ぶと思いますよ」

「俺たちが食べる分も残しておかねえとだからな!」

ガハハと笑い声を上げるアンドレ。

「こんな風に村の外でも売って稼げるようになったのはクレトのお陰だ。本当にありがとうな」

「いえいえ、俺はいい物をもっと多くの人に広めたかっただけなので」

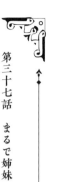

本当にすごいのはこんなに美味《おい》しいものを作り続けているアンドレたちだ。

俺はそれを運んでいるだけに過ぎないのだから。

なんだかこんな風に真面目《まじめ》に言われると気恥ずかしい。

「それより、他の皆はどこに行ったんですか？」

「ああ、ニーナとアルテなら家で一休みしてるぜ」

俺の露骨な話題転換にアンドレは苦笑しながらも答えてくれる。

アンドレにそう言われて様子を覗《のぞ》きに行ってみる。

アンドレの家にお邪魔してみると、リビングにあるソファーではアルテとニーナが折り重なるように横たわっており、健やかな寝息を立てていた。

そこにステラが静かにやってきて二人に薄いタオルケットを優しく掛けた。

「お腹《なか》がいっぱいになって眠ってしまったようです」

「そうみたいですね」

仲良さそうに眠る二人を見て、俺とステラは小さく微笑《ほほえ》む。

二人は血の繋《つな》がりはまったくないし、出会ったばかりの関係だけど仲良くなったものだ。

ついさっきエミリオから王国の第一王女だと言われ、恐々としていたがこうした姿を見るとアルテもただの女の子だと思える。

俺にはアルテの事情や抱えている悩みはわからないけど、依頼として彼女に頼まれた以上は最後まで付き合ってあげたいな。

「クレトさんがよければなんですけど、こちらにいる間はアルテさんをうちで泊めてあげてもいいですか？」

「俺は構いませんけど、いいんですか？」

家は隣だし、自分の家に泊めるのもどうかと思っていた部分もある。

宿ならともかく、同じ屋根の下というのはバツが悪かった。

アルテの正体が王族だと知ってからは尚更《なおさら》だ。密《ひそ》かに頭を悩ませていたので、ステラの提案は渡りに船だ。とはいえ、迷惑ではないのだろうかという気持ちがある。

「とても気持ちのいい子ですし、ニーナも懐いているようなので。ハウリン村にはあまり同じ年ごろの女の子は少ないですから」

「確かにそうですね。アルテが頷《うなず》くようであれば是非お願いします」

「ありがとうございます」

王女であることを隠して預かってもらうのは心苦しいところもあるが、ここはステラの気持ちに甘えることにした。

多分、アルテなら喜んで頷くと思う。

そんな俺の推測は正しく、起きてからのアルテの返事は輝かんばかりの笑顔だった。

◆

「クレトー！　体操しよう！」

四日目の朝。朝食を食べ終わって食器を洗っていると、ニーナが庭の窓を開けて元気良く言ってきた。

隣には遅れて顔を覗かせているアルテもいる。顔色がいいことから昨日はしっかりと眠れたらしい。

「わかった。すぐに出るよ」

最後に洗い終わった食器を掛けると、靴を履いて庭に出る。

「体操とはなんじゃ？」

「身体《からだ》を伸ばして動きやすくさせるんだ！」

「ほう、騎士がやるような準備運動みたいなものかの」

ニーナの大雑把な説明を聞いて唸《うな》るアルテ。

どうやらよくわからないままに付いてきたらしい。

普通の者は騎士の準備運動なんて知らないと思うが突っ込まないぞ。

「それじゃあ、やろうか。アルテは俺たちの動きをゆっくりと真似《まね》してくれ」

「わかったのじゃ」

アルテが頷き、俺とニーナはいつものラジオ体操を始める。

腕を前から頭の真上に伸ばすと、アルテはこちらを見ながらも真似る。

今日は初心者であるアルテがいるので、少しだけ動きはゆっくり目にしている。

とはいえ、ラジオ体操の動きは簡単だ。

ちょっとした注意点さえ逃さなければ、初心者でも見ながら再現できる。

次は腕を振り子のようにし、横に振って交差させる。

「お、おお？」

「腕を振ると同時に足も曲げるんだよ！」

「お、おお、なんとも愉快な動きじゃな」

ニーナの足の動きを真似て、アルテも足を曲げる。

女性としてはちょっと恥ずかしいガニ股の動きであるが、アルテに恥ずかしがる様子はない。むしろ、愉快そうに笑っている
それから腕回し運動、胸反らし運動などをやっていき、最後に深呼吸だ。

「面白いでしょ？」

「ああ、面白い。それにニーナの言っていた通り、身体の筋肉が良く伸びた感じじゃ！」

どうやらラジオ体操を気に入ったようでアルテも満足そうに笑う。

この世界で騎士がどんな準備運動をしているかは知らないが、アルテからしても新鮮な動きだったようだ。

「この後は何する？」

体操を終えると、ニーナがアルテに問いかける。

仕事に戻る様子がないことから、ステラが気を利かせて今日は免除されているのだろう。

「少し散歩をしてみたい！　これだけの緑に囲まれた場所は初めてじゃからの！」

「じゃあ、俺たちのオススメスポットを案内してあげるか」

「そうだね！」

「是非とも頼む！」

ニーナと顔を見合わせて言うと、アルテがわくわくとした面持ちで頷いた。

まだ王都のオシャレな店や面白い店は開拓できていないが、ハウリン村のオススメスポットならそれなりに紹介できる。

アルテがほっこりしながら自然を堪能《たんのう》できる場所を教えてやろう。

散歩に行くことに決まった俺たちは、そのままゆっくりと歩き出す。

雲一つない空に燦々《さんさん》と輝く太陽、視界には青々とした草が生い茂っている。

風に揺られる木々や草花のざわめきを聴きながら、村人たちが踏み固めた土の道を歩く。

「ハウリン村は本当に緑が豊かで綺麗《きれい》じゃな！」

「王都と比べて人や建物も多すぎず、のんびりとした空気が流れていて、ここにいるだけで癒《いや》されるよな」

「まったくじゃ」

都会で長年暮らしてきたアルテと俺はしみじみと呟《つぶや》く。

都会の荒波に揉《も》まれて生きてきたからこそ、ハウリン村の良さがわかるというものだ。

「そうなのかな？　私は生まれてからずっとここに住んでいるからわかんないや」

「でも、ニーナもなんだかんだ王都から帰ってきた時はホッとしただろ？」

「それは……うん、そうだね」

王都に遊びに行って帰ってきた時のことを思い出したのか、ニーナが反芻《はんすう》したように頷いた。

「まあ、俺たちの場合はちょっとくたびれた感じがあるからね」

「うむ、ニーナもこの先色々な経験をすればよりわかるはずじゃ」

「そうなのかな」

それがわかる事が本当にいい事なのかはわからないが、今のニーナにとって落ち着く居場所は間違いなくハウリン村だろう。

そんな風に雑談しながら話していると、小川の傍《そば》にやってきた。

「ちなみにこの小川は、ちょっとしたくつろぎ場所さ」

「おお、綺麗な水が流れておるの！　冷たくて気持ちが良い！」

流れる水の中に手を入れて気持ちが良さそうにするアルテ。

今の季節のような暑い日であれば、軽く足を入れたりするだけでも十分に涼をとることができる。

俺とニーナも同じように川に手を突っ込んで涼をとる。

ハウリン村の水はとても綺麗で一切の濁りがなかった。水面《みなも》をじーっと眺めると、気持ち良さそうに泳いでいる小魚がいる。

水の中を優雅に泳ぎ回る彼らを見ていると、こちらも涼やかな気持ちになれた。

第三十八話　釣り人集まる

小川のようなのんびりとした場所や、ハウリン村の名物となる畑などに足を進めていると、レフィーリアを発見した。

麦わら帽子を被り、涼しげなワンピースを着て、木陰に座り込んでいる。

スケッチブックを抱えて何かを描いている様子だ。

「あっ！　レフィーリアだ！」

俺が声をかけるよりも先にニーナが声を上げて手を振った。

すると、レフィーリアもこちらに気付いたのか穏やかな笑みを浮かべて手を振り返してくれる。

ひとまず、俺たちもレフィーリアのいる木陰へと向かう。

「二人はもう知り合いだったんですね」

「はい、ニーナさんやステラさん、アンドレさんには何度かご相談に乗ってもらいましたので」

「もうお友達だもんねー」

「はい、お友達です」

そんな風に笑い合って言葉を交わし合う二人はとても仲が良さげだ。

レフィーリアはまだこちらの村に住んで一週間も経《た》っていないが、アンドレ家と明るい交流ができているようだ。

これだけ短期間で人と仲良くなれるのもニーナの強みなんだろうな。

王都に連れていった時もガドルフやウルドとすぐに打ち解けていた感じだし。

「レフィーリアさんが穏やかな生活が送れているようで安心しました」

「クレトさんやニーナさんをはじめとする村の方のお陰です」

「本当はもう少し人を紹介したりしてあげたかったんだけど、今は少し別件の仕事があってね」

レフィーリアからの頼みとはいえ、彼女をここに連れてきたのは俺だ。

本当はもう少し傍《そば》にいて色々と村のことを教えたり、知り合いに紹介したりとしてあげたかった。

「いえいえ、クレトさんには十分なほどにお世話になっていますから気にしないでください。ところで、そちらにいる方がクレトさんの今の仕事の――」

と、話題を変えて尋ねようとしたレフィーリアであるが、アルテを見た瞬間に表情が固まった。

「アルティミ――」

「はじめまして！　わらわは冒険者のアルテじゃ！」

「え？　いや、あの……」

「今はクレトに頼んで、色々な場所に連れていってもらっておる。よろしくなのじゃ！」

驚きながらも何かを口にしようとするレフィーリアを遮るように言葉をまくし立てるアルテ。

「は、はい。私はレフィーリアといいます。よろしくお願いします」

「うむ！」

気圧《けお》されたように自己紹介をするレフィーリアと満足そうに頷《うなず》くアルテ。

どうやらレフィーリアとアルテは顔見知りだったようだ。

レフィーリアは王都ではかなり有名な画家だ。展示会のような催し事で顔を合わせたことがあるのかもしれないな。

「今日もスケッチしてるのー？」

「そうですよ」

「一体、なにを描いておるのじゃ？」

「ハウリン村の風景です」

「おお、これは見事なものじゃ！」

「他の絵も見ていい？」

「いいですよ」

ニーナとアルテが隣に座り込み、レフィーリアのスケッチブックを広げる。

ページをめくる度に表情を変えたり、互いに指をさし合いながらあの場所だと言い合う様はとても楽しそうだ。

そんな風に微笑《ほほえ》ましく二人を見守っていると、レフィーリアから物言いたげな視線が突き刺さる。

言葉での返事をするわけにはいかないので、俺は曖昧《あいまい》に笑って答えた。

エミリオのお陰でアルテの正体は知ってしまったが、アルテは俺が気付いていることを知らない。

特に知ったからといって、依頼期間中に態度を変えることはないし、このままでいい。

とりあえず、俺が何かしらについて知っていると捉《とら》えたのか、レフィーリアはちょっとホッとしたような顔をした。

アルテが王女様だと知っているのが一人だとすれば、それは胃が痛すぎる思いをしただろうからな。

◆

ひとしきりの散歩を終えて戻ってくると、家の前でアンドレが釣竿《つりざお》を手にして待っていた。

「お、帰ってきたか。これから皆で渓流釣りとかどうだ？」

帰ってきた俺たちを見るなり、アンドレがニヤリと笑って提案してくる。

まるで夏休みに誘いにやってくる悪ガキだ。

「おお、釣りか！　良いな！　一度やってみたかった事じゃ！」

「私も行きたい！」

そういえば、前に渓流釣りに行こうと約束したものの行けていないな。

アルテやニーナも行きたがっている様子だし渓流釣りに行くのもいいだろう。

「いいですね。皆で釣りに行きましょうか」

「よっしゃ！　そうと決まれば出発だな！　既に準備はできている！」

アンドレがすぐさま動いて家に戻ると、たくさんの釣り道具を手にして戻ってくる。

俺たちが散歩に行っている間に準備をきっちりと整えていたのだろう。

釣竿だけでなく設置する罠《わな》まで用意していることから、かなり用意が周到だった。

会社の同僚にもすごい釣り好きがいたな。普段の生活や仕事はあまりやる気がないのだが、のめり込んだ釣りにだけ努力と苦労を惜しまない。

そんな同僚と似たような一面を感じる。釣り好きの行動力は凄《すさ》まじい。

「アルテの釣竿も用意してあるぞ」

「おお、これがわらわの釣竿か！」

ニーナだけでなく、アルテにも釣竿を渡すアンドレ。

初めての釣竿を手にして喜ぶアルテ。自分だけの道具というのはそれだけで嬉《うれ》しいものだ。

俺は自前の釣竿セットを亜空間に収納しているので、ここで取り出す必要はない。

「それじゃあ、魔法で移動しますかね」

「なんだ？　お前たち、これから釣りか？」

渓流まで歩いていくのはさすがに骨が折れる。

転移を使って渓流まで移動しようとすると、オルガが声をかけてきた。

トマトの入った荷車を引いており、今日も村を巡って物々交換でもするつもりだったのだろう。

「ああ、ちょっと渓流までな」

「渓流？　結構、今の季節にあそこまで行くのはしんどいだろ？」

「そこはクレトの魔法でちょちょいのちょいだ」

訝《いぶか》しむオルガの問いにアンドレは自慢げに答えた。

「その手があったか！　すぐに家に帰って準備してくるから待っててくれ！」

「それは構わないけどいいのか？　これから物々交換しに行くんだろ？」

「そんなもん妹にやらせる！」

オルガはそのように言い捨てると、荷車を引きながらそのままUターンして、瞬く間に家へと引き返す。

「……おい、クレト。今から渓流釣りに行くって本当か？」

呆然《ぼうぜん》とオルガを見送ると、今度は違う村人たちに話しかけられる。

というか、三色枝豆や大玉スイカを栽培している農家のおじさんだ。

彼らが手にしているのは偶然にも釣竿。もしかすると、川で釣りでもしようとしていたのかもしれない。

「はい、これから行くところです」

「バカ野郎。そんな面白そうなことするなら俺たちも誘え！　ちょっと針と餌《えさ》を変えてくるから待ってろ！」

などと返事すると、農家のおじさんたちは猛烈な勢いで走り去る。

「皆で渓流釣り？　そりゃいいな！　畑なんて耕してる場合じゃねえ！」

「母ちゃん、俺これから渓流釣りに行ってくる！　畑の仕事は任せた！　ちゃんとアユとヤマメ釣ってくるからよ！」

そんな言葉を聞いてだろうか、周りで畑作業をしていた村人たちが次々と仕事を切り上げる。ある者は鍬《くわ》を放り出して、ある者はしつこい雑草と手袋を放り捨てて、代わりの装備とばかりに釣竿を手にして俺たちの周りに集まってきた。

「大丈夫なんですかね？　皆、仕事を放り出してるみたいですけど」

「その代わりちゃんと獲物を釣ってくれれば問題ねえよ。坊主ならしばかれるだろうがな」

俺が心配すると、アンドレが豪快に笑いながら言う。

アンドレから詳しい補足説明を聞くと、村人であっても渓流に行くのは容易ではないので渓流で釣れるアユやヤマメといった魚たちは滅多に食べられないご馳走《ちそう》らしい。

だから、仕事を放り出すことになっても、奥さんたちは基本的に快く送り出してくれるようだ。

奥さんたちの懐が深いようで良かった。

「村人がいっぱいじゃな！」

「こんな大人数で釣りに行くなんて初めて！」

……にしても、村人の皆、釣り好き過ぎだろ。

人が人を呼んでちょっとした大所帯になっている。村長であるリロイも混ざっているし。

「なんか大人数になっちまったが全員を連れて行くことってできるか？」

「問題ありませんよ」

数日前に王都から冒険者を三十人程度転移させた。

ここに集まっている人数はそれよりも少ない十八人。ここから渓流まで何日もかかる距離でもないので、魔力的に何の問題もない。

「それじゃあ、渓流まで移動しますよ！」

そのように声をかけると、ざわざわとざわめくおじさんたちが元気よく返事した。

気分は旅行会社のガイド気分。

しっかりと返事がきたところで、俺は空間魔法を発動し、アンドレ、ニーナ、ステラをはじめとする大勢の村人と共に渓流へと転移した。

第三十九話　渓流釣り

空間魔法を発動させると、気が付くと俺たちは渓流にいた。

明るく開けたアンドレ家の前から一転して、薄暗い森の真っただ中へ。

枝葉の多い木々が多いお陰か照り付ける日差しは緩和されており、目の前に渓流があるからとても涼しく感じられる。

あちこちで水が流れる音が木霊《こだま》し、俺たちの鼓膜を震わせる。

岩場の間を縫うように流れ落ちる、天然の小さな滝も見えた。

まさに山の中の避暑地といったところだな。

「さすがクレトの魔法だな！　一瞬でここまでやってこられたぜ！」

「年齢のこともあって渓流釣りは控えていたので本当に久しぶりです」

アンドレやリロイをはじめとする村人たちは、一瞬で渓流にやってこられたことに大喜びだ。

特にリロイのようなお年寄りは、ここまでやってくるのが困難であるために何年も来ていない人が多かったそうだ。そんな人は久しぶりの渓流を前にして感動している。

「よし、早速釣るぜ！」

「あんまり遠くには行きすぎないようにしてくださいね。必ず誰かが視界にいる位置にいるように。集合場所はここですからね」

「「はーい」」

引率の先生のような忠告を伝えると、村人たちは各々の場所に散っていく。

釣りをやっているだけあって、そういった事はわかっているだろう。

「あんまり奥に行っても道が険しくなって危ねえだけだからな。俺たちはこの辺りで釣るか」

「それもそうですね」

釣れるに越したことはないが、最優先するべきは安全と楽しさだ。

危険を犯してまで奥に向かう必要はない。特に慣れていないアルテがいる場合は尚更《なおさら》だろう。

俺たちは転移してきた場所からほぼ動かずに、岩の少ない平地部分で釣りをすることに決める。

「おお、魚たちがいっぱいいるのじゃ」

水面《みなも》を覗《のぞ》き込《こ》むと、ハッキリとは見えないがいくらかの魚影が見えている。

多分、見た目や色からアユだろう。

小川よりも水の流れは少し強いのだが、それを感じさせない優雅な動きをしている。

「人の気配を察知して逃げていく様子がありませんね」

本来、こういった自然の中にいる魚は気配に敏感で神経質な個体が多い。少し人間が近づいたり、大声を上げようものならば逃げられてしまうこともある。

しかし、目の前を泳いでいる魚たちからはそんな素振りは見えない。

「ここにはあんまり俺たちも釣りにこねえからな。人間に対する警戒心は割と薄いと思う。だから、初心者でもそれなりには釣れると思うぜ」

「なるほど」

人があまりこないからこそ警戒心も薄いということもあるのか。

釣り場所が決まったところで、俺も亜空間から釣竿《つりざお》を取り出す。

「ちょっと俺は罠《わな》を仕掛けてくる。すぐに戻るが二人を頼むぜ」

「わかりました」

アンドレはそう言うと、罠を手にして下流の方へと歩いていく。

食卓に魚料理を確実に並ばせるための処置なのだろう。

「魚を釣るための餌《えさ》だよ。アルテお姉ちゃんも針につけてね」

悲鳴に驚いて振り返ると、アルテが虫エサを前にして顔を青くした。

うん、温室育ちの王女様が虫エサを針につけるなんてやったことがないよね。

「虫エサが苦手なら別のエサを使うか？　俺もあんまり得意じゃないからクラーケンの切り身を使うつもりだぞ」

別に俺も虫エサでも平気だが、アルテがチャンレジするにはレベルが高いだろうし、他の選択肢も用意してあげる。

前世でもアユはイカなんかでも釣り上げることができた。同じようなクラーケンでもいけると思う。仮に無理だとしたら鶏の皮などの他のエサを試せばいい。

「うむ。わらわにもそっちの方が合っているかの」

そんな提案をすると、アルテが救いを得た子羊のような笑みを浮かべてこちらにやってくる。ニーナは気を悪くすることもなく、必死な様子のアルテを見て苦笑していた。

まあ、これに関しては慣れや育った環境もあるし仕方がない。

「ほれ、クラーケンの身だ。間違って指を刺すなよ？」

「わかっておるのじゃ」

クラーケンの切り身を小さくカットして渡すと、アルテはきちんと針につけることができた。

釣りは互いのペースに合わせる必要はない。

それぞれの準備ができたところで勝手に始めればいい。

ニーナが糸を垂らすのを横目にしながら歩いて回る。

少し奥にある岸ぎわにはたくさんの水草が生えている。それなりに水深があるからかアユがいるかまでは見えないが、こういった場所にアユが集まっていることが多いと知っている。

前世の経験を活《い》かして、俺は水草の集まっている岸ぎわに糸を垂らすことにした。

「「……………」」

皆がそれぞれのポイントに糸を垂らすと、しばらくは無言の時間が訪れる。

聞こえるのは流れる水の音。

微《かす》かにオルガや村人の声が時折響いているが、そのほとんどは水音にかき消されていた。

そんな環境音がとても心地いい。

しばらく、目を瞑《つむ》ってじーっと佇《たたず》んでいると、針先に微かな反応があった。

「おお？」

早速の反応に驚きながらも引き上げず、ちゃんと食いつくのを待つ。

今度はエサにしっかりと食いついたらしく、竿がグッと引っ張られた。

その瞬間、こちらも竿を引き上げる。

「よし、釣れた！」

すると、針先には見事にアユがぶら下がっていた。

糸を手繰り寄せると網でしっかりとキャッチ。これで逃げられることもない。

「おお、早いな！」

「おめでとう！」

やはり、あの辺りにアユがいたらしい。

針を外すと、水を入れた魚籠《びく》に入れてあげる。狭い籠《かご》の中をアユが元気よく泳ぐ。

いきなり釣れるとは幸先《さいさき》がいい。

アユは一匹釣れれば、同じ場所に群れていることが多いので、エサを付け直した俺は同じ場所に糸を垂らす。

「やった！　こっちも釣れた！」

そのままボーッと待っていると、今度はニーナが釣り上げたようだ。

針の先には灰緑色をしたアユが見えていた。

「おっ、そっちもアユか！」

「うん、アユだよ！」

ニーナは手早く針を外すと、俺と同じように魚籠に入れた。

籠に入れたアユを嬉《うれ》しそうに眺めるニーナ。

「むむ、わらわも二人のように釣ってみたいぞ」

「アルテの方はまだ釣れないか？」

「まったく釣れぬ」

どこかしょぼくれた表情を見せるアルテ。

立て続けに俺たちだけ釣れていれば、そうなってしまうのも仕方がない。

「糸を垂らす場所を変えてみようか。ああいった石に囲まれた所なんかにもいることが多いぞ」

「本当か⁉　やってみるのじゃ！」

そのようにアドバイスをしてみるとアルテは糸を戻し、指定した掘れ込みポイントに糸を垂らす。

しばらくは何度も放り投げて待ってみるが、アルテの竿に反応はない。

「むむむ、食いついてこぬな」

「やっぱり、アルテお姉ちゃんも虫エサにするのがいいんじゃない？」

「クラーケンの切り身でもクレトは釣れておる！　だから、わらわはこれで十分じゃ！」

ニーナのからかいの言葉に過剰に反応するアルテ。

その必死ぶりから虫エサはかなり使いたくないようだ。

「少しエサを変えてみるか」

「……クレト、お前までそのような事を申すのか？」

「ああ、虫エサじゃない。使うのは鶏の皮だから！」

俺もちょっとからかってみるとアルテが泣きそうな顔になったので少しビビった。

きちんと伝えるとアルテはホッとしたような顔になる。

アルテのエサをクラーケンから鶏の皮に変更。

「もう一度同じ場所に垂らしてくれ」

「同じ場所で良いのか？」

「ああ、そこでいい」

怪訝《けげん》そうな顔で尋ねてくるアルテの言葉に頷《うなず》くと、彼女は素直に同じ場所に糸を垂らした。

「竿が引っ張られているのじゃ！」

「魚が食いついているから引っ張りあげて！」

ニーナがアドバイスを送ると、戸惑っていたアルテは我に返ったように竿を握りしめる。

「おおおおっ？　意外と重いぞ、こやつ！」

「魚も釣り上げられないように必死だからな！　頑張れ！」

釣りをやってみるとわかるが、意外と魚というのは重い。そんな奴等《やつら》が針から逃れようと必死になって泳ぎ回るのだ。小さな体軀《たいく》をしていようとそのパワーは中々だ。

俺とニーナがハラハラとしながら見守っていると、アルテがようやく魚を引っ張り上げる。

アルテ一人では網を持つことも難しそうなので、俺が網を手にして手繰り寄せた魚を捕獲する。

「おお、デカいアユだな！」

「うわっ！　本当だ！　これ本当にアユ⁉」

網の中に入った魚は俺やニーナと同じアユ。しかし、その大きさが桁違いだ。

全長が四十センチ近くある。正直、アユでこれほどの大きさのものは初めてだ。

これには俺もニーナも思わず驚きの声を上げる。

「これはそんなにも大物なのか？」

「ああ、少なくとも俺はこんな大きさのものを見たことはない」

「私も！　渓流や川で何回か釣ったこともあるし、父さんの釣ってきたアユを見たことあったけど、ここまで大きいのは初めて！」

「そうか、わらわは大物を釣ったのか。えへへ」

改めて嬉しさが込み上げてきたのかアルテが嬉しそうに笑う。

「しかし、エサを変えたタイミングで急に釣れたのぉ？」

「まあ、生き物だから好き嫌いもあるだろうしね。こういうこともあるよ」

「なるほど、釣りというのも奥が深い」


「どうだー？　調子はー？」

などと話し込んでいると、ちょうど罠を仕掛け終わったのかアンドレが戻ってくる。

「アルテお姉ちゃんが見たことのない大きさのアユを釣ったよー！」

「うおっ！　なんだこのお化けアユは！」

ニーナやアンドレのそんな声が響き渡ったのか、近くにいた村人が続々と集まっては感心の声を上げる。

やはり、釣り好きの村人からしても、これほどの大きさのものは見たことがないようだ。

「くそっ！　アルテに負けてられっか！　俺たちも大物を釣り上げるぞ！」

「嬢ちゃんに負けてられんわい！」

「ワシらにも長年釣ってきた意地がある！」

そんなアルテの獲物に触発されて村人たちが急いで釣り場に戻っていく。

どうやらアルテの釣果は村人たちの釣り心に火をつけてしまったようだ。

「釣りというのは楽しいのお。いや、クレトたちが住んでいるハウリン村だからかの」

「そう言ってもらえると嬉しいよ」

しみじみと呟《つぶや》いたアルテの言葉に、俺とニーナとアンドレは頬を緩めながら糸を垂らした。

第四十話　魚の塩焼き

「さて、そろそろ帰るか」

午前中から釣り始めることしばらく。太陽はとっくに中天を過ぎており、空腹感を覚えるようになったので引き上げることにした。

釣果は俺が九匹、ニーナが十四、アルテが六匹だ。

それなりの時間の中ではいい釣果なのではないだろうか。

これなら一人で食べるだけでなく、十分に家族でも食べられるくらいの量だった。

この素晴らしい結果には俺たちも満面の笑みだ。

特に特大サイズのアユを釣り上げたアルテの満足は大きいようで、今も魚籠《びく》を見つめている。

「ニーナ、そろそろ帰りたいから皆を集めてくれるか？」

このような場所では男の俺が声を張り上げるより、ニーナのよく通る声の方がいいだろう。

「わかった。みんなー！　そろそろ時間だから帰るよー！」

ニーナは任されたとばかりに頷《うなず》くと、声を張り上げて村人たちに呼びかけた。

俺たちと同じくある程度満足していた村人たちは素直に集まる。

しかし、中には熱中している釣り好きたちは聞こえているのか、いないのか、集まることなく糸を垂らし続けている。

というか、その居残り組にいるのはアンドレ、オルガ、リロイだった。

その三人は明らかに流れ出ている解散ムードに流されることなく、必死に水面《みなも》を見つめ続けている。

「アンドレさん、リロイさん、オルガ！　そろそろ帰りますよー！」

「待ってくれ、クレト！　もう少しだけ頼む！　あと一匹釣れば勝ちなんだ！」

仕方なく声をかけると、オルガが必死に声を張り上げる。

どうやらあそこにいる三人は釣果を競っているようで、現在は横並びの成績らしい。

だから、あと一匹さえ釣り上げれば決着がつく。そんな状況のようだ。

とはいえ、こっちは関係ないしいい加減お腹《なか》がペコペコだ。あと一匹がすぐに釣れる保証もない。

「わかりました。では、三人は自力で帰ってくるということで！　俺たちは先に転移で帰りますね！」

「わ、わかった！　すぐに帰るからそれだけは勘弁してくれ！」

「さすがに今から歩いて戻っていたら日が暮れちまうぜ」

「今回の勝負はお預けということにしましょう」

笑顔でそのように告げると、熱中していた三人は冷や水を浴びせられたかのように我に返り、各々の道具を纏《まと》め始《はじ》めた。

さすがに釣り好きだけあって帰る時の準備も速い。

これだけの人数を待たせるわけにもいかないからな。釣りに熱中するのは悪いことではないが、集団行動をしている以上はある程度の規律は守ってもらわないとな。

「さて、これで全員揃《そろ》いましたね。では、ハウリン村に戻りますよ」

最後まで粘っていた三人を含めて十八人。最初に連れてきた人数と同じだ。

皆に声をかけながらしっかりとそのことを確かめた俺は、複数転移を発動してアンドレ家の前に戻ってくる。

「あらあら、想像よりも大所帯ですね。お帰りなさい」

「おう！　今戻ったぞ、ステラ！　今日は大漁だ！」

瞬時に戻ってきた俺たちを見て畑作業をしていたステラが目を丸くして、アンドレが自慢げに釣果を見せびらかした。

空間魔法を使えば、山奥にある渓流だろうが一瞬で戻ってくることができる。

「何度経験しても不思議なものですね。クレトさん、今日は本当にありがとうございました」

感慨深く呟《つぶや》いていたリロイが礼を述べると、他の村人たちも口々に礼の言葉を言ってきてくれる。

「いえいえ、こちらこそ楽しかったですよ。いつでもというわけにはいきませんが、また気が向いた時には皆で釣りに行きましょう！」

「ええ、是非ともお願いいたします」

リロイを含める村人たちは口々に礼を言うと、今日の釣果を手にしてそれぞれの家に戻っていった。

釣果に余裕のある者は、芳《かんば》しくなかった者に売ったり、育てている作物との交換を持ちかけていたりと、彼らは帰り道も賑《にぎ》やかだった。

村人たちが散っていくと、その場に残ったはアンドレ一家と俺とアルテだけだ。

あれだけたくさんの人が集まっていたので減ってしまうと、少しの寂しさもあった。

賑やかな一団を見送ると、不意に近くで「ぐううう」と音が鳴った。

思わず視線をやれば、隣にいるアルテがお腹を押さえて顔を赤くしていた。

「……お腹が空いたのじゃ」

「うふふ、もう随分と昼を回っていますからね」

「釣った魚を塩焼きにでもして食べるか！」

「賛成！」

アルテの一声によって、俺たちはそのまま釣った魚で昼食を食べることにした。

太陽の角度の関係で俺の家の庭の方が大きく影ができていたので、昼食はうちの庭で食べることに。

それぞれが釣り上げた川魚を魚籠から取り出す。

俺が九匹、ニーナが十匹、アルテが六匹と三人分を合わせるだけで二十五匹という数だ。五人で食べるにしても十分な数だろう。

「そういえば、アンドレさんはいくら釣ったんですか？」

不意に気になったので尋ねてみると、アンドレはよくぞ聞いてくれたとばかりに口角を上げる。

「釣ったのが十五匹、罠《わな》で五匹の計二十だ！」

自らの釣果を誇るかのように魚籠から川魚を取り出すアンドレ。

「おお、一人で二十匹も捕まえたのか。それはすごいの！」

「へへ、魚ってのはちゃんといる場所にはいるんだよ」

渓流釣りが好きなアンドレは、あそこにいる魚の住んでいる場所を熟知しているのだろう。

その辺りの見極めが上手《うま》い人は、本当にいる場所だけに垂らして次々と釣り上げていくからな。

アンドレの意外な一面を知った。まさか、ここまで釣りが得意だったとは。ただの釣り好きではなかったんだな。

「とはいえ、俺もアルテの釣り上げたアユには敵《かな》わないぜ」

こうして洗ったものを並べてみると、やはりアルテの釣り上げたアユはとてもデカい。

普通のアユの二倍近い大きさがあるな。

「なんせわらわが釣り上げた魚じゃからな！」

「じゃあ、釣り上げた責任としてきっちり下処理をしてもらおうか」

「お？　おお？」

「今回は塩焼きにするだけだから下処理は簡単だよ。包丁で軽く鱗《うろこ》を剝がして、お腹の辺りを指で押してフンを出させるだけさ」

アルテに見本を見せるようにしてまな板の上でアユの下処理をする。

あとは串打ちをして塩をまぶせば焼くだけなので非常に簡単だ。

持っていた包丁を手渡すと、アルテは包丁をグッと握り込んだ。

「待て待て。俺の手本の何を見ていた。軽く握って刃を滑らせるだけで簡単に取れるから！」

アユの頭を切り落とさんとするばかりの力の入り方を見て、俺は慌てて止めた。

「すまぬ、包丁を握るのは初めてなのじゃ」

うちの国の王女様だもんね。包丁を握ったことがないのも無理はない。

アンドレとニーナも今の一言に不思議そうにしていたが、特に追及することはなかった。

まあ、彼らもアルテの育ちの良さは察しているだろうしな。とはいえ、王女とは思うまい。

「とりあえず、力を抜いて軽く、ゆっくりでいいですからね」

「う、うむ。軽くゆっくりじゃな」

アルテの危なっかしさを察して、ステラが彼女の手を握りながら優しく指導する。

ステラに手を動かしてもらいながら「おお！」と声を上げるアルテ。

ステラがついていれば、何とかなるだろう。

彼女の頼もしさにようやく安心できた俺は、自分の下処理を再開。

三匹ぐらいで十分なので残りは亜空間に保存だ。

残りは夕食の際に村人と交換してもいいし、レフィーリアにお裾分けでもすればいい。

食べる分の処理が終わると、最後に串打ちだ。

串を目の辺りから突き入れ、身体《からだ》を緩やかにくねらせて通す。

綺麗《きれい》に串を打てると、これから塩焼きをするんだって気分になれて非常にわくわくする。

これから焚火《たきび》で焼くのが楽しみで仕方がない。

「ほう、終わったのじゃ」

「お疲れ様です。後は焼くだけですね」

しばらくすると、アルテも下処理を終えることができたらしい。

張りつめていた緊張がとけたのか、アルテはふうと安堵《あんど》の息を吐いていた。

「それじゃあ、庭で焼こうか」

処理をしたアユ、ヤマメ、ニジマスなんかをバットに入れて外に出る。

「焚火をするのはこの辺りでいいか？」

「大丈夫ですよ」

庭に出ると、アンドレとニーナが既に焚きつけとなる枝葉や薪を設置してくれていた。

亜空間から取り出した火の魔法具で着火すると、アンドレとニーナが息を吹きかけ、枝葉を重ねて火を育ててくれる。

やがて炎が安定すると、風除《かぜよ》けとして亜空間から取り出したレンガを設置。

そして、串打ちをしたアユなどを周囲に突き刺していく。

「後は焼けるのを待つだけだな」

パチパチと枝葉が爆《は》ぜる音を聞きながら、俺たちは縁側に座って待つ。

日陰とはいえ、夏の暑さは健在だ。熱中症にならないようにしっかりと水分補給はする。

川魚が揺らめく炎に炙《あぶ》られる姿は妙《みょう》ななまめかしさと美しさがあった。

「早く焼けないかなぁ」

「うむ、お腹が減ってしょうがない」

炎の煌《きら》めきをジッと眺めていると、ニーナとアルテが辛抱たまらない様子で呟いた。

川魚から水分が抜けて茶色い焦げ目がつくと、身の焼ける匂いがしてきた。

釣りをして汗をかいたので塩っけを感じさせる香ばしい匂いが堪《たま》らない。

身体があれを食べたいと疼《うず》いているようだ。

皆でまだかなまだかなと雑談をしながら待っていると、焼き加減を弄《いじ》っていたアンドレが言った。

「おう、そろそろいけそうだ」

「やっとじゃな！」

どうやら十分に火が通ったらしい。ふりまぶされた塩が白く固まり、魚たちは雪化粧をしているかのようだった。

そのことがわかると皆で寄っていって自分たちの分を手にする。

俺も自分で釣り上げたアユを真っ先に手にした。

フーフーと息を吹きかけて熱気を飛ばすと、アユの背中から噛《かじ》り付《つ》く。

パリッと焼けたアユの皮はとても香ばしい。中から出てきた白身がほろりと崩れ、アユの淡泊な旨《うま》みが広がっていく。

「美味《うま》い！」

渓流でたらふくいいエサを食べていたのだろう。アユには臭みはなく、ほんのりと高級感のある柔らかな風味が突き抜ける。

食べ進めるとアユの内臓へとさしかかり、独特の苦みと旨みが染み出てくる。それが淡泊な身と塩っけと混じり合って、これまた美味《おい》しい。

「美味しいのじゃ！」

新鮮なアユを食べて、アルテも実に満足そうだ。

皆と同じように串に刺さったアユを食べている。王都から離れて、ハウリン村でアユを食べている彼女は紛れもなく普通の少女、アルテだった。

「美味しい！」

「汗をかいたので塩味が身体に染み渡るようですね」

「やっぱり、川魚は塩焼きが一番だな！」

ニーナ、ステラ、アンドレもアユを口にして満足げな笑みを浮かべている。

新鮮な食材をこうしてすぐに食べることができるのが、田舎《いなか》の強みだ。

王都などの大きな街などでは中々にできることではない。

視界では青い空が広がり、千切れた雲が遠くで微《かす》かに浮かんでいる。

目の前は青々と生い茂った草原に小さな森が広がっている。

遠くでは微かな鳥の鳴き声が聞こえ、肌を撫《な》でるように風が吹いている。

「ここは本当にいい村じゃな」

「だろ？」

ここでは王都のような喧騒《けんそう》や便利な店はない。

しかし、確かな自然とそこで息づく人々の営みがある。都会に慣れてしまっている俺たちには、こういった何てことのないのんびりとした時間が何よりも嬉《うれ》しい。

しみじみと呟くアルテの言葉に、俺は自慢げに答えるのであった。

第四十一話　やるべきこと

五日目。この日はハウリン村にある牧場で遊んだ。

乗馬をさせてもらうと、アルテは見事に馬を乗りこなし、ニーナでさえポニーを自由に操ることができた。

乗れなかったのは俺だけで、二人にからかわれ悔しい思いをした。

そして、依頼最後の日である六日目を迎えた。

朝食を食べ終わるとアルテがステラやニーナ、アンドレを伴って俺の家にやってきた。

アルテが帰還するのは事前に今日であるとニーナたちもわかっている。

これから帰るアルテを見送りにきてくれたのだろう。

「……アルテお姉ちゃん、もう帰っちゃうの？」

ニーナが寂しそうな顔でアルテに言った。

二人は、この三日間ですっかりと仲良しになっていた。

それ故《ゆえ》に、こうして訪れてしまった別れが悲しいのだろう。

「わらわもう少しここにいたかったのじゃがな。わらわにはやるべきことがある」

ニーナの言葉に嬉《うれ》しいような困ったような複雑な笑みを見せてニーナの頭を撫《な》でるアルテ。

背丈にあまり違いはないものの、こうして大人びた様子でニーナに接しているアルテは姉のようだった。

「……わかった。また遊びにきてね？」

「うむ、必ずじゃ」

ニーナとアルテは名残惜《なごりお》しそうに手を繋《つな》いで、それから離した。

「次は俺が釣りを教えてやるから、いつでも来いよな！」

「ニーナもすっかりと懐いていますし、アルテさんがいると家も明るくなりますから私も大歓迎ですよ」

「アンドレ、ステラ……二人ともありがとうなのじゃ。暇ができたら必ずまた遊びにくる！」

アンドレとステラの言葉に感激した表情を浮かべるアルテ。

その時は俺が連れてくることになるだろうが、ハウリン村で遊んでいるアルテは本当に楽しそうだったので、できる限り力になりたいと思った。

「王都に戻ればいいのか？」

ニーナたちとの別れの言葉が済んだところで、俺はアルテに問いかける。

「いや、最後に連れていってもらいたい場所がある」

アルテの真剣な表情を見るに、次の場所こそが彼女にとって一番行きたい場所なのだろう。

彼女が次に求める場所こそが、俺に連れていってほしいと願う真の場所だ。

「どこだ？」

「ここじゃ」

俺が尋ねると、彼女は懐から小さな地図を取り出して指をさした。

その場所は王都から西に進んだ場所にある土地だった。

というより、正式に言い表すと王家が所有している土地。

そこは王家の者しか入ることの許されない場所だった。

それを明かすということは、アルテは自分の身分を明かしているも同然だった。

つまり、アルテが王族であると。

「わかった。一瞬で、とは言わないけど連れていくよ」

「……ここに行きたいと言っても、何も動じないのじゃな？」

「だって、アルテにはそこに入る資格があるだろ？」

「なんじゃわかっておったのか……」

「気付いたのは途中だけどね」

あの時、エミリオに指摘されなければ恐らく気付かなかっただろう。

王族なんて雲の上の存在で、縁がないと思っていたし。エミリオから告げられた時は動揺したものだ。

「自分で言うのもなんじゃが、よく知っていて自然体でいられたものじゃな」

「だって、俺に依頼してきたのはただの冒険者のアルテだろ？　だったら、このまま接するさ」

あと、他には俺がこの世界の人間じゃないから、そういった特権階級へのイメージが薄いせいもあるかもしれない。すごい権力を持った王族がいるとはいっても、いまいちピンとこないのが正直なところだ。

とはいえ、さすがに公の場では、こんな軽い態度で接することはできないけどね。

「それもそうじゃな。では、もう少しの間は今のままで頼む」

「わかったよ」

アルテが不快に思っていないようなので、もう少しの間はこのままの口調でいくことにした。

「ニーナ、ステラ、アンドレ、世話になった！　暇ができれば、またやってくるからの！」

「うん！　また来てね！」

アルテが別れの言葉を述べると、ニーナやアンドレ、ステラが手を振ってくれる。

「うむ！　では、さらばじゃ！」

アルテも手を振り返し、そんな言葉を述べると同時に俺は転移を発動させた。

景色が移り変わり、ハウリン村からだだっ広い平原に変わる。

「うぬ？　ここはわらわの言った場所とは違うぞ？」

その通り、ここは王都から西にあるカルツ平原だ。

アルテの願った場所には大幅に近づいてはいるが、まだまだ距離がある。

「生憎《あいにく》とあの場所には俺も行ったことがないから、一発でとはいかないんだ」

なにせ王族しか入ることのできない場所だ。ただの平民である俺が入れるわけもないし、不用意に近づいただけで疑われる。

つまり、マッピングをしたことがないので一発でその場に転移とはいかないのだ。

「ほお、クレトの魔法にはそのような制限があるのじゃな。あまりにも便利じゃったから、当然とばかりに考えていた」

「ちなみにアルテとしては、どのくらいの時間に戻ることができればいいんだ？」

「できれば昼までには帰っておきたい。そうでなければ、夕方のパレードに間に合わなくなり、わらわが大目玉を食らう」

「今から帰ったところで大目玉は確定していると思うけど」

「それは言うな。どうしても行きたい場所なんじゃ」

もっともな正論を言うと、アルテはどこか遠いところを見るような視線を落とす。

そのことについては現実逃避中らしい。パレードを前にして王女が行方不明《ゆくえふめい》なんて怒られないわけがないよな。

「わかった。そういうことならできるだけ早く向かおう。少し荒っぽい移動になるが勘弁してくれ」

「うむ、ドンとこいじゃ！」

アルテをはじめとする王族や役人たちのためにも早く用事を済ませて帰る方がいい。

そう告げると、アルテは胸を張って自慢げに叩《たた》いた。

お、多少荒くなっても平気というわけか。それは頼もしい。それなら遠慮なくやらせてもらおう。

「じゃあ、空に飛ぶぞ」

「うん？　今――」

アルテが首を傾《かし》げて問いかけてくる時間も惜しかったので、俺は複数転移を発動して西の空に移動。

高度百メートルくらいのところまで一気に転移。

空中に転移した俺たちは浮遊感を得ながら重力に引っ張られて下降を開始する。

「なんとおおおおおおおおおおおおおおおおおおおおおおッ⁉」

それに伴いようやく状況を理解したアルテが悲鳴を上げた。

「く、クレトぉぉっ⁉　落ちる！　落ちる！　落ちる！　というか、既に落ちているのじゃ！」

「大丈夫だ！　地面に激突する前にまた転移するから！」

落下していって地面が近づくより前に数キロほど先にある西の空へと再び転移。

またしても上空へと転移し、そこから急速に落下をする。

しかし、地面に落下するよりも前に俺が転移を繰り返して、あっという間に進んでいくので問題ない。

強《し》いて困る点があるとすれば、高所から落下するという恐怖感と、断続的に上昇と落下を繰り返す浮遊感に慣れなければ気持ち悪いくらいか。

とはいえ、俺の魔法があれば落下して地面に叩きつけられることはあり得ないし、そんな地面すれすれまで降りるわけでもない。

遊園地にあるような落下系のアトラクションとそうスリルは変わらないだろう。

「アルテ、ちょっと怖いけど慣れれば景色が綺麗《きれい》だろ?」

「…………」

「アルテ?」

ずっと黙っているのも退屈だろうと声をかけるが、アルテから返事がくることはない。

というか、やたらと静かだ。

気になってアルテを見てみると、ぐったりとした状態で宙を舞っていた。ふらりと回転しているアルテを見れば白目を剝《む》いていた。

「あっ、気絶してる」

王女として以前に淑女として人に見せられないような顔だった。

別に気絶させたままでも転移できるが、気絶したアルテを空に放り出すように転移するのは忍びない。
仕方なく俺はアルテを抱きかかえて、そのまま黙々と転移を繰り返すことにした。
とりあえず、目的地にたどり着いたら謝ろう。

第四十二話　墓碑

カルツ平原から西空へ転移をし続けることしばらく。アルテが地図で指し示した場所らしきところにたどり着いた。

上空からは広大な敷地が広がっており、綺麗《きれい》な芝や小川、花畑などが広がっている。

その美しさはまるで整理された庭園のようだ。

恐らく、あそこがアルテの行きたかった目的地に違いないだろう。

とはいえ一度本人に確かめないことにはどうすることもできない。

ひとまず、地上へと着地した俺は腕の中でぐったりと眠っているアルテの身体《からだ》を揺すりながら声をかける。

「アルテ、目的地に着いたぞ」

「あ、あれ？　わらわは一体――はっ⁉」

目を覚ましたアルテはすぐに俺の身体に強くしがみついてきた。

空にいた時の記憶を思い出して反射的に摑《つか》んだのだろう。

「大丈夫だ。もう地面だから」

「そ、そうか」

落ち着かせるように優しい声音で言うと、アルテはホッとしたように息を吐いた。

彼女が落ち着いたのを見計らって地面に下ろすと、きっちりと自分の足で立ってくれた。

「とんでもない目に遭ったのじゃ……」

「荒っぽくてごめんな。でも、あれが一番速かったんだ」

「馬車で四日はかかる距離をこの短時間で移動してみせたのじゃ。そこまで文句は言わん。わらわの覚悟が足りなかっただけじゃ、気にするでない」

太陽の角度を見ながら時間を推し量るアルテ。ハウリン村を出発して一時間も経過していないだろう。転移での移動のお陰でかなり時間に余裕はあるはずだ。

とはいえ、パレードの準備を考えると早いに越したことはない。

「そう言ってくれると助かる」

さすがは王族、懐が深くて助かる。

「目的の場所はここで合っているか？」

「ああ、ここがわらわの行きたかった場所じゃ」

ここは王族が管理している土地であり、歴代の王族たちが眠る墓地でもあった。

「アルテが行けば正面から入ることができるか？」

敷地の周りを囲うように黒い柵が立っており、入り口の門には見張り番らしき者がいる。

恐らく、この土地を管理している者たちだろう。

「できるとは思うが無用な騒ぎを起こしたくはない。クレトの魔法で敷地内に入れてくれるか？」

「それは構わないけど、そんな場所に俺が入ってもいいのか？」

「構わぬ」

王族の眠る墓地って結構神聖な場所な気がするが、アルテがそう言って望むのであれば俺も腹をくくろう。

「じゃあ、中に入るぞ」

「うむ」

既に上空から敷地内の様子は目視しており、イメージもバッチリだ。

アルテがしっかりと頷《うなず》くのを確認し、俺は敷地の内部へと複数転移を発動した。

視界がぐにゃりと曲がり、俺たちの景色が一瞬にして花畑へと変わる。

アルテの頼みで無事に王族の眠る墓地へと潜入することができたようだ。

さすがに頑強な柵で囲い、入り口を警備で固めようとも空間魔法の前では無力だ。

「クレトがいれば、どんな場所でも侵入し放題じゃのぉ」

「命じた奴《やつ》がなに言ってんだよ。大体、普段はそんな悪いことはしないからな？」

アルテが人聞きの悪いことを言うので、しっかりと弁明はしておく。

俺が普段から空間魔法を悪用しているとは思われたくないからな。

「くくく、わかっておる。クレトはそんなことはしない人間じゃとな」

「ならいいんだ」

クスクスと笑いながら、アルテは花畑にある道を進んでいく。

俺もその後ろをゆっくりと付いていくことにした。

墓地とは思えないくらいに綺麗な場所だ。青々とした草原が広がり、多種多様な花が咲き乱れている。

風が吹くと緑と入り混じった爽やかな花の香りがし、時折千切れた花弁が宙を踊った。

広大な敷地の中を進むのは俺とアルテだけ。

遠くから鳥のさえずりが聞こえ、足音がやけに大きく響いているように感じた。

「なあ、どうしてここに来たかったのか聞いてもいいか？」

事情が事情だけにあまり聞かないようにしていたが、どうしても気になった。

どうして建国祭前になって王都を離れたがっていたのか。

どうして建国祭当日になってここにやってきたかったのか。

王族が市民の前に姿を見せるパレードは、政治的な意味合いもあって非常に大事な催しのはずだ。

王族である責務を放棄するようなことをアルテが好む人間ではないことは、この六日間でわかっている。

だからこそ、今日ここに来たいと願ったアルテの想《おも》いが気になった。

尋ねると、アルテは胸中の想いを吐き出すようにポツリと語ってくれた。

「……今日は亡くなった母上の命日。しかし、王女であるわらわは建国祭が近づくと、安全面を考慮して一切外に出ることが叶《かな》わなくなる。パレードが始まるその時までずっとじゃ」

建国祭ともなれば、王都の外からもたくさんの人々がやってくる。

当然、そこには純粋に祭りを楽しむ一般人だけでなく、良からぬことを考える輩《やから》が紛れ込んでもおかしくはない。

なにせ外からやってくる人は何万という数だ。騎士が目を光らせるにも限界というものはある。

第一王女の安全面を一番に考えれば、パレードの時以外は王城に籠《こも》っているのが一番だろう。

「王族であるが故《ゆえ》に肉親の命日に手を合わせてやることも叶わない。王族のそんな堅苦しい責務がわらわは嫌でしょうがなかったのじゃ。そんな時に護衛の騎士から聞いたのがハーピー討伐の一件じゃ」

「……もしかして、そこで俺のことを？」

「その通りじゃ。転送屋の力については信じられぬ故に眉唾物《まゆつばもの》かと疑っていたが、母上の命日に墓参りに行くにはこれしかないと思ったのじゃ」

建国祭を前にして王族から冒険者ギルドに依頼されたハーピーの討伐依頼。

まさか、俺の噂《うわさ》がそんなところまで上がっているとは思わなかった。

思わぬ巡りあわせで俺たちは出会ったものだ。

「なるほど。やってくるのが今日だったのは、そういう理由だったのか」

王都に留《とど》まっていれば騎士団や役人からアルテの捜索がかかり、連れ戻されてしまう。

それを避けるために王都から離れたがっていたのか。

これまでのアルテの一連の行動にようやく納得した。

そんな風に会話しながら歩くことしばらく。

花畑を抜けた先は綺麗な芝の生えた平地になっており、その中心部には白亜の聖堂のような建物が建っていた。

恐らくここにアルテの母親の墓碑があるのだろう。

「墓碑の前まで付いていてきてくれぬか？　せっかくの墓参りにわらわが一人というのも寂しい。それに母上は寂しがり屋じゃったからな」

「……アルテがそこまで言うなら」

中に入るのは気が引けたが、アルテが望むのなら付き合うことにした。

ただし、墓碑の近くまでだけだ。そこから先は家族水入らずの方がいい。

アルテにその旨を伝えると、俺たちは内部に入っていく。

内部に入ると地面は綺麗に磨き抜かれた黒の大理石。あまりにも艶《つや》やかな地面は足を進める俺とアルテの姿を映し出す鏡のよう。

一切の物音がせずにシーンとしており、ここだけ時間が止まっているかのよう。

回廊には歴代の王族の肖像画や彫像などが飾られており、静謐《せいひつ》な空気が漂っていた。

見上げると天井はアーチになっており、建国時の様子を描いた絵画などが設置され、金箔《きんぱく》らしき輝きも見える。

太陽の光によって描き出された陰影はとても見事で、この建物自体が見事な芸術品のようだ。

時の経過によってところどころ金箔が剝げているところもあるが、それもまた味わい深く見ていて飽きることはない。

どこまでも続くのかと思うほどの長い回廊を進んでいくと、開けた場所に出てきた。

そこにはいくつもの装飾をされた柱が囲うように設置されており、真ん中には純白の石でできた墓碑らしきものが見えた。

あれがアルテの母親の墓碑だろう。

俺が足を止めると、アルテが振り返る。

「では、行ってくる。少しの間だけ待っていてくれ」

「王都まで帰るのは一瞬だ。パレードに遅れない範囲でゆっくりと話すといいさ」

俺がそう言うと、アルテはゆっくりとした足取りで墓碑へと近づいた。

アルテは墓碑の前にたどり着くと、ぽつりぽつりと何かを話し出した。

命日にやってこられたのが本当に嬉《うれ》しかったのだろう。母親の墓碑へと語り掛けるアルテの横顔はとても嬉しそうな笑顔だった。

第四十三話　依頼終了

回廊の天井を眺めながらボーッと待っていると、足音がこちらに近づいてくるのがわかった。そちらに視線をやるとアルテがいた。

「……もういいのか？」

「本当はもう少し話したかったのじゃが、あまり長く居座るとパレードに響くからの。王族としての責務を完全に放棄してしまっては母上に怒られるというものじゃ」

と言って、苦笑をするアルテ、

これから間違いなくアルテは色々な人に叱責を食らうだろう。しかし、当の本人は憂鬱そうな顔は微塵《みじん》も感じさせない晴れやかな表情だった。

「そうか。それじゃあ、急いで王都に戻ろうか」

「うむ、パレードは夕方からじゃ。今から王都に戻り、死ぬ気で準備を進めれば十分に間に合うはずじゃ」

最後の言葉が若干尻すぼみなのは自分にも想像がつかないからだろう。

しかし、長年の願いを果たすことができ、エネルギーに満《み》ち溢《あふ》れている今のアルテならきっとやり遂げられるに違いない。

「それじゃあ、王城の近くに転移するよ」

「うむ」

アルテがしっかりとフードを被ったのを確認した俺は、空間魔法を発動。

回廊からゼラール城の近くへと転移。

建国祭を当日に迎えた王都は、準備期間中よりも人でごった返し賑《にぎ》わっていた。

ゼラール城の前まで人でごった返すようなことはないが、大通りはすごいことになっているのだろうな。

建国祭の賑わいが気になる気持ちがあるが、今は呑《のん》気《き》に観光をしている場合じゃない。

一刻も早くアルテを城に帰さなければいけない。

「どこに行けば穏便に済ませられる？」

「中央の塔にあるあの窓がわらわの寝室じゃ。あそこに連れて行って欲しい」

第一王女の部屋を知るのはマズいと思うのだが、今は急いでいるのでそんなことを気にしていられないか。

「わかった。一旦、空に上がってから入るから叫ばないでくれよ」

「我慢する」

さすがに地上からでは室内を目視することはできない。

よってアルテが覚悟を決めると、墓地まで移動したときのように上空に転移。

遥《はる》か上空からアルテの私室の中を覗《のぞ》き込《こ》むと再び転移を発動した。

「おっとと！　大丈夫か、アルテ？」

「うむ、問題ないのじゃ」

限られた角度から視認しての転移だったので、少し座標がずれており空中に転移していたが、何とか二人とも無事に着地することができた。

周囲を見渡してみるとかなり広く、豪奢《ごうしゃ》な部屋だ。

端っこには大きなソファーやテーブルといった寛《くつろ》ぐためのスペースがあり、クローゼットや化粧台が並び、調度品の数々が設置されていた。

床に敷かれている赤い絨毯《じゅうたん》は靴が埋まるくらいにフカフカ。

そして、一番奥には大きな天蓋付きのベッド。

物語でしか見たことがないような数々の家具が揃《そろ》っていた。

これが王族の部屋というやつか。

「……外に出てみてわかったが、わらわの部屋は広すぎるな」

自らの部屋を眺めて苦笑するアルテ。

ペドリックの宿やアンドレの家に住んでみて、一般的な人が住む生活水準というのを知ったからだろう。

「家族が余裕で住めるような広さだよ」

こんな部屋で過ごしてみたいなんて言うのは、建国祭で外へ出ることが叶《かな》わなかったアルテに失礼かもしれないな。

「アルティミシア様！」

なんて苦笑して話していると廊下の方から激しい足音が近づいてきた。

勢いよく扉を開けて入ってきたのは、藍色の髪を持つ白銀の鎧《よろい》にサーコートを羽織った騎士だ。

女騎士はアルテを見るなりホッとしたような顔をした。

俺のことをアルテに伝えたのは彼女だと聞いたが、やはり護衛対象であるアルテを外に出すのはかなり心配だったのだろう。

「迷惑をかけたなカーミラ。今戻ったのじゃ」

普段の言葉遣いよりも厳かな声音になっている。

これが王女アルティミシアとしての振る舞いなのだろう。

「ご無事でなによりです、アルティミシア様。――して、その者が？」

「カーミラが教えてくれた転送屋じゃ」

「はじめまして、転送屋のクレトと申します」

カーミラと呼ばれる騎士の視線が突き刺さる中、俺は自己紹介と共に一礼をする。

とはいっても、商売をするために覚えた付け焼刃程度のものなので優雅とは言えないだろう。

「本当にお会いになることができたのですね。ということは、お母上の墓参りにも？」

「うむ、無事に顔を出すことができた」

「そうでしたか」

アルテの晴れやかな表情と一言で察することができたのだろう。カーミラも柔らかな表情を浮かべた。

「クレト殿、この度はアルティミシア様の願いを叶えてくださり、ありがとうございます」

「いえいえ、気にしないでください」

「クレトのお陰で母上の命日に顔を出すことができた。本当に礼を言う。これは約束通りの報酬じゃ」

改めてアルテも礼を告げ、そしてショルダーバッグから青紫色の宝石を渡した。

それを見たカーミラがギョッと目を見開いたが、見なかったことにせんとばかりに顔をそむけた。

その反応を見ると、受け取るのが怖いんだけど。

「本当にこれ一つだけでいいんじゃな？」

「ええ、これ一つで十分です。むしろ、これだけでも貰《もら》い過ぎな気もしますよ」

丁寧な口調になった俺の言葉を聞いて、アルテはちょっとだけ寂しそうな顔をした。

今までは王女だと知らないフリをしていたのでため口で話していたが、王女だと知り、カーミラがいる前ではそうはいかない。

「そうか。クレトがそう言うのであれば一つにしておくとしよう」

「アルティミシア様、申し訳ないですが、これ以上は……」

宝石を渡して鷹揚《おうよう》に頷《うなず》くアルテにカーミラが切羽詰まったような顔で声をかける。

これ以上長引くとパレードに響くのだろう。これから帰還を告げて、準備するには一刻も早く戻る方がいい。

「本当であれば、じっくりともてなしたいところであるが、生憎《あいにく》とわらわには急いで準備するべきことがあるのでここまでじゃ」

「はい、アルティミシア様。またご用があれば、いつでもお呼びくださいませ」

「……本当にまた声をかけても良いのか？」

アルテがどこか不安そうな面持ちで振り返り、尋ねてくる。

カーミラは最後の会話のために気を利かせているのか既に扉まで移動し、目を瞑《つむ》っている。

今なら軽口を利いても見逃してくれるという合図だろう。

「いいに決まってるだろ？　王女としての大変さや悩みがわかるわけじゃないけど、辛《つら》いことがあったらハウリン村に遊びにくるといいよ。ニーナやアンドレさん、ステラさん、村の皆が待っているからな。たとえ、どんなに時間がなくても俺の魔法なら一瞬で連れていくことができる」

「ありがとう、クレト！　では、また今度頼む！」

ニカッとした笑みを浮かべて言うと、アルティミシアは——いや、アルテという少女はとても嬉《うれ》しそうな笑みを浮かべて扉へと向かっていった。

その姿を見て大丈夫だと思った俺は、転移を発動して外に出た。

◆

アルテを王城へと送り届け、別れた俺は王都に降り立って建国祭を楽しんだ。

建国祭では通りに様々な屋台が出店されており、たくさんの人が集まっている。

視界を埋め尽くすほどの人だ。

これまで何かの記念日やセールなどで人が賑わうことはあったが、これほどの賑わいは初めてだった。

建国祭でしか出さない珍しい料理や、この日のために外からやってきた商人の異国の品物などを見て回ったり、ハウリン野菜を使ったエミリオの屋台に顔を出したりと満喫する。

「うん？　急に人の流れが変わったな」

エミリオと話していると、急に人がざわざわと移動し出した。

それは屋台やお店を見て回ったりする不規則な動きではなく、何かの目的地に向かうための整然とした動きだ。

「恐らく、王族のパレードが始まるからだよ。きっと今ごろ騎士団が大通りを封鎖している頃さ」

「なるほど。せっかくだから見に行こうかな」

「僕もお供するよ。クレトが面倒を見ていたお転婆《てんば》な王女様が気になるからね」

そういうわけで、俺たちも人の流れに乗ってパレードを見に行くことに。

「うわっ、とんでもない人の数だな」

「一般人が王族の姿をまともに目にすることができるのは今日だけだからね」

「王族の姿ってそんなに気になるものか？」

「容姿と魔力に秀でた者同士が婚姻を繰り返した王族は美形揃いだからね。美しい人ともなると、一度くらいは目にしておきたいだろ？」

「そういうものか」

確かにアルテもとても綺麗《きれい》な少女だった。そんな人たちが国を治めているとなると、一度くらいは目にしておきたいと思うのも当然か。

とはいえ、俺にそんな好奇心はそれほどない。

それよりも友人となったアルテの晴れ舞台だからきっちりと目にしておきたいだけだ。

人々の流れに沿って大通りを歩いていくと、やがて流れが完全に止まる。

「おい、完全に流れが止まったぞ？」

「ものすごい混雑でこれ以上進めないいんじゃないかな。もうちょっと早めに動くべきだったね」

パレードが始まるとわかっていたのだったら、呑気に話し込むんじゃなくて先に移動しておくべきだったな。人混《ひとご》みのせいで完全に大通りの様子が見えない。

俺たちの周囲や後ろにいる人も、この混雑状況に文句を垂れていた。

「まあ、クレトの魔法があれば、こんな人混みの中で無理に眺める必要はないさ」

「それもそうだな。それじゃあ、見やすい位置に転移するぞ」

ちょっとズルいかもしれないが、これも俺の魔法の特権だ。

大通りから程なく離れた建物の屋上へと、俺とエミリオは転移。

人混みの真っただ中から、広々とした屋上へと移動した。

「ここなら見やすいな」

「いやー、クレトのお陰で今年はこんな特等席だよ」

前世のお陰で人混みには慣れている方ではあるが、やはり過密状態が不快なのは変わらない。こうしたゆったりとした場所で眺められるのが一番だ。

見下ろすといつもは人が行き交っている大通りは、見事なまでに人がいない。

大通りは見事に封鎖され、市民は区切られたエリアで待機している様子。それがズラーッと門まで続いている。仕切りの前には甲冑《かっちゅう》に身を包んだ騎士が等間隔で並んでいる。

よからぬものが入ってこないように目を光らせているのだろう。

これだけの人の視線に晒《さら》されるのはとんでもないプレッシャーだろうな。大好きな母親の命日なのに、ずっと行けなかったことを考えれば心が不安定になってしまうのも仕方がないな。

市民たちは騎士や役人の言葉に大人しく従いながら、屋台で買った料理や酒を手にして大人しく待機している。

俺とエミリオは亜空間に収納していた屋台料理やお酒を口にしながら、特等席でゆったりと待つ。

すると、北の方角から賑やかな声が聞こえてきた。

「おっ、どうやら王族たちがやってきたようだね」

エミリオに言われて腰を上げると、遠くから豪奢な馬車がゆっくりとやってくる。

しかし、通常のような箱型ではなく、中に乗っている人がしっかりと見えるようなオープンタイプだ。

王族の乗る馬車を囲うようにして騎士たちが馬に乗って闊歩《かっぽ》している。

この国を治める王や、その妃《きさき》である王妃たちが見事な笑みを浮かべて市民たちに手を振っていた。

市民も小さな国旗を持ったり、手を振って王族たちに声援を送っていた。

確かに王や王妃も綺麗ではあるが、俺の興味はそこにはない。

王の馬車が通り過ぎると、少し派手さは劣るものの華やかな馬車がまたやってきた。

そこにはアルテと同じ髪色の女性がティアラを被り、美しいドレスに身を包んでいた。

一目でわかる美しい藤色の髪は丁寧に編み込まれ、肌はほんのりと化粧されて、うっすらとピンクの口紅が引かれている。

「彼女が第一王女アルティミシアだね」

「俺といた時とは全然違うな」

俺と一緒にいた時は化粧っけはなく、動きやすい服でいたが、きちんとした装いをすると随分と大人っぽく見えるものだ。おしとやかな笑みを浮かべて手を振っているのも関係しているのかもしれない。

あれならニーナと近い年齢だと見間違う者もいないだろう。

アルテの馬車の前には、カーミラが馬に乗って周囲に目を光らせている。通りに立っている騎士の位置にいないということは彼女も高位な身分なのだろう。なにせ第一王女の護衛を任されているくらいだし。

他にも兄妹《きょうだい》らしき王族も馬車に乗っているが、まったく目に入らないと思ってしまうのは友人びいきが過ぎるだろうか。

「クレトはあんな御方《おかた》を連れ回していたのか」

「そうらしいけど全く実感が湧かないな」

エミリオに言われて冷静に考えてみたが、ビックリするほど結びつかない。

アルテとしての姿と、アルティミシアとしての姿が違い過ぎるからだろうか。

「手を振ってみたら気付くかな？」

「やってみよう」

そんな淡い期待を込めて屋上から手を振ると、偶然だろうか。

確かにアルテはこちらを認識し、村で見ていた時のような親しみのこもった笑顔を向けてくれた気がした。

「今年のアルティミシア様はいい笑顔をしているじゃないか」

「そうなのか？」

「例年のアルティミシア様は、あまり元気のない表情を浮かべていたらしいからね。でも、今年は違う。この盛り上がりは、彼女の輝かんばかりの笑顔に魅了された市民の歓声だろうさ」

確かにアルテが笑みを向けて手を振ると、市民が大きな声を上げている。

その熱量は明らかに他の王族よりも大きいのがはっきりとわかった。

それだけ彼女の心からの笑顔を市民も待ち望んでいたということだろう。

母親の命日にきちんと墓参りができたアルテに憂《うれ》いはない。

晴れ晴れとしたアルテの笑顔を目にすると、彼女の依頼を受けて良かったと心から思うことができた。

書き下ろし　『アルテの日記』

――建国祭、五日前。

建国祭の始まる頃になると、第一王女であるわらわは、城から一歩も出ることは許されない。それは毎年の出来事だ。

安全上それは致し方ないことであると理解しているが、母上の命日に墓参りをできないことが大きな不満だった。

王族のパレードと重なっているので、王族としての責務を優先するのはわかる。様々な関係者と日程を調整し、決めているのでパレードをずらせないことも。

わかってはいるが、母上の命日が過ぎた後に墓参りに行くのが、わらわは堪《たま》らなく嫌だった。

そのせいで建国祭が近づくと、いつも憂鬱な気持ちになってしまう。

建国祭が迫る五日前。

そんなわらわの様子を見かねたのか、護衛騎士のカーミラが教えてくれた。

「転送屋に頼めば、どこにでもすぐに連れて行ってくれるらしいです」

「本当か？」

「その者が協力してくれれば、アルティミシア様はお母上の命日に墓参りをすることができ、王族としての責務を放り出すことなく、パレードに参加することも可能でしょう」

「……信《しん》じ難《がた》い事じゃが、そのようなことができるのであれば頼りたい！」

いつものように母上の命日に何事もなかったかのように過ごすのは我慢できない。

「アルティミシア様がそう望むのであれば、その日までに――いえ、せっかくの機会ですから転送屋にどこかに連れていってもらうというのもいいでしょうね。転送屋の力が本物であれば、他国であろうが海だろうが田舎《いなか》だろうが連れていってもらえるのですから」

おお、それは何という魅力的なことだろうか。

第一王女であるわらわは、基本的に城の外へと出ることが許されない。

そのように自由に各地を巡るなど、夢のような話だった。

わらわはその転送屋を頼ることにした。

カーミラの手引きによって変装し、王城を脱出できたわらわは転送屋を探して王都を歩く。

王城から見下ろす光景ではなく、実際に街を歩くのはかなり久し振りだった。

建国祭がまだ始まっていないというのに、通りが人々で賑《にぎ》わっている。

久し振りの街の一人歩きに気分が高揚するが、王都を散策するために出てきたのではない。

邪念を追い出して、わらわは周囲へ視線を巡らせる。

綺麗《きれい》な黒髪に黒目をした身長の高い男。というのが転送屋の外見的な特徴であり、冒険者ギルドによく出入りしているとカーミラに教えてもらった。

慣れない人混《ひとご》みの中を潜《くぐ》り抜《ぬ》け、冒険者ギルドを目指しながら歩いていると、通りでそれらしい人物を見かけた。

「綺麗な髪じゃな」

黒髪の人間は見たことがあるが、あれほど綺麗な漆黒《しっこく》は初めて見た。

一目見ればわかると聞いたが、あの髪色であれば確かにそうだろう。

見知らぬ男に声をかけるのは気が引けたが、わらわは意を決して話しかけた。

建国祭が始まるまでの間、わらわの望む場所に転送してほしいと。

結果的に言うと、転送屋と名乗る男、クレトは頼みを引き受けてくれた。

我ながら無茶な頼みであると思ったが、クレトにはそれを可能にする力があるようだ。

クレトがどこにでも連れていってくれると言ったので、わらわは試しに海の見える町を所望した。

すると、クレトの力で一瞬にして、港町ペドリックに移動した。

クレトの力に驚き、そしてその次に初めて見る美しい海の景色に感動した。

カーミラの教えてくれた転送屋の噂《うわさ》は本物だった。

このように自由に旅をする機会など、今後はいつあるとも限らない。

わらわはこの旅路を日記として記録することにした。

ペドリックにやってきたわらわは、早速海を堪能《たんのう》することにした。

より近くで海を眺めるために砂浜に移動。

思わず興奮して走り出すと、クレトが実に生暖かい視線を向けてきた。

まるで小さな子供を見るような優しい眼差《まなざ》し。

不躾《ぶしつけ》な視線より遥《はる》かにマシだが、わらわは成人した大人の女性だ。

そのような視線で見られたくはない。

思わず注意すると、クレトは適当に返事をして流す。

どうもこの男はわらわを子供扱いする。

基本的に温厚で優しい性格をした人格者であるが、その一点だけはいただけないと思った。

海水浴をするために水着とやらを借りると、それを見たクレトがちょっとドギマギした様子なのは面白かった。

わらわは既に立派な大人なのだ。

しかし、スカッとしたのも最初だけ。次第になんだか恥ずかしくなってきた。

思えば、今のわらわはすごく大胆な服装をしていないだろうか？　第一王女であるわらわが、このように肌を露出していいわけがない。

しかし、今のわらわは冒険者のアルテ。第一王女としての感性は捨てなければならない。

わらわは恥ずかしさを吹き飛ばすように思いっきり、海で遊ぶことにした。

すると、またしてもクレトの視線が子供を見るようなものに戻った。解《げ》せぬ。


ペドリックで宿をとって、宛《あて》がわれた一室のベッドで寝転がる。

市場で食べた海鮮焼きがめちゃくちゃ美味《おい》しかった。

海で獲《と》れる面妖な食材の数々に驚きこそしたが、そのどれもが美味しくて夢中になって食べてしまった。

王都で食べられる食材であっても、やはり鮮度が違うのだろう。

ここで食べたものの方が何倍も美味しかった。

これほどお腹《なか》がいっぱいになり、満足感で満たされたのは久し振りだった。

幸福感に浸りながらゴロンと横になるが、初めての旅のせいか興奮して眠れない。

一人でゴロゴロしているだけでは王城にいる時の生活と変わらない。

退屈になったわらわは、隣にいるクレトの部屋を訪ねた。

しかし、いくらノックしてもクレトは反応しない。

ドアノブに手をかけてみると、部屋には誰もいなかった。

……クレトがいなくなった？

もしかして置いていかれたのか？　あまりにもわがままを言うものだから、愛想をつかされて放り出された？

昼間の言動を考えると、そうなってもおかしくはない。

見知らぬ町で一人きり。お金はあるが、町でどのように動いて、どのようにして帰ればいいかもわからない。

そのことがわかると絶望的になった。

ショックでどうすることもできず、自分の部屋のベッドで寝転がる。

しばらくすると、不意に隣の部屋から気配がした。

突撃してみるとクレトが戻ってきており心底ホッとした。が、それと同時にクレトから石鹸《せっけん》の香りが漂っているのに気付いた。

どうやらクレトはわらわ一人を置いて、自分だけお風呂に入ってきたらしい。

なんだか悲しんでいたのがバカバカしくなり、わらわは夜にもかかわらずクレトを連れて風呂を所望した。

——建国祭、四日前。

冒険者活動がしたいと言ったら、海岸で貝の採取をすることになった。

……違う。わらわのやりたいことはこうではない。

もっと、こう人々の生活を脅《おびや》かす凶悪な魔物を倒し、人々に感謝されたいのだ。

このように地元の子供に混ざって、貝拾いをすることでは断じてない。

しかし、わらわの冒険者ランクは青銅。過去に護衛の目を盗んで登録したはいいが、一向に活動することができず、最下級のままだった。

最下級では討伐依頼を受けることができず、このような採取依頼や荷物運び、人探しのような雑用しか受けられないようだ。冒険者というのも世知辛い。

地道にクレトと貝の採取をしていると、ウニールとかいう魔物を発見した。

凶暴な魔物ではないが、近づく者に鋭い棘《とげ》を伸ばして攻撃してくる危険な魔物らしい。

子供たちは大人を呼んで対処しようとするが、それをわらわが止める。

こういう時こそ冒険者の出番だ。

わらわが風魔法を使うと、ウニールは見事にズタズタになった。

すると、何故《なぜ》か子供たちに怒られた。

どうやらウニールという魔物は高級珍味で美味しいらしい。

あんなドロッとした橙色《だいだいいろ》の身が食べられるというのか。信じられない。

身に傷をつけないように倒せとは無茶が過ぎる。ただ討伐するだけではダメとは、冒険者の仕事とはなんと難しいことか。

どう倒すべきか迷っていると、クレトが腕を横へと振りぬいた。

すると、ウニールが真っ二つになったが、身は弾《はじ》けることなく綺麗に残っていた。

これでもわらわは王族。

魔力に優れ、宮廷魔法使いに指導を受け、優秀な魔法使いでもあるのだが、クレトの魔法には唸《うな》らざるを得なかった。

完全にわらわの見せ場をとりおって……。

ちなみにウニールは食べてみると、ものすごく美味しかった。それはもうすごく。

高級珍味だというのも納得だった。


——建国祭、三日前。

ペドリックでの生活に慣れてきた頃合いであるが、他の場所に行ってみたくなった。

海は堪能したので、次は緑豊かな場所がいい。

そのように言ってみると、クレトの住んでいるハウリン村を勧められた。

どうやらクレトは王都とハウリン村、それぞれに家を持つ二拠点生活とやらをしているらしい。

……なんだかこやつ、王族であるわらわよりも優雅な生活をしておらんか？

少なくともその辺の貴族よりもいい暮らしをしているのは間違いない。

まあ、このような力を持っていれば、生活に困ることはないだろう。

暮らしぶりを聞く限り、とても自然豊かでのんびりとした場所のようだ。

クレトが住んでいる村という意味でも気になったので、わらわはハウリン村に連れていってもらうことにした。

ハウリン村にやってくると、ペドリックとはまったく違う香りがした。

土や草の香りがし、あちこちで生き物の息遣いが感じられた。

息を吸うと澄んだ空気が入ってくる。

王都やペドリックのような騒がしさはないが、心地よい静寂とのんびりとした空気があった。

村に入り、クレトの家で休憩していると、金色の髪を後ろで束ねた元気のいい少女がやってきた。

ニーナと呼ばれる少女で、村の警備をやっているアンドレの娘らしい。

……遺伝子がまったく仕事をしておらん。

ニーナはとても素直な娘であり、わらわを子供扱いすることもなく、笑顔でわらわをアルテお姉ちゃんと慕ってくれた。

……アルテお姉ちゃん、最高じゃな。


ニーナと仲良くなったわらわは、彼女の家にある畑を見せてもらうことになった。

村にやってきていくつも目にしているが、足を踏み入れるのは初めてだ。

ニーナの畑はとても大きく、たくさんの作物が育てられていた。

育てている作物の数に驚いたが、村の中では小さい方だそうだ。

わらわからすれば、ここにあるものだけですごいのに、これ以上の数を育てている者がいるとは驚きだ。

畑の土はとてもフカフカとしていて、村に入るまでに歩いた土の道とは全然硬さが違った。

畑に適した土を作っているのだろう。

畑を見ていると、巨大なネギを見かけた。

聞いてみるとハウリンネギというらしく、最近うちの食卓にも上がったことのある食材だった。

まさか、ここで育てられているものとは知らず、驚いた。

それから収穫作業を体験させてもらい、ご厚意でハウリンネギの焚火焼《たきびや》きを食べると、とても美味しかった。

じっくりと熱を通されたネギは香ばしく、甘みと旨《うま》みが凝縮されていた。

クレトはさらにそこにウニールを使ったソースをつけていた。

それをつけるとまた絶品で、王城で食べたどのような食材よりも美味しいと感じられた。

城に戻ったら中庭で焚火焼きをしよう。

怒られるかもしれんが、この美味しさを知ってしまったからどうしようもない。

ハウリン村に滞在する間、ニーナの家でお世話になることになった。

ニーナは王都の話をせがんで、夜遅くまで一緒に話をした。

父であるアンドレはとても気さくで、母であるステラはとても包容力のある優しい女性だ。

三人と一緒に住んでいると、まるでわらわまで一家の子供になったかのような温かい気持ちになった。

——建国祭、二日前。


クレトやニーナと体操なる運動をすると、心なしか身体《からだ》が軽くなり、気分がいい。

これは今後も続けていくべきかもしれない。

体操を終えると、散歩をすることになった。

そこでビックリしたのが途中、画家のレフィーリアがいたこと。

彼女にはわらわの肖像画を描いてもらったこともあり、顔見知りだ。

わらわの本当の名前を発しそうになったが、なんとかそれを抑えることができた。

危ない危ない。クレトとニーナはわらわが第一王女であることを知らないからな。

それを知ったからとはいえ、露骨に態度を変える二人とも思えないが、自由となった今はこの心《ここ》地《ち》よい関係を続けたかった。

散歩から戻ってくると、アンドレに誘われて皆で渓流釣りに行くことになった。

最初はわらわとニーナ、クレト、アンドレだけであったが、オルガとかいう男を始めとする、村人たちが次々と集まり、最終的に十八人で向かうことになった。

……どんだけ釣り好きなんじゃ、ここの村人は。

これだけの大人数であろうと移動するのは問題なく、クレトの力で渓流へと移動した。

山奥にある渓流はとても綺麗だった。

生い茂った枝葉の間から木漏れ日が差し込み、澄んだ川の水が流れていた。

そこで貸してもらった釣竿《つりざお》を使って、わらわたちは糸を垂らす。

勝手がわからず最初はまったく釣れなかったが、クレトのアドバイスを聞きながら試していると大きなアユが釣れて嬉《うれ》しかった。

撤収して村に戻ってくると、クレトやニーナと一緒に塩焼きにして食べた。

釣り上げたばかりのアユはまったく臭みがなく、新鮮で美味しかった。

汗をかいていたからか塩が身体に染みわたるようだった。

今まで食べた川魚の中で一番美味しいと感じたのは、自分で釣り上げたことも関係あるが、クレトやニーナたちと一緒に食べたことも関係しているのだろう。

竿の重さ、釣り上げた時の達成感、そしてこの味は恐らく一生忘れないだろう。


——建国祭前日。

ニーナとクレトと一緒にハウリン村の畑を巡った。

オルガのトマト畑を見学させてもらった。

トマトはあまり得意としている食材ではなかったが、ここのトマトはとても甘く、酸味もちょうど良くて好きになった。

──建国祭、当日。

母上の命日である、建国祭当日を迎えた。

依頼の最終日であり、わらわの真の願いを叶《かな》えてもらうために名残惜《なごりお》しいが、ニーナやアンドレ、ステラとはお別れだ。

特にニーナときたら、泣きそうな顔で別れを惜しむものだから本当に困った。

墓参りやパレード全てを放り出して、このままハウリン村に住みたくなったくらいだった。

しかし、それではカーミラの想いを裏切ることになるし、わらわ自身が許すことはできない。

ニーナを宥《なだ》め、またやって来ることを約束し、ハウリン村を出た。

しばらく会うことはできないかもしれないが、生きている限りきっと会うことはできる。

すべての用事を済ませたら、またクレトに連れてきてもらおう。

ハウリン村を出る準備を終えると、クレトに本当に連れていってもらいたい場所を告げる。

その場所を伝えると、クレトは動揺することなく頷《うなず》いてみせた。

「……ここに行きたいと言っても、何も動じないのじゃな？」

「だって、アルテにはそこに入る資格があるだろ？」

クレトは途中からわらわが第一王女アルティミシアだと気付いていたらしい。

ネギ坊主のことで王都に戻ってから神妙な顔をしていたので、あの時からだろうか。

知っていながら普段と変わらぬ態度で接することができるとは、見た目によらず豪胆だ。

だが、その心遣いがとても嬉しかった。

それからわらわは空を飛んだ。

その時の記憶は、一瞬で大空へと飛翔《ひしょう》し、一気に地面へと落ちていくおぞましい光景だった。詳細は思い出したくもないので省こう。

わらわの脳裏にトラウマが刻まれたが、なんとかわらわは建国祭の当日に母上の墓碑の前にやってくることができた。

いつもは命日に来られない寂寥感《せきりょうかん》に身を包まれていたが、今回は違う。

きちんと母上の命日にやってくることができた。それが何よりも嬉しい。

事情を知らない母上からすれば、パレードを放り出してきたかのように見え、雷を落とすかもしれないのでわらわはここにやってきた経緯から語りかけるのだった。

小一時間ほどで母上への報告を終えると、わらわは墓碑から立ち去ることにした。

今日は王族がパレードをする日。

わらわが行方不明《ゆくえふめい》となったことで王城は混乱しているに違いない。

それに女性には人前に出るには色々と準備が必要だ。

わらわは急いでクレトと共に王都に戻り、そして王族としての責務を果たすことにした。

カーミラに連れられてからは、とても慌ただしかった。

父や兄といった他の兄妹《きょうだい》や重鎮は、なにかを言いたげであったがパレードまで時間がないこともあって、今は追及しないでくれた。

その配慮が嬉しいが、後が非常に怖かった。

それからメイドたちに湯船につけられ、身体の隅々まで洗われた。

パレードのためのドレスを着ることになったが、どうやら旅の間で太ってしまったらしく入らなくなってしまい、急遽《きゅうきょ》他のドレスを合わせることになった。

メイド長には怒られたが、わらわは悪くない。

ペドリックの海鮮食材やハウリン村のご飯が美味し過ぎるのが悪いのだ。

そうやって何とか新しいドレスを纏《まと》い、それに合う装飾を加え、化粧をし、髪を結い上げる。

最終的にすべての準備が終わるのはパレードが始まる直前であった。

王族専用の馬車に乗り込み、王都の大通りを進んでいく。

見渡す限りに広がる国民たち。

わらわたちが治める国にはこれだけの国民がいる。

何年も王族をやっていながら、わらわは本当の意味で初めてそれを認識した気がした。

一体、どうしてそんなことにも気づかなかったのだろう。

不思議でしょうがない。

母上にきちんと墓参りをすることができたからだろうか。

今は妙に清々しく明るい気持ちになれた。

笑みを浮かべて手を振ると、国民たちが沸き立った。

その興奮具合に驚いたが、いつも俯《うつむ》いていたわらわには通常のパレードがどのような温度感かわからない。

だけど、国民たちが喜んでくれているのは確かだった。

それが嬉しくて、わらわは手を振り、笑顔を振りまく。

どこかでクレトもこのパレードを見てくれているだろうか。

意識的に彼を探していると、大通りの一際大きな建物の上に人影が見えた。

そこには見違えることのないほどに綺麗な黒髪をしたクレトと、エミリオ商会の商会長らしき人物が見えた。

公務中に私情を混ぜるのは良くないが、少しだけなら構わないだろう。

わらわは、建物の上に座っているクレトめがけて笑みを浮かべ、手を振った。

すると、クレトは面食らったような顔をしながらも優しい笑みを浮かべた。

……今のわらわを見れば、クレトもわらわを子供扱いしないだろう。

そう思って胸を張った瞬間に、クレトの視線がまた生暖かいものになった気がした。

解せぬ。

あとがき

本書をお手にとっていただきありがとうございます、錬金王《れんきんおう》です。

二拠点生活《にきょてんせいかつ》の二巻、いかがだったでしょうか？


今回は一巻ではあまり焦点を当てることのできなかった王都での生活や、王都以外での転移旅を中心にお送りしました。

空間魔法でどこにでも行けるというのはそれだけ多くの選択肢があるということで、物語を展開させる上で大変悩みました。

それでいて二拠点生活というテーマから逸《そ》れてもいけません。王都と田舎という主軸を抱きつつも、話を展開させるのは難しいものです。

前回のあとがきでも書きましたが、世間はまだコロナ禍中。

一部ではワクチンの接種が始まっておりますが、まだ沈静化には至っていません。

皆様の大好きな旅行が制限されており、鬱憤が溜《た》まっていることでしょう。

そんな時はどうぞ本作品をお読みになってください。

コロナとは無縁の世界なので旅し放題ですから。

今は堪えて物語の中で旅を味わいましょう。


ところで二拠点生活ですが、コミカライズ企画が進行しております。

コミカライズの作画を担当してくださるのは丸山《まるやま》りん様です。

講談社様で『神様《かみさま》はラケットを振《ふ》らない』などの漫画を描いている方です。

キャラデザやネームを拝見いたしましたが、キャラがとても魅力的でカッコ可愛いです。二拠点生活の世界観もうまく表現してくださりました。

皆様の前にお届けできるのが非常に楽しみです。期待しておいてください。


それでは最後に謝辞に入らせてもらいます。

担当編集の皆様方、魅力的なイラスト描いてくださったあんべよしろう様。

そして、この書籍の出版に関わってくださった全ての方にお礼を申し上げます。

そして、ｗｅｂから読んでいただいている読者様に感謝を。

引き続き三巻でも読者の皆様とお会いできることを祈っております。

——錬金王

レフィーリアさん、いいですね…！
皆さんのお気に入りは誰でしょうか。
『異世界ではじめる二拠点生活2』
お手にとってくださり、ありがとう
ございました！
あんべよしろう

異世界《いせかい》ではじめる二拠点生活《にきょてんせいかつ》2
～空間魔法《くうかんまほう》で王都《おうと》と田舎《いなか》をいったりきたり～

2021年8月30日　初版発行

著　者　錬金王《れんきんおう》
イラスト　あんべよしろう
発行者　青柳昌行
発　行　株式会社KADOKAWA
〒102-8177 東京都千代田区富士見2-13-3
電話 0570-002-301（ナビダイヤル）

編集企画　ファミ通文庫編集部

担　当　和田寛正
デザイン　横山券露央、小野寺菜緒（ビーワークス）
写植・製版　株式会社オノ・エーワン
印刷・製本　凸版印刷株式会社

［お問い合わせ］
［WEB］https://www.kadokawa.co.jp/（「お問い合わせ」へお進みください）
※内容によっては、お答えできない場合があります。
※サポートは日本国内のみとさせていただきます。
※Japanese text only

 ISBN978-4-04-736738-8 C0093　定価はカバーに表示してあります。

リアデイルの大地にて
目覚めたのは
200年後の未来!?
コミカライズ版
大好評連載中!!
1
リアデイルの大地にて
STORY
事故によって生命維持装置なしには生きていくことができない身体となってしまった少女“各務桂菜”はVRMMORPG『リアデイル』の中でだけ自由になれた。ところがある日、彼女は生命維持装置の停止によって命を落としてしまう。しかし、ふと目を覚ますとそこは自らがプレイしていた『リアデイル』の世界……の更に200年後の世界!? 彼女はハイエルフ“ケーナ”として、200年の間に何が起こったのかを調べつつ、この世界に生きる人々やかつて自らが生み出したNPCたちと交流を深めていくのだが――。
著:Ceez イラスト:てんまそ
B6判単行本 KADOKAWA/エンターブレイン 刊
KADOKAWA
enterbrain

かつて自らが成したこと、
そして仲間たちの
軌跡を辿る旅の果てに
あるものは――。
アニメ化決定

スキル
《ダンジョン生成》を
使ったら、
最強魔王六人の
主になっていた!?
activation
{ Dungeon Generation }
未実装の
ラスボス達が
仲間に
なりました。
The unimplemented end-stage enemys have joined us!
Author ながワサビ64
Illust. かわく

修太郎と
魔王たちの邂逅は、
デスゲーム世界の
希望となるのか!?
《START: DEATH GAME》
ゲーム内に
閉じ込められた
プレイヤーたちも、
それぞれの思いを
賭けて奔走する!!
contract: { BOSS MOB }
The Six Demon Kings
and the Lord of the

魔法使いで引きこもり？
He is wizard, but social withdrawal?
Author 小鳥屋エム
Illust 戸部 淑
好評発売中!!!
重版、続々!!!
チート能力《スキル》を持て余した
少年とモフモフの
異世界のんびり
スローライフ！
女神により転生することになったお爺ちゃん。
望んだのは「健康な体」だけだったのに、
チート能力までも与えられてしまう！
転生後にその力を持て余していた少年は、
女神の「冒険者になって人生を楽しみなさい」
という助言により、冒険者として王都へ赴く。
様々な人々との出会いを通して、
彼の世界は広がっていく――。
コミカライズ
月刊コミックアライブ
Webにて
毎月27日連載中！
enterbrain

針子の乙女
[はりこのおとめ]
Zeroki Presents
Illustrated by Miho Takeoka
著＝ゼロキ
Illustration
針と蜘蛛と精霊で織りなす
幻想的な異世界裁縫
ファンタジー。
コミカライズ
ヤングエースUPで
絶賛連載中
①〜②巻
絶賛発売中！
B6判単行本
KADOKAWA／エンターブレイン刊
KADOKAWA
enterbrain